D1925203

Ronald Gutberlet

Die Morde der Mary Stuart

EUROPA VERLAG

Ronald Gutberlet

Die Morde der Mary Stuart

Roman

Europa Verlag
Hamburg · Leipzig · Wien

Die Deutsche Bibliothek – CIP Einheitsaufnahme
Ein Titelsatz für diese Publikation ist bei der
Deutschen Bibliothek erhältlich.

© Europa Verlag GmbH Leipzig, Juli 2005
Umschlaggestaltung: Christine Paxmann, München
Titelfoto: Hans-Jürgen Oertelt, Bremen
Satz: textum GmbH, München
Druck und Bindung: fgb · freiburger graphische betriebe, Freiburg
ISBN 3-203-77510-7

Informationen über unser Programm erhalten Sie beim Europa Verlag,
Neuer Wall 10, 20354 Hamburg, oder unter www.europaverlag.de

Kapitel 1

R*ein* in den Tunnel, raus aus dem Tunnel, rein ins Nichts, raus aus dem Nichts. Du klebst deine Nase ans Fenster und siehst nur Schwarz. Mit etwas mehr Abstand erkennst du dein verschwommenes Spiegelbild, leicht verzerrt, gedoppelte Umrisse, es könnte auch ein anderer sein. Und du bist es ja auch gar nicht, es ist nur ein unzulängliches Abbild. Aber versuch mal, dich wirklich anzusehen. Unmöglich?

Vielleicht kommt es auf den Spiegel an, der auf der Zugtoilette war verkratzt gewesen. Ein Revoluzzer, der englischen Sprache nicht ganz mächtig, hatte seine Botschaft eingeritzt: „For a world without class!" Der gleiche unglenke Slogan stand gelb und rot auf dem Sticker, der dort oben auf dem Fenster klebte. Nett, die klassenlose Gesellschaft mit einer Welt ohne Klasse zu verwechseln. Letzteres haben wir längst realisiert, schau dir nur die aufgeschlitzten Polster an, die beschmierten Wände, die zerkratzten und beklebten Fenster. Zweite Klasse, malträtiert. In der ersten hatten die Vandalen sich auf Zeichen aus der Sprühdose beschränkt. Er war auf dem Weg zum WC durchgegangen. Früher waren die Toiletten in der ersten Klasse besser gewesen. Heute nicht mehr. Wo sind die Wohlhabenden geblieben?

Kaum jemand benutzte diesen Zug. Wer am Abend nach London reiste, nahm das Flugzeug. Früher hatte man Angst vor Abstürzen gehabt, heute fürchtete man eher Zugunglücke. Nur er machte eine Ausnahme. Wir sind ein gutes Stück im 21. Jahrhundert vorangekommen, und du hast immer noch Angst vorm Fliegen.

„Entschuldigung ..."

Fred M. Scila hob den Kopf und blickte in das breite Gesicht einer grobkörnigen Blondine in Uniform.

„Wen würden Sie mit sechzehn Messerstichen umbringen?" fragte er.

Die Kontrolleurin der British Railways lachte: „Meinen Freund vielleicht?"

Scila nickte nachdenklich: „Möglicherweise." Er kramte in seinem Jackett und reichte ihr die Fahrkarte. „Wieso Ihren Freund?"

Die Kontrolleurin studierte sein Ticket und runzelte die Stirn. „Wenn ich ihn noch mal mit Emma im Gartenhaus erwischen sollte", sagte sie beiläufig.

„Emma?“ Scila streckt die Hand nach der Fahrkarte aus.

„Sie wohnt nebenan.“

„Aha.“

„Und Sie, wen würden Sie gern erstechen?“

„Oh, ich bringe niemanden um, ich bin von der Kriminalpolizei.“

Die Kontrolleurin zuckte zurück und wurde rot. Der Zug wackelte, sie verlor das Gleichgewicht und musste sich an seiner Schulter abstützen.

„Entschuldigen Sie.“

„Keine Ursache.“

„Sie müssen Zuschlag bezahlen.“

Scila kramte umständlich seine Geldbörse aus der Gesäßtasche. „Es geht mir nicht so sehr um ein Mordmotiv, sondern um einen Grund, sechzehnmal zuzustechen.“

„Das würde ich nicht schaffen. Keine Frau würde das. Fünf Pfund vierzig bitte.“

„Sehen Sie, genau das ist mein Problem.“

„Haben Sie kein Kleingeld? Sie können auch mit Karte bezahlen.“

„Nein, ich meine die Anzahl der Stiche.“ Er zählte das Geld ab und ließ es in ihre Hand fallen.

„Danke. Fahren Sie bis London?“

„Ja.“

„Warum haben Sie dann keinen Schlafplatz gebucht?“

„Ist nicht in der Spesenaufstellung vorgesehen.“

„Das tut mir leid.“

„Ich werd's überstehen."

„Schön. Gut zu wissen, dass ein Mann an Bord ist." Damit drehte sie sich um und ging mit wiegenden Hüften davon. Vielleicht war ja noch irgendwo jemand zu kontrollieren, vielleicht auch nicht.

Inspektor Scila streckte sich und stöhnte. Ein leerer Zug, eine Frau in Uniform, ein Mann von Welt. Leider eine Welt ohne Klasse. Aber ein Klasseweib. Sexy in ihrer Uniform, obwohl der Rock zu lang war. Vielleicht ein bisschen zu kräftig, zu schwerer Knochenbau, wahrscheinlich auch einige Zentimeter größer als er. Das war eine, an der man sich abarbeiten konnte, genau wie ... und da wären wir mal wieder. Er schüttelte den Kopf, blickte zur Seite und deutete, boshaft grinsend, mit dem Zeigefinger auf sein Spiegelbild: „Reingefallen!"

Wieder eine Frau, die ihn an seine eigene erinnerte. Na großartig. Wie soll man fremdgehen, wenn man nur auf einen ganz bestimmten Typ fliegt? Freddy, bleib zu Hause in deinem eigenen Bett! Zu Hause? Das schien nur eine Erinnerung zu sein an längst vergangene Zeiten. Zu Hause, das waren diese Kinder, die viel zu schnell groß geworden waren und nie mit ihm redeten, nur finster dreinblickten, wenn er aufkreuzte, weil sie keine Lust auf Vorschriften hatten. Und Karen wurde immer ganz hektisch, wenn er länger da war, weil er ihr im Weg stand.

Er wusste einfach nicht, was er daheim tun sollte. Im Büro fühlte er sich wohl. Oder auf der Straße, ohnehin sein liebster Ort. Du kickst eine Bierdose in den Rinnstein und hast das gute Gefühl, für Ordnung gesorgt zu haben. Nachts draußen herumtigern machte mehr Sinn, als sich im Bett von einer Seite auf die andere zu wälzen. Er hatte den idealen Beruf, immer unterwegs. Er durfte sogar Leute anbrüllen, wenn ihm ihre Visage nicht gefiel.

Im großen und ganzen befand er sich in der gleichen körperlichen und geistigen Verfassung wie seine Kollegen. Wieso ausgerechnet er auf diese heikle Mission nach Edinburgh geschickt worden war, wusste er nicht. Konnte auch Zufall gewesen sein. Immerhin war er persönlich von Shrewsbury, dem Vorsitzenden des obersten Gerichtshofs, instruiert worden. Und was brachte er nun mit? Beweise? Vor allem wohl Zweifel. Frauen töten nicht mit sechzehn Messerstichen, sie benutzen auch selten Sprengstoff. Aber mitunter stehen sie dabei, feuern an, oder sie bleiben im Hintergrund, schmieden hasstriefende Pläne und schicken Männer vor, sie auszuführen.

Shrewsbury hätte einen anderen nach Schottland schicken sollen. Er war viel zu parteiisch, hatte eine zu schlechte Meinung von den Frauen.

Zu Unrecht, wie sich gerade herausstellte, denn da tauchte die Kontrolleurin wieder auf. Ach, diese wiegenden Hüften! Von vorne auch ein reizvoller Anblick. Da möchtest du zupacken und ... Aber in deinem Alter überlegst du dir das zweimal. Es kann schnell sehr anstrengend werden, so eine Frau funktioniert ja auch nicht auf Knopfdruck.

Sie lächelte freundlich, aber zurückhaltend. Er bemerkte ihr Halstuch. Die Eisenbahngesellschaft packte ihre Attraktionen von den Knien bis zum Kinn ein. Die haben ja keine Ahnung, wie man Geschäfte ankurbelt!

„Ich habe einen Schlafplatz für Sie."

„Oh, wirklich?"

„Zuschlagfrei."

„Donnerwetter."

„Ein Service für unsere Sicherheitskräfte. Wenn Sie mir unauffällig folgen möchten?"

„Gern." Er sprang auf, nahm den Mantel vom Haken, hob den Koffer von der Gepäckablage und folgte den wiegenden Hüften.

Sie führte ihn zu einem Einzelabteil. Er trat ein, sah sich um. Gemütlich war es nicht, aber es gab Bettzeug und ein Waschbecken.

„Und wo schlafen Sie?" fragte er in einem plötzlichen Ausbruch von Eroberungslust.

„Ich habe ein Dienstabteil."

„Wie schade."

„Für einsame Herzen bin ich nicht zuständig. Haben Sie kein Mobiltelefon?"

„Mobiles Heim, mobiles Telefon."

Mobile Hüften, die dir mal wieder entgleiten. Er setzte sich seufzend auf den Bettrand.

„Rufen Sie Ihre Frau an."

„Bin ich verheiratet?" Sie deutete auf seine Hand mit dem goldenen Ring. „Gute Nacht. Und vergessen Sie nicht, den Riegel vorzuschieben."

Er schob ihn vor, den Riegel. Vor die wiegenden Hüften, den Keuschheitsriegel der britischen Eisenbahn, legte sich angezogen aufs Bett, zog die Decke halb über sich und horchte. Der Zug ratterte leise, keine Schritte näherten sich, kein Luftzug umschmeichelte willige wiegende Hüften ...

Als er ihr den Rock ganz nach oben geschoben hatte, hauchte sie eisig: Mir ist kalt! Er riss die Augen auf. Das Nachtlicht flackerte, die Decke war auf den Boden gerutscht. Er zerrte sie ganz über sich und schlief weiter.

Wie immer, wenn er unterwegs war, schlief er wie ein Stein, trotz des Ratterns und Wackelns. Sie musste mehrmals klopfen, um ihn wach zu bekommen.

„Noch zehn Minuten bis London", sagte sie, nachdem er die Tür aufgezogen hatte.

Im fahlen Schein des Morgens bemerkte er sehr viel Puder auf ihrem Gesicht.

„Guten Morgen. Nescafé?"

„Oh, das ist nett. Aber Sie tragen ja gar keinen Bademantel."

„Nein, ich dusche immer in Uniform."

Er nahm den Pappbecher entgegen und setzte sich aufs Bett. „Danke."

„Auf Wiedersehen. Ich wünsche Ihnen einen angenehmen Tag." Sie verschwand.

Ich gehe zuerst ins Büro, entschied er. Dort kann ich mich in aller Ruhe rasieren.

Kapitel 2

Schuld? Sie suchen nach Schuld?“ hatte die einsame Haushälterin gefragt.

„Das ist mein Beruf“, hatte Scila geantwortet, nachdem er in dem großen, runden Wohnzimmer der Mary Stuart auf einem rosafarbenen Ledersofa Platz genommen hatte. In der Mitte des Raums befand sich eine Spindeltreppe, die vom Erdgeschoss durch alle Stockwerke bis nach oben führte.

„Das kann Sie nicht glücklich machen“, sagte Margareta Curl kopfschüttelnd. Sie klappte ein Fotoalbum zu, das auf dem Wohnzimmertisch lag, und stellte es hinter die Glastür eines geschwungenen türkisfarbenen Bücherschranks. Sie trug ein hochgeschlossenes dunkelblaues Kleid, graues Haar, flache Schuhe und wirkte trotz ihrer Hakennase und dem strengen Blick unterwürfig und schicksalsergeben.

„Es geht nicht darum, ob ich mit etwas glücklich bin oder nicht, Mrs. Curl.“

„Nein, das denke ich auch."

Scila fühlte sich unwohl in dieser Umgebung. Dieses Unbehagen hatte er schon gespürt, als er sich dem eigenartigen Wohnhaus in der Holyrood-Road von Edinburgh genähert hatte. Es war ein Turm. Kein altertümlicher, sondern ein turmartiges sechsstöckiges Wohnhaus aus Beton, umgeben von einem akkurat angelegten Park, der im Novemberregen trist und übertrieben geometrisch wirkte. Der Turm bestand aus drei Teilen, jeweils zwei Stockwerke waren versetzt übereinandergebaut. Die verschiedenformatigen Fenster waren konsequent asymmetrisch verteilt. Das sollte kühn wirken, sah in Scilas Augen aber bemüht aus. Er war im Bus hergefahren, zu Fuß über die geschwungene kiesbedeckte Auffahrt gelaufen und sich ärmlich vorgekommen.

Der Wohnraum befand sich im vierten Stock. Alle Möbel waren mehr oder weniger in runder Form gehalten, nur das große Kreuz über dem breiten, leicht gebogenen Fernsehschirm hatte Ecken und Kanten. Das Kreuz gehörte seit einiger Zeit, zusammen mit der Silhouette des Turms und einem Lilienstrauß, zum Firmenlogo von Scots Media.

„Warum hat man keine Frau geschickt?" fragte Margareta Curl. „Was versteht ein Mann schon von solchen Dingen?"

Scila räusperte sich: „Von Mord?"

Curl, die es nicht gewagt hatte, sich in den Sessal zurückzulehnen, auf dem sie saß, reckte sich und saß jetzt kerzengerade: „Glauben Sie wirklich, dass eine Frau, die im sechsten Monat schwanger ist, fähig ist, einen Mord auszuführen?"

„Glaube spielt in meinen Angelegenheiten keine Rolle."

„Und das macht Sie glücklich?"

„Nein, darum geht es nicht. Es geht darum, die Wahrheit herauszufinden."

Margareta Curl deutete auf ein in einer Art kubistischer Romantik angefertigtes Porträtgemälde der Hausherrin: „Sie hat die Wahrheit im Glauben gefunden. Kennen Sie die Botschaft der Heiligen Erweckungskirche unseres Erlösers Jesus?" Ihr Arm kreiste durch den Raum und zeigte auf das Porträt eines Mannes mit Dornenkrone.

Scila schüttelte den Kopf. „Mich interessieren die sechzehn Messerstiche."

Curl seufzte: „Und wenn Sie noch so sehr nach Ursachen suchen, Sie werden die Tat nicht ungeschehen machen."

„Es geht darum, die Schuldigen zu überführen."

„Sie werden früher oder später ihren obersten Richter finden."

„In seinem Auftrag bin ich hier, gute Frau. Schildern Sie mir bitte, was passiert ist."

Die Haushälterin und deutete auf eine Edelstahltür: „Die Aufzugtür öffnete sich – aber muss ich das alles noch mal erzählen? Es ist doch längst aufgeschrieben worden."

„Ich misstraue dem Geschriebenen, ich höre lieber das gesprochene Wort."

Curl lächelte dünn. „Das hätte sie auch gesagt haben können."

Scila verzog das Gesicht. „Die Aufzugtür öffnete sich also, und?"

„Er trat heraus."

„Er?"

„Ich möchte seinen Namen nicht in den Mund nehmen."

„Henry Darnley."

„Ja."

„War er allein?"

„Ja."

„Was sagte er, was tat er, wie sah er aus?"

„Er sah aus wie ... mordlüstern."

„Mordlüstern?"

„Seine Augen funkelten kalt, er zitterte am ganzen Körper ..."

„Und?"

„Er fragte nach ihr."

„Und Sie sagten ihm, wo sie sich befand?"

„Ich sagte gar nichts. Ich war gar nicht fähig dazu. Er ging wieder in den Aufzug zurück und fuhr nach oben."

„Und Sie?"

„Ich rannte die Treppe hinauf." Sie deutete auf die Spindeltreppe in der Mitte des Raums.

„Warum hat er nicht die Treppe benutzt?"

„Ich weiß nicht."

„Wäre das nicht schneller gegangen?“

„Ich weiß nicht.“

„Zumindest wäre es der direkte Weg gewesen.“

Margareta Curl schwieg.

„Vielleicht war er gar nicht so erregt, wie Sie ihn beschreiben.“

„Wollen Sie mich der Lüge bezichtigen?“

„Nicht unbedingt. Aber in der Aufregung haben Sie vielleicht manches falsch interpretiert.“

„Betrunken war er! Und wer weiß, was er noch alles ...“

Scila nickte. „Na gut. Und dann?“

„Als ich ins Schlafzimmer kam, kniete er neben ... ihm ...“

„Darnley kniete neben der blutüberströmten Leiche von David Rizzio.“

Curl nickte. Sie war blass geworden.

„Und in der Hand hielt Darnley das Messer?“ fragte Scila scharf.

„N-nein ... Sie hatte es ihm ja abgenommen.“

„Sie stand da und hielt das blutige Messer in der Hand?“

„Sie ... sie starrte es an, als wäre es ein ... ein häßliches Tier.“

„Darnley behauptete, als er hereinkam, habe sie sich mit dem Messer in der Hand über die Leiche von Rizzio gebeugt.“

„Er lügt.“

„Er lügte. Jetzt kann er nicht mehr. Er liegt neun Fuß unter der Erde.“

„Eine böse Seele kann auch aus dem Jenseits heraus noch Schlechtes bewirken."

„Bleiben wir bei den Tatsachen. Es fällt mir schwer zu glauben, dass es ihr gelungen ist, diesem Rasenden, der sein Opfer mit sechzehn Messerstichen traktierte, das Mordinstrument abzunehmen. Ihnen nicht?"

„Ich weiß nicht ... sie sagte doch, glaube ich, dass er zusammenbrach ... sie nutzte die Gelegenheit."

„Schwer nachzuvollziehen, aber es passieren mitunter die eigenartigsten Dinge in solchen Situationen. Ich finde es auch sehr ungewöhnlich, dass eine verheiratete Frau mit ihrem Privatsekretär im Schlafzimmer zu Abend isst."

Curl hob die Schultern.

„Finden Sie nichts dabei?"

„Sie war eine ungewöhnliche Frau und hatte so manchen Spleen."

„Spleen? Die vielen Affären nennen Sie Spleen?"

Eine leichte Röte breitete sich auf Curls Gesicht aus: „Das war alles längst vorbei. Sie hatte sich geändert!"

„Und aß mit dem Privatsekretär im Schlafzimmer zu Abend?"

„Das war doch etwas anderes. Er war ihr Vertrauter. Vielleicht der einzige, der ihr geblieben war."

„So vertraut, dass sie im Bett dinierten?"

„Sie lagen nicht im Bett!" rief sie aus. „Es war ein Tisch gedeckt worden. Von mir." Sie funkelte Scila böse an.

„Das Messer hatten Sie auch gedeckt?"

„Zwei davon."

„Extra scharf und spitz. Hatte Sie das verlangt?"

„Ich hatte sie ausgesucht, es gab Steaks." Curls Gesicht bekam rote Flecken. „Sie sollten sich schämen, einer so edlen Frau etwas Derartiges zu unterstellen!"

„Sie missverstehen meine Absicht, gute Frau. Ich bin hier, um Entlastungsmaterial für Mrs. Stuart zu finden."

„Sie reden aber anders."

„Lassen Sie uns mal nach oben gehen. Nachdem Darnley im Aufzug verschwunden war, haben Sie die Treppe genommen? Also los."

Margareta Curl stand ächzend auf. „Das geht nicht. Ich kann die Treppe nicht mehr benutzen seit damals. Ich bin gestürzt. Mein Knie ist gebrochen. Es wird nie mehr ganz verheilen. Die Treppe ... das ist unmöglich."

„Aber damals haben Sie es noch geschafft?"

„Ja, ich weiß selbst nicht wie."

„Nehmen Sie den Aufzug!" Scila stieg zügig die Treppe in den vierten Stock hinauf.

Die Schlafzimmermöbel waren weiß und hatten größtenteils geschwungene oder runde Formen, auch das Bett. Tapeten und Teppiche waren rosafarben, ebenso der Baldachin über dem Bett. Zwischen Aufzugtür und Bett stand ein weißer Tisch mit rosa Tischdecke. Teller, Gläser und Besteck standen und lagen bereit.

Scila griff sich ein Messer und legte sich zwischen Tisch und Bett auf den Teppich. Das Messer hielt er so, dass es vom Aufzug her aussehen musste, als steckte es in seiner Brust.

Curl trat aus dem Aufzug und schrie entsetzt auf.

Scila hob den Kopf: „Lag er so da? Dann könnte er auch aus dem Bett gefallen sein."

Die Haushälterin humpelte zornentbrannt zu ihm hin und keifte: „Sie Lump! Sie war im sechsten Monat schwanger! Und dieser vermaledeite Italiener trieb es nur mit Jungs!"

Zufrieden grinsend richtete sich Scila auf. „Na sehen Sie, da hätten wir doch noch ein Detail aus Ihnen herausgekitzelt, das bislang nicht bekannt war. Wusste Darnley von der Homosexualität Rizzios?"

„Natürlich, er hat ihn ja deswegen unter Druck gesetzt."

„Eifersucht scheidet also als Mordmotiv aus. Das ist betrüblich für Mrs. Stuart."

„Sie sind ein Teufel."

„Ich darf mich dann einstweilen verabschieden und danke für die Mitarbeit."

Scila stieg die Treppe hinab. Im zweiten Stock betrat er das Wohnzimmer, ging zum Bücherschrank, öffnete die Glastür, zog das Fotoalbum heraus, das Margareta Curl weggestellt hatte, und nahm es mit.

Kapitel 3

Hab schon von Ihnen gehört", brummte der Pförtner am Eingang von Scots Media, nachdem Scila seinen Ausweis gezückt hatte. „Sie sind aus England gekommen, um was für unsere Madame zu tun."

Madame?, dachte Scila amüsiert, das klingt nach Puffmutter, oder?

„Ich soll Nachforschungen anstellen", sagte er. „Aber wie es aussieht, bin ich nicht erwünscht."

Der Pförtner nickte bedächtig. „Es gäbe da wohl schon einige Leute, die gern mit Ihnen reden möchten, aber es wurde untersagt. Es heißt, Sie hätten keine offizielle Genehmigung. Sie sind ja bloß englischer Polizist. Wir Schotten bilden uns ganz schön was ein auf unsere Unabhängigkeit."

„Tja." Scila zuckte mit den Schultern und blickte durch das Eisengitter des breiten Tores hindurch auf das Firmengelände. Das Hauptquartier von Scots

Media bestand aus einer Ansammlung von kubischen Gebäuden, die auf Stelzen standen und durch Röhren miteinander verbunden waren. Der höchste Kubus war für die Firmenleitung bestimmt. Dort hatte Mary Stuart residiert und eigenwillig an ihrer Firmenpolitik gestrickt, sehr zum Verdruss ihrer Schwester Elisabeth Westminster in der Konzernzentrale in London.

„Aber vielleicht möchten Sie sich ja ein bisschen ausruhen", schlug der Pförtner vor. „Die Straße runter bis zum Ende und dann ein Stückchen links ist ein Pub. Dort machen manche ihre Mittagspause und unterhalten sich gern."

„Wahrscheinlich haben Sie recht", sagte Scila seufzend. „Hier komme ich wohl nicht rein."

„Nur über meine Leiche", sagte der Pförtner mit ausdruckslosem Gesicht.

„Es ist zwar noch ein bisschen früh am Tag, aber ich werde mir Mut antrinken und überlegen, was zu tun ist."

„Gute Idee. Achten Sie auf schwarze Krawatten."

Scila verabschiedete sich und ging die Straße hinunter.

Das „Castle Inn" war relativ leer. Am Tresen standen einige Männer und tranken Bier, weiter hinten gab es Tische, an denen vereinzelte Gäste zu Mittag aßen. Scila setzte sich auf einen Hocker vor dem Kamin und fragte sich, ob er allen Ernstes jetzt schon ein Bier trinken sollte.

Die Entscheidung wurde ihm abgenommen. Ein Mann in blauem Anzug mit leicht in Unordnung geratenen grauen Haaren und unpassender schwarzer Krawatte setzte sich zu ihm und reichte ihm ein großes Glas Ale. Scila nahm es dankend an.

„Wie haben Sie mich erkannt?" fragte Scila. „Ich dachte, ich soll Sie erkennen."

„Der Pförtner hat mir einen mittelgroßen Kerl in abgetragenem Cord-Anzug und fleckigem Trench-Coat beschrieben, leicht übergewichtig und mit zu kurzem Hals, Schuhe und Mütze aus Wildleder, beides leicht speckig."

„Das hat er gesagt?"

„Ja."

„Er sah auch nicht besser aus."

Der Mann im blauen Anzug hielt ihm die Hand hin. „Mein Name ist Melvil."

Sie gaben sich die Hand.

„Dort hinten", sagte Melvil, „ist ein Eckchen, wo wir ungestört reden können."

Sie standen auf und gingen an den Tischen vorbei in eine Art offenes Separée, das durch schulterhohe Holzwände vom übrigen Lokal abgetrennt wurde.

„Man hat Sie also nicht reingelassen", stellte Melvil fest, nachdem sie sich an einen schmalen Tisch gesetzt hatten.

„Nein", sagte Scila. „Was mich wirklich wundert. Dass die schottische Polizei kein Interesse hat, einem englischen Polizisten zu helfen, kann ich angesichts der politischen Lage verstehen. Aber warum möchte die Firmenleitung von Scots Media nicht mithelfen, entlastendes Material für ihre Chefin zu finden?"

„Die jetzige Führung des Unternehmens sähe es gern, wenn unsere Führerin dort bliebe, wo sie ist. Es hat einen Richtungswechsel an der Spitze gegeben. Die Blasphemisten sind wieder am Ruder."

„Die was?"

„Mrs. Stuart versuchte, die Medien in den Dienst der Botschaft zu stellen, die neue Leitung steht für das umgekehrte Prinzip."

„Verstehe ich das jetzt?"

Melvil seufzte. „Unter der Führung von Mrs. Stuart wurden die Lehren der Heiligen Erweckungskirche unseres Erlösers Jesus verbreitet. Es gab spezielle Sendungen, aber vor allem ging es darum, allen Programmen den Geist der Erweckung einzuhauchen."

„Aha."

„Die neue Leitung hat dies wieder in den Hintergrund gedrängt. Das Spirituelle ist weitgehend aus den Programmen verschwunden. Aus kommerziellen Gründen heißt es, aber ..." Die Eingangstür quietschte. Melvil stand abrupt auf und spähte über die Holzwand. Dann ließ er sich wieder auf den Stuhl fallen.

„Aber?"

„... aber es ist pure Feindschaft. Der nackte Kapitalismus ist des Teufels. Ohne eine heilende Botschaft bringen die Medien nur Zerstreuung, und Zerstreuung heißt Zerstörung."

„Sie haben klare Prinzipien."

„Nicht nur ich. Eine ganze Reihe von Mitarbeitern denken so. Wir haben doch unserer Kirche nicht den Rücken gekehrt, nur weil wir vorübergehend eine andere Unternehmensleitung haben."

„Sie denken, das ist nur vorübergehend?"

„Aber ja. Madame wird bald wieder zurückkommen."

„Immerhin steht sie unter Mordverdacht."

„Aber die Anklage muss fallen gelassen werden. Es ist alles eine Lüge, ein Komplott!" Melvil schlug mit der Hand auf den Tisch.

„Sie müssten Beweise liefern."

„Aber Sie sind doch Polizist, Sie haben nachgeforscht, Sie müssen doch bemerkt haben, was da vor sich ging?"

„Nachgeforscht hab ich?" Scila lachte abfällig. „Versucht hab ich es. Bin von Pontius zu Pilatus gelaufen, hab mir die Gummisohlen meiner speckigen Wildlederschuhe abgelatscht und bin überall nur auf sehr schweigsame Menschen getroffen. Entweder sie schwiegen, weil ich in ihren Augen ein Eindringling aus England war, oder sie schwiegen, weil sie mich für einen Agenten von Elisabeth hielten. Herausgefunden habe ich nur, dass Darnley diesen Rizzio umsonst umgebracht hat, jedenfalls dann, wenn die Tat aus Eifersucht geschah, denn dieser italienische Privatsekretär war schwul."

Melvil sprang halb auf vor Erregung. „Tatsächlich?“ Er sank wieder auf den Stuhl zurück. „Gott sei dank.“

„Würde ich nicht so sehen“, brummte Scila. „Alle gehen davon aus, dass sechzehn Messerstiche niemals von einer Frau ausgeführt werden können. Aber wenn's denn doch passiert ist ...“

„Niemals. Madame war in dieser Hinsicht absolut unbefleckt.“

„Unbefleckt? Mein lieber Mann, ich kann ja verstehen, dass sie die Dame verehren und hin und wieder ein Auge zudrücken, aber beide Augen fest verschließen macht auf Dauer auch nicht glücklich. Wie viele Liebhaber hat sie denn gehabt?“

„Aber nein, hören Sie doch, Sie verstehen nicht!“ Melvil hob beschwörend die Hände. „Sie können ja gar nicht verstehen, Sie sind ja keiner von uns. Sie hat eine Wandlung durchgemacht. Nach ihrer Offenbarung ist sie eine ganz andere geworden.“

„Was meinen Sie mit Offenbarung?“

„Es kam kurz nach der Geburt ihres Sohnes. Sie spürte eine ganz neue Kraft in sich. Es war eine Erleuchtung!“

„Ein zündendes Erlebnis. Die Explosion, die Darnley ins Jenseits befördert hat?“

„Um Gottes willen, Herr Inspektor, Sie verstehen ja alles falsch! Das war ein Unfall.“

„Nach allem, was ich an Informationen in die Hände bekommen habe, war es ein Sprengstoffanschlag. Geplant von ihrem letzten Ehemann, ausgeführt von seinen Handlangern. Und möglicherweise hat Mrs. Stuart davon gewusst."

„Das alles ist nur Lügenpropaganda. Man will unseren Glauben in den Schmutz ziehen. Natürlich, Bothwell war eine starke Persönlichkeit, ein Führer. Aber er stand über all diesen niedrigen Gelüsten, die man ihm andichten will."

„James Bothwell", sagte Scila nachdenklich. „Es heißt, er habe sie und ihr Unternehmen missbraucht. Er wollte vor allem Scots Media besitzen."

„Aber nein! Die beiden hatten doch eine gemeinsame Mission."

„Sie wollten die ganze Medienpalette von Scots Media zu Pforten der Erleuchtung für die Menschheit umfunktionieren."

Melvil entging der Sarkasmus in Scilas Stimme. „Jetzt haben Sie es verstanden, Herr Inspektor. Und das ist auch der Grund, warum die Blasphemisten uns verleumden. Der schottische Staat hat sich auf ihre Seite geschlagen, weil er Madames Pläne missbilligte. Die Macht des Konzerns bei der Meinungsbildung der Öffentlichkeit war ihnen ohnehin schon lange ein Dorn im Auge. Und nun hat sich die englische Justiz auch gegen Madame verschworen."

„Die englische Justiz ist in dieser Angelegenheit gespalten", erklärte Scila. „Deshalb bin ich ja hier. Wenn ich entlastendes Material finde, dann wird es berücksichtigt werden. Leider sprechen einige Briefe aus der Feder Mrs. Stuarts eine allzu deutliche Sprache. Darin bekennt sie sich zu den Taten."

Melvil beugte sich nach vorn und senkte die Stimme. „Es sind Fälschungen, und ich weiß auch, wer sie angefertigt hat. Holen Sie mich nach London, und ich sage aus."

„Kommen Sie gleich mit."

„Das geht nicht. Ich will erst kommen, wenn ich weiß, dass mir die Blasphemisten danach keinen Strick daraus drehen können."

„Geben Sie mir wenigstens Ihre Adresse."

Melvil zögerte, dann zog er eine Visitenkarte hervor.

Scila warf einen kurzen Blick darauf. „Gibt es noch andere in ihrem Unternehmen, die Mrs. Stuart entlasten könnten."

„Vielleicht. Es wäre alles eine Frage des sicheren Geleits. Und niemand will natürlich seinen Arbeitsplatz verlieren."

Scila seufzte.

Melvil holte ein Notizbuch aus der Jackentasche, riss einen Zettel heraus und schrieb eine Telefonnummer darauf: „Rufen Sie hier an und erklären Sie, was Sie wollen, vielleicht haben Sie Glück. Nennen Sie nicht meinen Namen."

„Wer ist das?"

„Ich nenne auch keine Namen." Er stand auf. „Ich muss los, ich bin schon viel zu lange hier. Sie wissen ja jetzt, was Sie tun müssen."

Er reichte Scila die Hand, verabschiedete sich nervös und verließ eilig das Pub.

Scila entschloss sich, ins Hotel zurückzukehren. Von dort rief er die Nummer auf dem Zettel an. Es meldete sich nur eine unpersönliche mechanische Stimme.

Er nahm sich das Fotoalbum vor. Darin waren durchweg private Bilder. Sie sah verdammt gut aus mit ihren schwarzen Haaren und den dunkelbraunen Augen. Auch Darnley und Bothwell waren auf einigen Fotos, Darnley als eleganter Schönling, der offenbar die Fähigkeit besessen hatte, seine Frau zum Lachen zu bringen. Es waren Dokumente eines unbeschwerten jungen Glücks in Luxus und mondäner Welt: Schlösser, Yachten, Luxushotels, Landhäuser, exklusive Urlaubsorte. Da war also etwas gewesen, das nach einiger Zeit erstorben war. Auf den Fotos mit Bothwell lachte sie nicht mehr so oft. Hier war eine andere Form des Miteinanders zu sehen: eine Frau, die sich an einen sehr großen, dunkelhaarigen, finster und verschlossen wirkenden kräftigen Mann anlehnt, sich ihm unterordnete?

Je mehr er blätterte, umso weniger interessierte ihn, was um Mary Stuart herum abgebildet war. Mehr und mehr faszinierte ihn ihr Mund, wenn sie lächelte, ihre Augen, wenn sie ernst blickte.

Er hätte womöglich den ganzen Nachmittag mit dem Betrachten der Bilder verbracht, wenn es nicht an der Tür geklopft hätte. Er stand auf, öffnete und sah einen Ausweis der schottischen Kriminalpolizei, der ihm entgegengestreckt wurde. Sie waren zu dritt.

„Sieh an, die Kollegen“, entfuhr es ihm. „Was verschafft mir die Ehre?“

„Sie packen Ihre Sachen und nehmen die nächste Maschine nach London."

Scila schüttelte den Kopf. „Kein Flugzeug bitte."

„Dann nehmen Sie den Nachtzug. Koffer packen, bitte."

„Danke. Sonst noch etwas?"

„Nein."

Also begann er zu packen und legte als erstes das Fotoalbum in den Koffer.

Kapitel 4

Vom Bahnhof King's Cross war Scila durch den dichten Regen direkt ins Büro gefahren, um seinen Bericht zu schreiben. Er hatte sich hinter seinem Schreibtisch verschanzt und zwischendurch immer mal wieder das Album durchgeblättert. Diese erstaunliche Frau regte seine Fantasie an. Da war etwas Energisches an ihr, eine verborgene Durchsetzungskraft. Ein Wille, den man gern gebrochen hätte?

Den Bericht schickte er per Fax und machte sich auf den Weg in die Kantine. Am Nachmittag verließ er sein Büro, fuhr mit dem Bus durch den trägen Verkehr zum zentralen Londoner Justizgebäude und klopfte wenig später an die Tür des obersten Richters. Shrewsbury öffnete selbst. Erstaunlich, dass der weißhaarige Herr sich dafür nicht zu schade war. Ein umgänglicher Mensch mit kräftigem Händedruck, freundlich, aber dennoch ernst. Er deutete durch das Vorzimmer zur Tür seines Büros. Scila schaute sich um. Keine Sekretärin, kein Sachbearbeiter.

Es gab wenige Büros in staatlichen Behörden, in denen auch für Besucher ein bequemer Sessel vor dem Schreibtisch stand. Shrewsbury gönnte seinen Gesprächspartnern diesen Luxus, Scila saß gern hier. Auch so ein Nebenprodukt des Falls Mary Stuart, dass er zum Schoßhündchen des obersten Richters geworden war.

„Ich danke Ihnen für Ihren Bericht", sagte der Richter, nachdem er Platz genommen hatte. „Setzen Sie sich. Kann Ihnen leider keinen Kaffee anbieten, meine Sekretärin ist schon fort, und an der Maschine vergreife ich mich nicht. Ich hätte einen Whisky anzubieten ..."

Scila schüttelte den Kopf. „Nein danke, ich muss heute noch nach Hause."

Es war warm hier und stickig. Es roch nach Leder und Pfeifentabak. Man wurde schläfrig in dieser Umgebung, vor allem in diesem Sessel.

„Wie gesagt, ich danke Ihnen für Ihren Bericht. Ich bin mir sicher, dass Sie alles getan haben, was möglich war. Das Ergebnis ist allerdings ziemlich unbefriedigend."

„Ich wurde systematisch abgeblockt. Man hat mir die bekannten Unterlagen vorgelegt und zu verhindern versucht, dass ich direkt mit Zeugen sprechen kann. Die schottische Justiz und die neue Führung von Scotts Media halten zusammen wie Pech und Schwefel."

„Aus unterschiedlichen Motiven vielleicht", sagte Shrewsbury. „Die schottischen Institutionen bemühen sich auf geradezu paranoide Weise, ihre Eigenständigkeit zu demonstrieren. Das ist nichts Neues. Aber das Unternehmen? Warum hat da niemand Interesse, die Inhaberin zurückzubekommen?"

„Die Belegschaft ist gespalten, ein Teil hofft auf ihre Rückkehr. Aber die neue Führung arbeitet dagegen. Sie wird von denen gestellt, die dem weltanschaulichen Kurs von Madame nicht folgen wollten."

„Pardon?"

„Oh, entschuldigen Sie. Mary Stuart wird von ihren Getreuen Madame genannt. Diesen Leuten wurde das Wasser abgegraben. So wie es aussieht, hat die jetzige Unternehmensleitung kein Interesse an einer Rückkehr der Eigentümerin. Es heißt, das Management halte inzwischen sogar gute Kontakte zur Zentrale von Westminster Enterprises in London und man sei nicht grundsätzlich gegen eine Fusion mit dem französischen Konzern."

Shrewsbury machte eine ungeduldige Handbewegung: „Für Wirtschaftsrecht bin ich nicht zuständig. Mir geht es um die Morde. Und vor allen Dingen darum, zu verhindern, dass eine Unschuldige verurteilt wird."

„Die Schotten beharren darauf, dass die englischen Gerichte nicht zuständig sind."

„Die Schotten! Die blicken auch nicht weiter als ihre eigene Nasenspitze. Was nützt es, wenn die Schotten auf ihrer nationalen Unabhängigkeit herumreiten, wenn die Engländer sie ignorieren. Für Burleigh gilt britisches Recht. Es wurde nicht abgeschafft, nur weil die Schotten sich losgesagt haben."

„Bleiben Kriminalistik und der gesunde Menschenverstand", sagte Scila, dem es in dem Sessel inzwischen so sehr behagte, dass er es bereute, den Whisky abgelehnt zu haben. Er wurde müde.

„Darauf wollte ich zurückkommen."

„Die sechzehn Messerstiche ..."

„Eine Frau kann niemals, ich weiß ..."

„Ja eben."

„Aber was nützt uns das, Inspektor? Ihr damaliger Ehemann, der die Tat nach unserer Überzeugung ausgeführt hat, ist tot. Die einzige Zeugin der Tat ist die Mordverdächtige. Was auch immer sie sagt, wie ihr Privatsekretär David Rizzio ums Leben kam, wird nicht als Beweis, sondern als Schutzbehauptung angesehen. Ich kann mir schon jetzt denken, worauf es vor Gericht hinausläuft. Einer wie Burleigh appelliert an die niederen Instinkte der Geschworenen, und diese Damen und Herren aus dem Volk lieben nichts so sehr, wie eine Glaubensfanatikerin mit Sendungsbewusstsein und anrüchiger Vergangenheit in den Sumpf der Amoralität zu stoßen. Dass sie eine anbetungswürdige Schönheit ist, hat ihr in diesem Zusammenhang nur geschadet." Der Richter sah an Scila vorbei ins Nichts.

Hat er eben „anbetungswürdige Schönheit" gesagt oder träume ich? Scila spürte, wie seine Augenlider schwerer wurden.

„Sie sind müde Inspektor, gehen Sie nach Hause. Ruhen Sie sich aus. In diesem Fall können Sie nicht mehr viel tun."

„Sie sind unzufrieden mit mir."

Shrewsbury ballte eine Hand zur Faust. „Nein, keineswegs. Sie haben getan, was Sie tun konnten. Wen interessiert überhaupt noch die Wahrheit? Das Ganze ist zum Glaubenskrieg degeneriert. Es geht um den Kopf einer schottischen Sektenführerin, die die Welt durch die Glotze von ihren Sünden erlösen möchte. Die Heilige Erweckungskirche unseres Erlösers Jesus Christus! Wie kann man in unserer Zeit bloß Menschen für einen derartigen Unsinn begeistern?" Der Richter schnaubte verächtlich.

„Aber eine anbetungswürdige Schönheit ist sie doch", murmelte Scila.

„Was hat das eine mit dem andern zu tun? Ihr Humor in Ehren, Inspektor Scila."

Scila holte Melvils Visitenkarte und die von ihm notierte Telefonnummer aus der Jackentasche, strich den Zettel glatt und legte beides auf Shrewsburys Schreibtisch. „Ein bisschen was habe ich doch mitgebracht. Rufen Sie diese beiden Telefonnummern an, so diskret wie möglich. Die Zeugen verlangen sicheres Geleit nach London. Mich können Sie mit der Angelegenheit nicht betrauen, ich bin im Norden jetzt bekannt, aber vielleicht finden Sie ja einen Weg."

Shrewsbury seufzte. „Es ist eine schlechte Angewohnheit von Ihnen, Scila, mit den wichtigsten Informationen bis zum Schluss zu warten."

„Bitte um Entschuldigung." Scila schilderte sein Treffen mit Melvil.

„Ich will sehen, was sich machen lässt", sagte Shrewsbury, nachdem der Inspektor geendet hatte.

Scila stand auf und verabschiedete sich. Shrewsbury hob die Hand und starrte weiter grübelnd auf die beiden Zettel.

Draußen im Flur musste Scila geräuschvoll gähnen. Geh nach Hause und schlaf dich aus, dachte er. Aber er wusste nur zu gut, dass er dort garantiert keinen Schlaf finden würde.

Kapitel 5

Scila stieg neununddreißig Stufen ins nächste Stockwerk und klopfte an die Tür des obersten Staatsanwalts.

Kaum hatte Scila das Büro des Generalstaatsanwalts betreten, war er wieder hellwach. Eine kühle Blondine in knappem Business-Kostüm wies ihm den Weg. Die Tür schloss sich lautlos hinter ihm. Es roch nach Pfefferminz. Burleigh schrieb schwungvoll eine Unterschrift auf ein Papier und sah auf. Mit seinem ovalen Gesicht, dem länglichen Kinn und der Glatze wirkte er zunächst harmlos. Ein Blick aus seinen kalten Augen belehrten eines Besseren. Die Andeutung eines höhnischen Lächelns, die er immer zur Schau trug, wenn er einen Untergebenen ansprach, tat ihr Übriges. Scila fühlte sich abgekanzelt, bevor er auch nur ein Wort gesagt hatte.

Burleigh musterte ihn über den Brillenrand hinweg. „Na, Inspektor, angenehme Reise?"

„Angenehm würde ich nicht sagen."

„Ergiebig wohl auch nicht", fügte Burleigh mit gelangweiltem Unterton hinzu.

„Leider nicht."

„Ich war gleich dagegen, Scila."

„Das ist mir bekannt."

„Richter Shrewsbury ist ein Träumer. Er hat sie als Sandmännchen ausgeschickt, damit er guten Gewissens den Schlaf des Gerechten weiterschlafen kann."

„Dazu kann ich nichts sagen, Herr Staatsanwalt."

„Setzen Sie sich hin und erklären Sie mir, ob da außer Spesen noch etwas gewesen ist?" Burleigh deutete auf den Freischwinger vor seinem chromglänzenden Schreibtisch. Wer darin saß, lief kaum Gefahr einzunicken, sondern saß aufrecht, musste Haltung bewahren.

„Die schottischen Behörden haben nicht kooperiert."

„Wie ich erwartet hatte."

„Die Mordsache Rizzio bleibt weiterhin schwierig einzuschätzen, wenngleich ..."

„Was interessiert mich diese Affäre? Das ist doch längst geklärt. Darnley ist der Täter, Motiv Eifersucht."

„Sie hatte nichts mit ihrem Sekretär."

„Ach, kommen Sie, Scila! Erzählen Sie mir keine Märchen. Die Stuart hat doch noch jeden halbwegs rüstigen Mann in ihrer Nähe ins Bett gezerrt."

„Rizzio war schwul."

„Ist das alles, was Sie herausgefunden haben? Was beweist das? Nichts. Ein gefundenes Fressen für die Boulevardpresse. Und ein hübsches perverses Detail für die Geschworenen, falls es eine Revision geben sollte, was ich nicht glaube." Burleigh hielt inne. Das kalte Lächeln verwandelte sich in ein wölfisches Grinsen. „Und es passt auch sehr gut zur Bothwell-Sache."

Scila spürte, dass er langsam zusammensackte und auf dem glatten Untergrund zum Stuhlrand rutschte. Er setzte sich wieder gerade. „Wie denn das?"

„Sie hat Darnley ins Gartenhaus gelockt. Nach der Explosion wurde seine Leiche dort gefunden. Gefesselt! Das passt für mich ins Bild."

„Was für ein Bild?"

„Anomalie, um es einmal milde auszudrücken." Burleigh lachte verächtlich. „Shrewsbury hat sich keinen Gefallen getan, Sie nach Edinburgh zu schikken. Ein homosexueller Liebhaber vervollständigt nur das schmutzige Bild."

Scila schwieg. Was sollte er dazu sagen? Genau das war Burleighs Methode auch vor Gericht. Er arbeitete mit Assoziationen und Suggestionen, verband nicht zusammengehörende Elemente zu einer Indizienkette und setzte komplette Schaubilder einer schweren Schuld aus falschen Mosaikteilchen zusammen. Die meisten Geschworenen folgten lieber seinen emotionalen Appellen als den kühlen, rationalen Nachfragen Shrewsburys.

„Sie sehen bedrückt aus, Inspektor. Tut es Ihnen um die Dame leid? Sie hat sich mit Leib und Seele einem Fanatiker ausgeliefert, der seinem abergläubischen Kult einen falschen christlichen Anschein gegeben hat. Die Lehren von Jesus Christus derart in den Schmutz zu ziehen, ist an sich schon ungeheuerlich. Aber sich die Gunst einer Frau zu erschleichen, die über die zweitgrößte Medienmacht auf den britischen Inseln verfügt, um ihr Imperium für die eigene Botschaft zu missbrauchen, ist wahrhaft teuflisch!"

„Sie wurde also missbraucht?"

„Missbraucht? Fehlgeleitet? Manipuliert? Was reden Sie da, Scila! Gibt es keinen freien Willen mehr in dieser Welt?"

„Ich weiß es nicht."

„Wie konnten Sie Polizist werden, wenn Sie das nicht wissen?"

„Das ist eine gute Frage."

Burleigh blickte amüsiert über die Brillenränder: „Was treibt Sie an, Scila?"

Der Inspektor dachte nach. „Das Laufrad", gab er dann zu.

„Sie sind urlaubsreif", urteilte Burleigh gnädig. „Und was glauben Sie, was Shrewsbury antreibt?"

„Der Wille zur Gerechtigkeit."

„So?"

„Menschlichkeit? Mitgefühl?"

„Meinen Sie?"

Scila zuckte mit den Schultern.

„Das kann ich mir nicht leisten. Sehen Sie da." Burleigh deutete auf die Bücherwand, die von oben bis unten mit diesen dicken grünen, brauen oder grauen Bänden gefüllt war, in denen Scila Urteile, Gesetzestexte oder deren Auslegung vermutete. „Formeln, nichts als Formeln. Gerechtigkeit besteht in der Anwendung von Formeln. Es beginnt mit eins plus eins und endet bei langen Gleichungen mit zahlreichen Unbekannten. Die Juristen sind für die Formeln zuständig, die Geschworenen für die Menschlichkeit. Ein zweifelhaftes Arrangement, denn wahre Gerechtigkeit kann es nur in der Anwendung des kalten Rechts geben. Gefühlsduselei macht blind für die Wahrheit! Diese Einsicht hat Shrewsbury auf seine alten Tage aufgegeben. Er ist sentimental geworden. Er sollte sich zur Ruhe setzen. Ich halte mich an die Fakten!"

Es geht ihm doch nur darum, zu triumphieren, dachte Scila. Oder hat er wirklich etwas gegen sie? Sind es wirklich nur kalte, vernünftige Gründe, die ihn dazu drängen, Mary Stuart zu beseitigen? Oder ist es ihre Macht, ihr Einfluss, ihr Sendungsbewusstsein, die Tatsache, dass sie eine große Anhängerschaft auch in England hat, vielleicht gar ihre Schönheit, die ihn anstacheln? Oder spielen sogar religiöse Motive mit hinein, auch wenn dieser bekennende Christ behauptet, seine Moral sei ausschließlich rational begründet?

Scila spürte, wie die Müdigkeit zurückkam. Die letzten Worte des Generalstaatsanwaltes waren an ihm vorbeigeflogen. Na und? Was gingen ihn Burleighs Rechtfertigungsmonologe an? Sein Job war das Sammeln von Beweisen. Was sie damit anstellten, mussten Burleigh und Shrewsbury untereinander ausmachen.

Burleigh hielt inne und räusperte sich. „Nun gut, ich habe Ihren Bericht gelesen. Für mich ändert sich in der Sache nichts. Ihre Reise war umsonst. Ich hoffe, Sie haben sich wenigstens gut amüsiert."

„Danke, es ging." Scila stand auf.

Es klopfte, und die Blondine aus dem Vorzimmer trat ein. „Ihr Termin, Herr Staatsanwalt."

„Gut. Inspektor?" Burleigh deutete zur Tür.

Scila stand auf und ging an der Blondine vorbei. Sie hatte ein unglaubliches Talent, ihn zu ignorieren. Während er durch das Vorzimmer schlurfte, eilte sie an ihm vorbei und öffnete ihm mit ausdruckslosen Gesicht die Tür.

Scila blieb vor ihr stehen. „Stellen Sie sich vor, ich würde ihren knackigen Hintern nehmen und zum Fenster hinauswerfen, was bliebe wohl übrig?"

Sie verzog keine Miene.

„Geringschätzigkeit, nichts als Geringschätzigkeit. Auf Wiedersehen."

Die Tür schloss sich lautlos hinter ihm. Er gähnte.

Kapitel 6

Z*wei* Straßen von zu Hause entfernt blieb Scila vor dem Pub an der Ecke stehen. Zögernd betrachtete er das Wirtshausschild. „Arriving Twice" stand darauf, Mantel, Hut und Schirm waren dazu abgebildet, darunter hing an einer Kette ein kleiner Koffer.

Wie passend, dachte Scila. Er entschloss sich, einzutreten. Ein Bier würde ihn wieder auf Vordermann bringen. Außerdem hatte es leicht zu regnen begonnen, und patschnass wollte er daheim nicht ankommen.

Es war ein Pub wie jedes andere. Über dem Tresen hing ein großer Bildschirm, im hinteren Bereich des Lokals stand ein zweiter Fernseher. Es waren schon einige Leute da, Stammgäste, das merkte man gleich. Am Tresen drängte sich eine Gruppe lautstarker Biertrinker.

Bist du allein und kennst niemanden, setzt du dich entweder vor den Kamin oder vor den Fernseher, entschied Scila und steuerte einen Tisch an, in dessen Nähe der Bildschirm leuchtete. Westminster News brachte Werbung. Was haben einsame Pub-Gäste früher angestarrt, als es noch kein TV gab? Scila musterte den Raum. Werbeplakate an den Wänden, vergilbte Fotos von bescheidenen Attraktionen der näheren Umgebung, in die Holzvertäfelung eingeritzte Botschaften, die Bedienung.

Ja, die Bedienung. Sie hatte ihn bemerkt und steuerte seinen Tisch an. Eine groß gewachsene Frau um die Dreißig, mit kupferfarbenen Locken und nicht wenigen Sommersprossen, in angenehm anzusehenden engen Jeans und einer Bluse, die gerade weit genug aufgeknöpft war, um zu erkennen, dass das mit den Sommersprossen offenbar eine Ganzkörper-Erscheinung war. Scila grinste vor sich hin.

„Guten Abend, Sie scheinen sich ja bestens zu amüsieren", sprach sie ihn mit einem souveränen Lächeln an. Über den Sommersprossen baumelte ein Kreuz an einem Goldkettchen. Ein Kreuz mit einer Lilie, wie er bemerkte, als er näher hinsah.

„Oh, Entschuldigung."

„Für Ihre gute Laune müssen Sie sich nicht entschuldigen. Das wäre bei denen da eher angebracht." Sie deutete auf die lautstarken Trinker am Tresen.

„Ich bin gar nicht gut gelaunt", erklärte Scila.

„Na, dann möchte ich Sie mal lachen sehen."

Einige der Männer am Tresen fingen an zu singen: „Oh, Kelly, oh, Kelly, oh, Kelly!"

„Das ist ihr Lieblingslied", sagte die Kellnerin düster.

„Was für einen Kelly meinen die denn?"

„Mich", sagte sie. „Also, was wollen Sie trinken? Oder bekomme ich Geld fürs Quatschen?" Sie deutete auf den Fernseher, wo gerade eine halbnackte Frau mit einem Telefonhörer einladend lächelte.

„Ein Bier, bitte."

„In Ordnung." Sie entfernte sich. Scila sah ihr nach. Ein bisschen mager, aber wenn man ihr beide Arme abhacken würde, hätte sie durchaus Ähnlichkeit mit der Venus von Milo.

Auf dem Bildschirm erschien das Gesicht von Mary Stuart. Andere Bilder kamen dazu, eine Filmsequenz folgte, dann der Titel: „Die falsche Prophetin". Ein tendenziöser Bericht folgte, in dem der lasterhaften Jugend der Porträtierten viel Platz eingeräumt wurde. Mary Stuart schien eine Zeitlang an allen Luxusferienorten der Welt jede Form des Vergnügens ausprobiert zu haben. Und sie war recht freizügig mit ihren körperlichen Reizen umgegangen.

Kelly, oder wie die Bedienung auch immer hieß, kam mit dem Bier und blieb neben seinem Tisch stehen. Die Hand an der Kette mit dem Kreuz, schaute sie zum Fernseher.

„Eine Schande ist das", sagte sie leise.

Scila griff nach seinem Bier. „Soll doch jeder nach seiner Façon glücklich werden", brummte er.

„Das meine ich nicht. Ich meine die Art und Weise, wie versucht wird, sie anzuschwärzen und zugrunde zu richten. Dieser Bericht kommt beinahe jeden Tag."

Scila betrachtete eine barbusige Mary Stuart, die fröhlich in die Kamera winkte und dann einem Schönling in Badehose in die Arme fiel.

„Immerhin hatte sie ihren Spaß", stellte er mehr für sich selbst fest.

„Und dafür muss sie jetzt wohl bezahlen, was? Ist das Ihre Einstellung?"

Scila deutete auf den Bildschirm. „Dafür muss sie nicht bezahlen. Ich nehme an, das hat sie alles bezahlt. Für die Morde muss sie einstehen."

„Morde? Glauben Sie wirklich daran? Ein Komplott ist das!"

Die Männer am Tresen, die den Bericht mit gierigen Blicken verfolgt hatten, schrien unflätige Bemerkungen in Richtung Fernseher.

„Jetzt geht das wieder los", stöhnte die Kellnerin.

„Schalten Sie doch aus."

„Darf ich nicht, der Pub-Besitzer hat einen Vertrag mit Westminster TV."

„Pechsache."

Nun kamen Bilder, die eine geläuterte, fromme Mary Stuart im Kreise von Betenden zeigte. Die Szenen wurden auf perfide Art mit den lasziven Bildern aus den lasterhaften Tagen kombiniert.

„Ein Machwerk", murmelte die Kellnerin und ging zum Tresen, wo wieder einige „Oh, Kelly"-Rufe laut geworden waren.

Als sie wieder hinter der Theke stand, begannen die Männer dort Anfeuerungsrufe in Richtung Bildschirm zu schreien. Jedesmal, wenn die halbbekleidete Mary Stuart auftauchte, riefen sie „Hinlegen! Beine breit!", erschien sie bekleidet, hieß es: „Ausziehen! Ausziehen!"

Die Kellnerin bat um Ruhe, hatte aber keinen Erfolg.

Scila trank sein Bier, betrachtete die mit boshaften Kommentaren gespickte Reportage und stellte fest, dass sich jemand sehr viel Mühe gegeben hatte, das Allerschlechteste über diese Frau zusammenzutragen. Manche Bilder erkannte er wieder, er hatte sie unter den Privatfotos der Mary Stuart gesehen.

Schließlich wurden die Morde thematisiert. Für den Berichterstatter stand fest, dass Mary Stuart an beiden in irgendeiner Weise beteiligt war. Der Trick war, zwischen zwei Behauptungen eine vielsagende Lücke zu hinterlassen. Der Zuschauer kam dann von ganz allein zum gewollten Schluss. Wenn Mrs. Stuart einen engen Vertrauten hatte, einen „heißblütigen Italiener", mit dem sie nicht nur Geschäftsbesprechungen, sondern auch Diners im Schlafzimmer veranstaltete, war das nicht nur eine absichtsvolle Provokation des Ehemannes. Könnte es nicht ein schlauer Trick gewesen sein, auf diese Weise zwei lästig gewordene Männer zu beseitigen?

So ging es weiter. James Bothwell wurde als Fanatiker beschrieben, der Mary Stuart in seinen Bann zog, indem er sie sich mit Hilfe abseitiger pseudoreligiöser Riten gefügig machte.

Die Männer am Tresen begannen, ein Spottlied auf Mary Stuart zu singen. Auch dies gab es schon, seit ein Stand-up-Comedian in seiner Sendung – natürlich auf Westminster TV – damit aufgetreten war. Scila kannte das Lied, aber zum ersten Mal ging es ihm auf die Nerven.

Die Kellnerin versuchte, die grölenden Gäste zur Ruhe zu bringen. Sie war zu leise, um sich durchzusetzen. Schließlich wusste sie sich nicht mehr anders zu helfen, als um den Tresen herumzugehen und die Biergläser einzusammeln. Einer der Männer packte sie am Arm und hielt sie fest. Bier schwappte auf den Boden. Sie schrie ihn an, er schüttelte sie. Jemand griff nach der Kette mit dem Kreuz an ihrem Hals. Sie lachten. Einer umfasste sie von hinten.

Scila stand seufzend auf.

Er zog seinen Dienstausweis hervor und forderte die Männer auf, das Pub zu verlassen. Sie starrten ihn trotzig an, dann ließen sie von ihr ab und gingen. Scila lehnte sich gegen den Tresen. Die Kellnerin ging wieder hinter die Theke, bückte sich und schaltete den Fernsehapparat aus. Es wurde totenstill im Lokal. Alle Gäste, auch die, die den Streit ignoriert hatten, starrten sie an.

Sie schob eine CD in die Stereoanlage. Ein harmloser Popsong ertönte, die Atmosphäre entspannte sich.

Sie streckte ihm die Hand entgegen: „Danke. Ich bin übrigens Helen. Helen O'Kelly."

„Fred Scila." So eine Frauenhand ist doch eine angenehme Sache, dachte er.

„Polizist."

„Ja, Inspektor."

„Noch ein Bier?"

„Ja, danke, ich nehme noch eins."

Sie zapfte routiniert und stellte es ihm lächelnd hin. In der Nähe dieses Lächelns kannst du es eine Weile aushalten, entschied Scila.

Sie sprachen nicht mehr viel, denn das Lokal wurde voller. Sie bekam Unterstützung von einem Kollegen. Als sein Glas leer war, stellte sie ihm noch eins hin.

Zum Abschied winkte er ihr zu. Sie winkte zurück.

Draußen war es bereits dunkel, der Regen hatte aufgehört. Den Koffer in der Hand, trottete er die von schmalen zweigeschossigen Eigenheimen gesäumte Straße entlang. Du bist zu spät dran, du hast zu viel getrunken, du hast dich nicht gemeldet ... so wird sie nörgeln. Dann werden sie zu Abend essen, er wird ein wenig von seiner Arbeit erzählen, sie wird gelegentlich mit dem Kopf nicken und dann die Küche in Ordnung bringen, während er den Koffer auspackt. Später würden sie sich vor dem Fernseher wiedertreffen und irgendwann nebeneinander im Bett liegen. Und morgen früh ging alles seinen gewohnten Trott.

Dachte er. Aber so kam es nicht. Sie nörgelte nicht. Sie sagte gar nichts außer: „Die Kinder übernachten bei Freunden." Sonst nichts. Nicht einmal hallo. Sie sah ihn an, drehte sich um, deckte den Tisch, nur für ihn, zog sich die Schürze ab und ging weg, ohne ein Wort zu sagen.

So also sieht das Ende aus, erkannte er. Eine Weile starrte er den gedeckten Tisch an, dann ging er nach oben ins Schlafzimmer. Dort packte er einen zweiten Koffer, zog sich einen Pullunder unters Jakkett, warf den Mantel über und verließ das Haus. Sein Ehering blieb auf dem Küchentisch zurück.

Kapitel 7

Er betrat das gleiche kleine Hotel, das er schon einmal aufgesucht hatte, als etwas Ähnliches passiert war. Drei Wochen hatte er damals außer Haus übernachtet, nachdem seine Frau versehentlich den Brief einer Kollegin geöffnet hatte, über dessen Inhalt er selbst sehr erstaunt gewesen war. Die Liebeserklärung hatte im täglichen Umgang auf dem Dienstflur oder in der Kantine keine Entsprechung gefunden. Da seine Frau aber zu Recht den Eindruck hatte, dass er sie vernachlässigte, um nicht zu sagen mied, hatte sie die schwülstigen Ergüsse der Kollegin für bare Münze genommen. Eine Affäre wurde aus der Bürobekanntschaft erst nach Scilas Rausschmiss von zu Hause. Es war eine zermürbende Angelegenheit gewesen. Judy klammerte sich an ihn wie an einen Rettungsring, und er hatte die ganze Zeit das Gefühl, sie zu missbrauchen. Das Ende kam durch ihre Versetzung in einen anderen Bezirk, offenbar hatte ein Vorgesetzter Lunte gerochen.

„Wie lange wollen Sie bleiben?" fragte der dunkelhäutige Nachtportier mit ausdruckslosem Gesicht.

Diesmal werden es mehr als drei Wochen, dachte Scila. Aber sag niemals für immer.

„Einige Zeit."

„Eintragen." Der Portier schob ihm ein Formular hin. Scila füllte es aus.

„Sie wohnen direkt um die Ecke?" Der Portier verzog keine Miene.

„Sie sparen sich die Portokosten, wenn Sie mir die Rechnung persönlich zustellen."

Der Portier reichte ihm den Schlüssel. „Vierter Stock."

Im Aufzug stand er seinem Spiegelbild gegenüber. Der Spiegel war alt und fleckig und reflektierte nur Teile seines Gesichts. Die dämmrige Leuchte unter der Decke flackerte.

Im Zimmer war es viel zu warm, obwohl das Fenster einen Spaltbreit geöffnet war. Die uralten Heizkörper waren kochend heiß. Scila drehte sie ab, hatte aber wenig Hoffnung, dass dies etwas nützte. Er öffnete die Fenster, schaltete eine Nachttischlampe ein und das Hauptlicht aus, legte sich aufs Bett und starrte zur Decke. Der Raum war klein und hoch und wirkte beengend. Er schloss die Augen.

Kurz vor 23 Uhr wachte er auf und spürte einen bohrenden Hunger. Er stand auf, schloss das Fenster und verließ das Zimmer. Diesmal nahm er die

Treppe. Die Portiersloge war verlassen. Er legte den Schlüssel aufs Pult und ging.

Zehn Minuten später betrat er in einer kleineren Geschäftsstraße mit mittelprächtigen Geschäften ein asiatisches Schnellrestaurant und studierte die Tafel, die hinter der Theke über dem Herd hing. Das Lokal nannte sich „Mr. Lee's Greasy Sticks".

Scila bestellte ein Curry-Gericht mit Huhn und ein thailändisches Bier.

„Frühlingsrolle, Sommerrolle oder Winterrolle?" fragte Mr. Lee, während er den Wok rüttelte.

„Curryhuhn."

Mr. Lee nickte freundlich und wiederholte: „Frühlingsrolle, Sommerrolle oder Winterrolle?"

Scila deutete auf den Wok. „Sie haben doch gerade das Fleisch da reingeworfen. Was gibt's dann noch zu diskutieren?"

Der Wirt schaute ihn verständnislos an. Er deutete in die Vitrine, wo knusprige, blasse und wabbelige Rollen nebeneinander lagen.

Scila schüttelte den Kopf. „Curryhuhn."

„Er will Sie nur fragen, welche Vorspeise Sie möchten", sagte eine Stimme neben ihm.

„Ich will keine Vorspeise", murmelte Scila.

„Aber Sie ist im Preis inbegriffen, Herr Inspektor."

Scila blickte zur Seite, und da stand Helen mit den Sommersprossen. Die Kellnerin. „Arriving Twice."

„Ach, hallo."

„Nach 23 Uhr gibt es eine Rolle gratis."

„Na gut, also wenn es sein muss, dann nehme ich eine von den Knusprigen da.“

„Frühlingsrolle. Gut.“ Mr. Lee strahlte. „Setzen Sie sich, ich bringe alles.“

„Mein Bier?“

„Ich bringe alles.“

„Aber ich habe jetzt schon Durst.“

„Sie sind wirklich ein schwieriger Gast, Herr Inspektor.“ Helen O’Kelly sah ihn tadelnd an.

„Es ist doch ganz einfach ...“

„Sie müssen das Besteck da mitnehmen. Ist schon in eine Serviette eingewickelt. Seien Sie doch so nett und nehmen Sie auch eins für mich. Oder essen Sie lieber mit Stäbchen?“

„Bestimmt nicht.“

Sie wandte sich an den Koch: „Ich nehme das Gleiche mit Fisch, eine Winterrolle und ein Glas Wein.“

Der Koch grinste. „Cabernet von Sauvignon?“

„Doch keinen Rotwein zum Fisch! Bring mir lieber einen Chardonnay.“

„Okay.“

Helen O’Kelly deutete auf einen Tisch neben dem Eingang am Fenster: „Das ist mein Stammplatz.“

Scila folgte ihr. Sie setzten sich.

„Ich komme jeden Tag nach Feierabend her. Es gibt sieben verschiedene Möglichkeiten: Huhn, Schwein, Lamm, Rind, Fisch, Meeresfrüchte, Vegetarisch. Für jeden Tag in der Woche was anderes. Und jedes Gericht kann man auf vier verschiedene

Arten bekommen: Mit Sojasauce, als Curry, mit Chili oder Austernsauce. Damit haben Sie einen Monat lang abwechslungsreich gegessen. Und an Feiertagen gibt es gebackene Ente."

„Sie sind wirklich jeden Tag hier?"

„Immer nach Feierabend. Abgesehen von meinem Müsli ist das meine einzige Nahrungsquelle. Ich hasse Hausarbeit, also koche ich nie selbst."

„Und was machen Sie an Ihrem freien Tag?"

„Ich hab keinen. Das würde mich aus dem Rhythmus bringen."

„Rhythmus?"

„Ich brauch den ewig gleichen Trott, sonst komme ich vom rechten Weg ab."

„Ich dachte immer, das sei das Interessante am Leben."

Sie schüttelte den Kopf. „Ist zu gefährlich. Denken Sie an Rotkäppchen."

Der Koch brachte das dampfende Essen und die Getränke auf zwei Tabletts, die er vor sie stellte.

„Wenn die Rollen als Vorspeise gedacht sind, warum liegen sie dann mit allem zusammen auf dem Teller?" fragte Scila.

„Sie sind ein notorischer Nörgler, hab ich recht?"

„Ich habe doch bloß eine sachliche Frage gestellt."

„Ich war früher auch so. Aber jetzt, mit meinem Trott und allem, hab ich das in den Griff bekommen." Sie griff nach ihrer wabbeligen Rolle und biss hinein.

Scila nahm die Frühlingsrolle, biss ab und verbrannte sich den Mund. Er verzog das Gesicht.

„Ich hab ihm schon tausendmal gesagt, er soll die Frühlingsrollen nicht fritieren."

„Sie hätten mich nur einmal warnen müssen."

„Entschuldigung. Ich bin ein bisschen nervös. Hier, Ihr Besteck."

„Danke." Scila rollte Messer, Gabel und Löffel aus der Serviette.

Eine Weile aßen sie schweigend. Ab und zu warf Scila ihr verstohlene Blicke zu.

Er hob den Finger. „Was ist das da eigentlich?"

„Primäre weibliche Geschlechtsmerkmale", sagte sie kauend. „Aber man spricht nicht in der Öffentlichkeit darüber, vor allem, wenn eine Dame anwesend ist, der diese Merkmale gehören."

„Quatsch, ich meine das da am Hals."

„Sommersprossen. Es kostet mich jeden Morgen furchtbar viel Zeit, sie alle dort hinzuschminken."

„Die Kette, das Kreuz."

„Oh", sie legte die Gabel weg und umfasste das Kreuz mit der Lilie. „Das ist persönlich, um nicht zu sagen intim. Das geht die Polizei nichts an."

„Das gehört auch zu den Dingen, die helfen, das Leben in den Griff zu bekommen, der Trott und so weiter, stimmt's?"

„Das geht die Polizei nichts an."

„Ich frage nur, weil ... ich war in Edinburgh. In ihrer Wohnung hing so ein riesiges Kreuz mit Lilien."

„Welche Wohnung?"

„Die von Mary Stuart."

Helen O'Kelly kniff die Augen zusammen. „Was wollten Sie denn da?"

„Nachforschungen in dieser Mordgeschichte."

Sie rückte ihren Stuhl ein Stück zurück. „Sie gehören also auch zu diesen Bluthunden."

„Bluthunde?"

„Die sie zu Tode hetzen wollen."

„Im Gegenteil, ich ..."

„Aber ja! Und was soll das hier? Warum verfolgen Sie mich? Sollen jetzt alle ihre Anhänger verhaftet werden?"

„He! Ich hab mich nicht an Sie drangehängt. Sie haben mich angesprochen."

„Da dachte ich noch, Sie wären ein ganz normaler Bulle."

„Bin ich auch."

„Aber Sie wollen mich aushorchen!"

„Nein. Ich wollte bloß wissen, ob sie dieser Sekte angehören."

„Es ist eine Kirche, die Heilige Erweckungskirche unseres Erlösers Jesus Christus."

„Ich war in Edinburgh, um Entlastungsmaterial für Mary Stuart zu finden."

„Und? Hatten Sie Erfolg?"

„Wenig. Die dortigen Behörden ließen mich nicht zu Zug kommen."

Helen O'Kelly nickte düster. „Es ist ein Komplott. Sie soll zur Strecke gebracht werden."

„Die Verhandlung kommt doch erst noch."

„Ach was. Alles ein abgekartetes Spiel! Zeugen werden zu Falschaussagen gedrängt und wichtige Beweise gefälscht."

„Na, Sie haben ja eine sehr positive Einstellung zum Rechtsstaat."

Helen O'Kelly stand abrupt auf. „Nehmen Sie es mir nicht übel, es ist nicht persönlich gemeint. Aber ich kann nicht mit einem Polizisten über Mary sprechen und dabei essen ... Mir wird einfach schlecht."

Sie stellte das Tablett mit dem kaum leer gegessenen Teller auf die Geschirrablage, zahlte bei dem besorgt dreinblickenden Wirt und ging ohne zu grüßen.

Mr. Lee kam an Scilas Tisch, stemmte die Hände in die Hüften und fragte: „Was haben Sie gemacht? Sie hat bisher immer aufgegessen."

„Gar nichts hab ich gemacht. Frauen laufen vor mir davon. Scheint mein Schicksal zu sein."

Der Koch lächelte: „Das ist nicht schlimm. Frauen sind anderes als Männer. Sie kommen immer wieder zurück."

Kapitel 8

Mr. Lee behielt nicht recht. Es war Scila, der zurückkam. Am nächsten Abend, nach einem zermürbend bürokratischen Tag, der mit dem Abfassen von Berichten begonnen und dem Abrechnen von Spesenquittungen geendet hatte, verließ er nach einem kurzen Nickerchen gegen 22.30 Uhr sein Hotel und suchte das Pub auf.

Die Situation war beinahe die gleiche: Gut gelaunte Angestellte genossen ihren Feierabend am Tresen, darüber flimmerte der Fernseher, vereinzelte Gäste im hinteren Bereich vor dem zweiten Bildschirm. Er setzte sich an den gleichen Tisch und wartete darauf, dass sie ihn bemerkte.

Ein kurzer Blick, kein Zeichen des Erinnerns. Sie hatte genug mit dem Zapfen zu tun. Ihr Kollege machte sie schließlich darauf aufmerksam, dass da noch ein Gast war, der bedient werden musste.

Sie kam auf ihn zu. Mit ausdruckslosem Gesicht, sehr überlegen. Heute trug sie einen kurzen Lederrock, hohe Stiefel und einen Pulli, der ihre Figur betonte. Sie war genau die Frau, die er sich immer gewünscht hatte, dachte er, eine von denen, deren alabasterfarbene Haut die eigene kühlte, wenn man die Wange darauf legte. Ein peinlicher Gedanke.

„Guten Abend, was darf's sein?“ Sie schaute an ihm vorbei zum TV-Apparat über dem Tresen.

„Ein Bier, bitte. Die Sendung ist schon vorbei.“

„Welche Sendung?“

„Sie wissen schon. Ich hab's im Hotelzimmer gesehen. Die bringen das wohl wirklich jeden Tag.“

„Sagte ich ja. Das Bier kommt gleich.“

Als sie zurückkam und das Bier auf den Tisch stellte, sagte er: „Ich wollte Sie einladen.“

„Zu was? Eine Fahrt im Streifenwagen?“

„Ich bin Kriminalpolizist, kein Streifenbulle. Ich meinte zum Essen einladen.“

„Geben Sie sich keine Mühe.“ Sie wandte sich ab.

Er wartete, bis er sah, dass sie ihre Windjacke überzog. Es war genau 23 Uhr, als sie zum Ausgang ging. Er folgte ihr, beeilte sich, bis er neben ihr war, und sagte: „Auf jeden Fall haben wir den gleichen Weg.“

„Ich sagte, geben Sie sich keine Mühe.“

„Es ist keine Mühe.“

Sie blieb stehen. „Falls Sie darauf spekulieren, dass ich mich nicht traue, einen Polizisten darauf anzusprechen, dass ich von einem Polizisten belästigt werde, haben Sie sich getäuscht." Sie deutete auf die andere Straßenseite, wo ein Uniformierter entlangging.

„Sie haben das nicht nötig. Außerdem will ich Sie wirklich nur zum Essen einladen. Zu dem Thailänder. Gestern habe ich Ihnen das Essen verdorben, das wollte ich ausbügeln."

„Er ist kein Thailänder, er ist Koreaner aus Mokpo."

„Meinetwegen."

„Wenn er Thailänder wäre, würde er ganz anders kochen."

„Gut, ja."

„Trotzdem möchte ich nicht."

„Ich dachte, es würde Sie vielleicht interessieren, dass ich beauftragt wurde, weiteres Entlastungsmaterial für Mrs. Stuart zu suchen."

„Was soll das schon nützen?"

„Es könnte viel nützen. Ich werde nach Fotheringhay fahren. Ich habe einen Passierschein und werde mit ihr sprechen."

„Mit Mary?"

„Ja."

„Persönlich?"

„Man muss mich zu ihr lassen."

„Ich glaube Ihnen kein Wort."

„Gehen wir in das Lokal, dann zeige ich Ihnen das Papier, das Richter Shrewsbury mir zustellen ließ."

Schweigend kam sie mit. Mr. Lee grinste begeistert, als er sie gemeinsam kommen sah – und servierte wächsern aussehende Rollen, die er „Autumn Wrapsters“ nannte. Scila zeigte den Brief. Sie las ihn aufmerksam durch, gab ihn zurück und sagte: „Lass uns von was anderem reden.“

Möglicherweise hatte der Koreaner Kräuter in das Essen gerührt, die eine euphorisierende Wirkung hatten. Scila geriet ins Reden, erzählte Geschichten aus seiner Jugend. Die, in denen Mädchen vorkamen, naja, Liebesgeschichten eben. Es gelang ihm, eine halbwegs gesunde Ironie einfließen zu lassen. Sie lachte ab und zu, dann erzählte auch sie. Die Zeit verging. Mr. Lee brachte neue Bierflaschen, irgendwann dann Gläser mit einem ungeheuer scharfen Schnaps.

Um halb zwei wurde geschlossen.

Scila und Helen O’Kelly standen draußen auf dem Gehsteig und sahen dem Koreaner dabei zu, wie er das breite Eisengitter herunterließ.

„Sagtest du nicht, du wohnst im Hotel?“

Scila nickte.

„Wir gehen zu dir“, entschied Helen.

„Es ist nicht sehr gemütlich dort.“

„Besser als bei mir zu Hause. Janet springt im Dreieck, wenn ich einen Mann anschleppe.“

„Ja dann ...“

Sie verabschiedeten sich von Lee. Helen stolperte und hakte sich bei ihm ein.

Im Hotelzimmer entdeckte sie das Fotoalbum von Mary Stuart. Sie blätterte eine halbe Stunde darin, er schaute ihr dabei zu. Eine fremde Frau in einem fremden Zimmer mit einem fremden Fotoalbum.

Kapitel 9

Der Jeep Cherokee, der sich der Burg näherte, war einer von vielen, die Westminster Enterprises dem englischen Staat zur Nutzung als Polizeifahrzeuge zur Verfügung gestellt hatte. Alle Wagen waren mit modernsten Kommunikationstechnologien und Navigationssystemen ausgestattet und sogar mit kleinen Fernsehgeräten, auf denen die digitalen Satellitenprogramme von Westminster empfangen werden konnten. Inspektor Paulet liebte dieses Gefährt, privat fuhr er einen mickrigen Kleinwagen, der seine beste Zeit schon hinter sich hatte.

Sergeant Drury jedoch bereitete die Anfahrt auf Fotheringhay Castle alles andere als Vergnügen. Er hätte einen ruhigeren Fahrstil vorgezogen, auch sonst konnte er dem heutigen Einsatz nichts abgewinnen. Er war nicht zur Polizei gegangen, um wehrlose Opfer zu drangsalieren, eher aus gegenteiligen Motiven. Aber Paulet, sein Vorgesetzter, schien in solchen Momenten sinnloser Aktivität aufzublühen. Er hätte mal lieber zur Armee statt zur Polizei gehen sollen, dieser Paulet. Draußen in der Welt gab es genug Betätigungsfelder für actionsüchtige Machos, aber hier in Mittel-England sollte man sich eigentlich zivilisiert verhalten. Dennoch, er, Drudgeon Drury, würde einen Teufel tun und das Maul aufreißen. Nichts da! Aus seinem Mund kam keine Kritik. Er machte seinen Job, er wurde dafür bezahlt. Und in der besonderen Zulage für diesen Einsatz war sicherlich auch das Schmerzensgeld für die psychischen und physischen Schäden durch Paulets Fahrstil enthalten.

„Was gibt's denn da zu grinsen?" fragte der Inspektor und trat auf die Bremse.

„Nichts, ich dachte nur gerade an meinen letzten Urlaub."

Sie hielten vor einem hohen Drahtzaun, der das Anwesen umgab und aus der malerischen mittelalterlichen Burg mit dem großzügig angelegten Garten ein idyllisches Gefängnis machte.

„Urlaub?" Paulet ließ den Motor aufheulen, um den Beamten jenseits des Zauns klarzumachen, dass er schnellstens durch das Tor wollte.

„Eine Philippina namens Philippa auf den Philippinen", sagte Drury.

„Hä?"

„Das Leben hält immer wieder feine Ironien bereit."

„Was?“ Paulet hatte schon das Fenster heruntergelassen, um mit dem Wachposten zu sprechen, der an das Auto getreten war. „Was wollt ihr denn mit den Ausweisen? Ihr kennt uns doch.“ Er kramte in seiner Jackentasche. Drury reichte ihm seinen Ausweis. „Ab morgen sind wir wieder dran“, nörgelte Paulet weiter. „Dann könnte ihr eure verdammten Ausweise rausholen, wenn ihr was wollt.“

Der Posten kontrollierte gewissenhaft, gab die Ausweise zurück und winkte sie durch.

„Kollegenschweine“, brummte Paulet und gab mehr Gas als nötig.

Kieselsteine spritzten hoch, die Posten sprangen zur Seite, und Paulet fuhr einen weiten Bogen auf den Parkplatz, auf dem neben einem Einsatzfahrzeug der Polizei nur ein Jaguar stand, auf dessen schwarzer Lack sich im Laufe der letzten Wochen viel weißer Staub angesammelt hatte.

„Wird die Kiste da eigentlich auch mal bewegt oder soll die hier verrotten?“ fragte Paulet.

„Es heißt, Mrs. Stuart habe sich gewünscht, dass Pablo Izquiero eingeladen wird, um den Wagen zu waschen.“

Paulet würgte den Motor ab. „Wer ist Pablo Izquiero?“

„Er hat den diesjährigen Formel-1-Grand-Prix gewonnen.“

„So?“ Wieder war Paulet nicht in der Lage, Drurys Humor nachzuvollziehen. Er klopfte mehrmals mit den Fingern auf das Lenkrad und sagte: „Also, ist ja klar, um was es geht. Wir marschieren da rein und stöbern alles durch bis in den letzten Winkel."

„Was suchen wir denn eigentlich?"

„Beweise für ein Mordkomplott, was denn sonst?"

„Hardware oder Software?"

„Was?"

„In welcher Form, fest, flüssig, gasförmig?"

„Wenn du mich jetzt verarschen willst, Drury, werde ich ungemütlich."

„Ich meine ja nur. Nehmen wir auch die Computer mit, oder suchen wir nach Schriftstücken oder geheimen Tatoos auf der Schulter des Zimmermädchens?"

„Alles."

„Wieso haben wir dann keine weiblichen Polizisten dabei? Das läuft doch auf Leibesvisitation hinaus. Aber an die Kennedy trau ich mich nicht ran."

„Drury, du gehst mir auf die Nerven, du weißt doch genau, um was es geht."

„Nee, weiß ich eben nicht.""

„Wir sollen eine Hausdurchsuchung machen, sonst nichts."

„Okay, du bist der Boss. Wie machen wir es also?"

„Wir nehmen alles mit, was uns verdächtig vorkommt."

„Am verdächtigsten finde ich die Verdächtigen ...", murmelte Drury, aber Paulet war schon ausgestiegen.

Drury folgte ihm die breite Steintreppe zum Haupteingang hinauf. Paulet holte einen Schlüssel aus der Hosentasche und steckt ihn in das nagelneue Sicherheitsschloss. Er deutete nach oben zum Turm.

„Wir fangen da oben in ihrem Bürozimmer an, dann arbeiten wir uns nach unten vor, bis in den Keller."

„Wollen wir nicht lieber im Keller anfangen? Das letzte Mal habe ich da ein Eckchen gefunden, in dem einige Flaschen ziemlich alter Portwein herumliegen ..."

„Sie soll keine Zeit haben, irgend etwas zu verstecken."

„Och, die Flaschen liegen ganz offen da ..."

Paulet drückte die schwere Tür auf, und sie traten in die Eingangshalle. Es war warm hier. Fußbodenheizung, wusste Drury. Er mochte die Einrichtung: Alles hochaktuelle Designermöbel, die vor dem Hintergrund des mittelalterlichen Gemäuers wie Objekte von einem anderen Planeten wirkten.

Schritte hallten ihnen entgegen. Es war Hanna Kennedy – Gesellschafterin, Freundin, Vertraute und Sekretärin von Mary Stuart –, eine schlanke, stets in hochgeschlossenen schwarzen Kleidern steckende Enddreißigerin, streng, herablassend und kühl, was der junge Drury im Gegensatz zu seinem Kollegen als erotisch anregend empfand. „Verdammte Schreckschraube", nannte Paulet sie verächtlich, „Xanthippe", sagte Drury manchmal und meinte es als Kompliment.

Paulet hielt ihr ein Papier hin. „Anordnung zur Durchsuchung."

„Schon wieder?" sagte Kennedy. „Haben Sie nichts Besseres zu tun?"

„Wir würden sonst im Pub versacken wie unsere Kollegen", erklärte Drury. „Aber weil unsere Vorgesetzten es gut mit uns meinen, geben sie uns ab und zu was zu tun, damit wir nicht in Depressionen rutschen."

Kennedy blickte ihn streng an. „Ich kann nichts Spaßiges an solchen Terrormaßnahmen finden."

Nein, ich eigentlich auch nicht, dachte Drury.

„Ist sie oben?" fragte Paulet.

Kennedy verschränkte die Arme vor der Brust. „Nein."

„Wo ist sie dann?"

„Irgendwo hier auf dem Grundstück. Das dürfte für Sie wohl genügen." Kennedy schaute hochnäsig über die beiden Polizisten hinweg.

„Sie soll sich zur Verfügung halten", schnauzte Paulet sie an. „Los, komm", wandte er sich an Drury.

Sie machten sich auf den Weg ins Turmzimmer. Kennedy folgte ihnen. Es waren 78 Stufen bis zur Tür von Mary Stuarts Arbeitsraum.

„Aufmachen!" befahl Paulet. „Wo bekommen Sie eigentlich immer wieder diese neuen Schlösser her?" fragte er unwirsch.

„Wir lassen Sie aus dem Ort kommen."

„Wieso wird das nicht unterbunden?"

„Wollen Sie aus diesem Landsitz ein KZ machen, Herr Inspektor?" fragte Kennedy.

„Was soll das heißen?"
„Das soll heißen, dass Sie die Privatsphäre von Mrs. Stuart achten sollen."
Paulet deutete mit dem Zeigefinger zu Boden. „Für mich ist das hier ein Knast. Und Ihre Madame hat verdammt viel Glück, dass sie in diesem Luxus leben darf. Verdammte Privilegien!"
„Privilegien nennen Sie das, wenn jemand durch ein politisches Komplott kriminalisiert wird?"
„Das interessiert mich nicht." Paulet deutete auf die Tür. „Ich will da rein. Und wenn Sie nicht sofort aufschließen, schieße ich das Schloss kaputt wie das letzte Mal."
Kennedy holte einen Schlüssel aus einer kleinen Tasche ihres Kleids und schloss auf. „Das ist nichts als gemeiner Terror und psychische Folter", stellte sie fest.
„Los, rein", kommandierte Paulet. „Setz du dich an den Computer, ich nehm mir den Rest vor." Er begann damit, Schranktüren und Schubladen zu öffnen und herumzustöbern.
Kennedy blieb mit verschränkten Armen in der Tür stehen und sah den beiden missbilligend zu.
„Haben Sie sich eigentlich nie gefragt, ob Sie für Ihr obszönes und menschenverachtendes Handeln eines Tages zur Rechenschaft gezogen werden?" fragte sie.
„Wir führen nur Befehle aus", sagte Paulet desinteressiert.
„Haben Sie sich nie gefragt, ob es rechtens sein kann, dass eine widerrechtlich Angeklagte im Haus

ihrer größten Widersacherin gefangen gehalten wird?"

Ja, das habe ich mich schon gefragt, dachte Drury, als er die CD mit dem Code-Knacker-Programm ins Laufwerk schob.

„Merken Sie nicht, dass Sie einem Unrechtsregime dienen, das willkürlich entschieden hat, die Staatsräson einem Medienunternehmen zu opfern?"

Das versteht Paulet nicht, dachte Drury, als er das Programm startete, das ist zu abstrakt für ihn.

„Wundern Sie sich nicht über die Parteilichkeit des Generalstaatsanwaltes, der sich in den Dienst einer machtgierigen Unternehmerin stellt, die alles in Bewegung gesetzt hat, um ihre Konkurrentin aus dem Weg zu räumen?"

„Wir sind nur kleine Lichter, Gnädigste", sagte Drury, während vor ihm Zahlen- und Buchstabenkolonnen in rasender Geschwindigkeit vom oberen zum unteren Bildschirmrahmen sausten.

„Auch kleine Lichter kann man ausknipsen", stellte Kennedy mit eisiger Stimme fest.

Drury schaute auf. Einige Sekunden lang sahen sie sich in die Augen. Dann ließ Paulet laut fluchend ein paar Kisten zu Boden fallen, und der magische Moment einer, wie Drury glaubte, hocherotischen Duell-Situation war vorbei. Auf dem Bildschirm meldete sich das Programm und gab den Code preis. Ach Gott, dachte Drury, sie hat schon wieder was aus der Bibel genommen.

„Ich bin drin", sagte er zu Paulet.

Der fluchte schon wieder, als er einen schweren Pappkarton auf den Schreibtisch wuchtete: „Wie kann man denn in so kurzer Zeit so viel Papier vollschreiben?“

„Wissen Sie eigentlich, um was es geht und was Sie tun?“ fragte Kennedy.

„Interessiert mich nicht, ich mache nur meine Arbeit.“

„Blind sind Sie“, rief Kennedy aus. „Sie wüten blind!“

Drury schaute auf. Ich kann Sie sehr gut sehen, wollte er sagen, doch da wurde die Tür aufgestoßen und Mary Stuart erschien.

Kapitel 10

Sie trug einen Jogging-Anzug. In ihrer rechten Hand hielt sie das Kreuz mit dem Lilienstrauß.

„Was ist denn hier los?“ fragte sie mit ruhiger Stimme und zog sich das Stirnband vom Kopf.

„Die SS ist wieder da“, sagte Kennedy.

Mary Stuart legte eine Hand auf ihren Arm. „Reg dich nicht auf, Hanna, wir können doch nichts dagegen tun.“

„Das ist es ja, was mich so aufregt.“

Mary Stuart legte sich die goldene Kette mit dem Lilienkreuz um den Hals, Kennedy machte sich am Verschluss zu schaffen. Dann zog sich die Gefangene von Fotheringhay die Pulswärmer von den Handgelenken.

Drury grinste vor sich hin. Einen Abend nach Dienstschluss hatte er mit Paulet im Pub gesessen, und der Inspektor hatte sich nach dem vierten Bier in Andeutungen von erotischen Fantasien bezüglich dieser dreißigjährigen Schein-Heiligen (wie Drury es sah) ergangen. Wie immer, wenn Drury einen Scherz machte, hatte Paulet auch diesmal nicht kapiert, dass sein Kollege sich über ihn lustig machte, als er sagte, dass ihm schon einer abgehen würde bei dem Gedanken, er dürfe Mary Stuart mal die Pulswärmer vom Gelenk streifen. Paulet war der erotische Reiz eines Handgelenks ein Rätsel. Er hätte, wenn er gekonnt hätte, ganz andere Körperzonen angegriffen, wie er sich ausdrückte. Drury, der gelegentlich durchaus zu ernsthaften Gedanken fähig war, hatte sich nach Paulets bierseligen Ergüssen in seiner Meinung bestätigt gefühlt, dass es nicht in Ordnung war, dass weibliche Gefangene von männlichen Polizisten bewacht wurden. Auch in dieser Hinsicht herrschte auf Fotheringhay Ausnahmezustand.

„Sie haben sich am Computer vergriffen", sagte Kennedy klagend.

„Ich seh's, Hanna, ich seh's."

„Sie sollten sich mal andere Codes überlegen", sagte Drury. „Immer diese Bibelstellen. Ich hab die ganze Bibel auf meiner CD, ich finde jede Textstelle, auch wenn sie paraphrasiert ist."

„Was hat sie mit dem Text gemacht?" brummte Paulet.

„Paraphrasiert, Inspektor. Aber das ist nicht illegal. Die Verfasser dieses Werkes sind schon seit vielen hundert Jahren tot. Oder hat die Kirche ein ewiges Copyright auf den Kram, so ähnlich wie der Disney-Konzern auf seine Pappnasen?"

„Sprechen Sie doch nicht so despektierlich vom Buch der Bücher", bat Mary Stuart.

„Kannst du dich auch verständlicher ausdrükken?" fragte Paulet verärgert. Zwar wusste er nicht, dass sein Untergebener im Online-Kurs Geschichte und Philosophie studierte, aber er ahnte schon lange, dass dieser einfache Sergeant ihm intellektuell überlegen war, und das ärgerte ihn, jedenfalls dann, wenn es seine Autorität ankratzte.

„War gar nicht wichtig", gab Drury zu.

„Es sollte wohl eher eine Bemerkung sein, die dazu angetan war, meine Religiösität herabzusetzen", erkannte Mary Stuart.

„Sie haben recht, Madame, es steht mir nicht zu, Ihren Glauben ins Lächerliche zu ziehen. Auch ein Agnostiker sollte Anstand bewahren." Drury deutete ein entschuldigendes Kopfnicken an und wandte sich wieder dem Computer zu.

Paulet, der mit solchen Spitzfindigkeiten nichts anfangen konnte, stöberte in den erbeuteten Papieren.

Mary Stuart setzte sich auf einen Stuhl neben dem Computertisch und schaute Drury interessiert an: „Ich habe einmal ähnlich gedacht wie Sie", sagte sie milde lächelnd. „Damals in Frankreich. Es war eine verrückte Zeit, sorglos, glücklich ... und doch waren da Schatten, die man nicht bemerkte. Wir lebten in den Tag hinein, unsere ganze Clique, unten im Süden. Heute am Strand, morgen auf der Yacht, übermorgen mit dem Flieger über den Ozean und immer im Rausch der Gefühle. Verschwendung war unser Lebenselixier, Luxus war für uns so selbstverständlich wie die Luft zum Atmen. Dass es anderen Menschen anders ging, nahmen wir hochmütig zur Kenntnis und bemitleideten sie als arme Kreaturen, bei denen Gott versäumt hatte, einen goldenen Löffel in die Wiege zu legen. Aber es war ja kein Gott, es war ein Teufel, und das Gold war unecht und lief schwarz an, wenn es mit der Wahrheit in Berührung kam ..." Sie brach ab.

Drury tippte weiter auf die Tastatur und sagte ohne aufzusehen: „Da liegen Sie aber falsch, gnädige Frau. Ein solches Leben führe ich nicht, meine Eierlöffel sind aus Plastik."

„Aber ihre Einstellung ist die gleiche. Hochmut, Verachtung, Gottlosigkeit."

Drury schaute auf und versuchte, ihr mildes Lächeln nachzuahmen: „Da irren Sie sich aber gewaltig. Ich glaube nicht an Gott, in der Tat. Aber das macht mich weder hochmütig, noch lässt es mich verächtlich werden. Ich glaube an den Menschen als einzige zuverlässige Größe für alle Maßstäbe, die ich an mein Leben und unser aller Existenz anlegen kann. Mehr ist mir nicht gegeben, aber damit komme ich aus. Ist vielleicht alles nur Plastikgeschirr, aber eine ehrliche Sache."

„Bist du jetzt endlich fertig?" fragte Paulet.

Mary Stuart lächelte noch immer: „Und Sie behaupten, nicht hochmütig zu sein?"

„Meine Art von Demut passt nicht in Ihr Koordinatensystem“, entgegnete Drury und hackte weiter.

„Kannst du dich bitte endlich mal um deine Arbeit kümmern!“ rief Paulet. „Ich bin nämlich fertig.“ Er warf Kennedy einen finsteren Blick zu: „Wir nehmen das alles hier mit. Das muss von der Staatsanwaltschaft gesichtet werden.“

„Da sind doch Tagebuchaufzeichnungen und religiöse Schriften darunter, private Korrespondenzen.“

„Ja, eben.“

„Sie haben kein Recht, dies alles zu konfiszieren.“

„Wenn es harmlos ist, bekommen Sie es zurück.“

„Ich protestiere!“ rief Kennedy aus.

„Nützt nichts“, sagte Paulet ungnädig und begann, die Papiere und Ordner übereinander zu stapeln. „Und?“ fragte er Drury: „Hast du bald alles kopiert?“

„Momentchen noch“, sagte Drury, „ich stelle gerade fest, dass die Damen im Internet waren.“

„Was waren Sie? Das ist doch unmöglich, hier gibt es doch keinen Anschluss, keine Telefon ...“

Drury klickte mit der Maus herum und sagte: „Da hab ich's: drahtlos. Mit dem eigenen Satelliten verbunden. Glückwunsch, Mrs. Stuart, das haben Sie ja fein hingekriegt.“ Er warf Kennedy einen bewundernden Blick zu: „Haben Sie das eingerichtet?“

Kennedy starrte finster zurück. „Sowas kann sie auch selbst.“

„Respekt, Respekt“, sagte Drury an Mary Stuart gewandt.

„Dann müssen wir das ganze Ding mitnehmen." Paulet deutete auf den Computer.

„Das ist Willkür", stellte Mary Stuart ruhig, aber empört fest.

„Sie sind doch bodenlos korrupt!" stieß Kennedy wütend hervor. „Sie scheinheiliger Humanist und dieser dumpfe KZ-Scherge da."

„Keine Beleidigungen bitte", sagte Paulet. „Das ist eine ganz normale Beschlagnahmung."

„Und dann schmuggeln Sie wieder Schriftstücke und Dateien dazwischen, um uns auf ihre widerwärtige Art anzuschwärzen. Wieviel zahlt sie Ihnen denn für diese schmutzige Arbeit?"

„Wer?" fragte Paulet ehrlich erstaunt.

„Elisabeth natürlich, diese hinterhältige Intrigantin!"

„Hanna!" mahnte Mary Stuart, „mach dich doch nicht gemein mit diesen Menschen."

„Aber es ist doch wahr!"

„Meint Sie extra?" Paulet schüttelte den Kopf. „Ich bekomme doch nichts extra gezahlt."

„Sie zahlt uns weniger als Ihnen, Mrs. Stuart, nämlich gar nichts", sagte Drury.

„Sie zahlt uns?" Kennedy schnappte nach Luft.

„Dieses schöne Anwesen gehört ihr, die dienstbaren Geister, die sie bedienen, stehen in ihren Diensten, gar nicht zu reden von der Kaution, die sie gestellt hat, sonst wären sie ganz woanders in Haft."

„Ha!" rief Paulet aus, der weiter in den Papieren gestöbert hatte. „Was ist das hier?"

Kennedy stürzte sich auf ihn und packte ihn am Arm: „Halt!"

Paulet wehrte sie ab: „Ein Brief! An Elisabeth Westminster."

„Sie geben ihn sofort zurück!" Kennedy versuchte, ihm das Blatt zu entreißen.

„Hanna, lass doch. Er soll es mitnehmen", sagte Mary Stuart. Und an Paulet gewandt: „Es ist ein Brief, den ich an sie geschrieben habe. Ich möchte, dass Sie ihn übergeben, aber ich bitte Sie, ihn nicht zu lesen. Es sind mehrere Seiten."

Paulet suchte nach den dazugehörigen Blättern, fand sie, hielt sie jetzt alle in der Hand und begann neugierig zu lesen.

„Achten Sie das Briefgeheimnis!" rief Kennedy und streckt die Hand aus, als wolle sie Paulet die Papiere wegnehmen. Der drehte sich zur Seite.

„Ich bitte Sie", sagte Mary Stuart mit ruhiger Stimme. „Es ist ein persönlicher Brief. Dort sind Umschläge. Ich möchte gern, dass der Brief ordentlich verschlossen zu ihr gelangt."

Paulet schien unschlüssig. „Mit der Post? Ist das erlaubt?"

„Persönlich. Bitte übergeben Sie ihn persönlich", bat Mary Stuart.

„Ist es nicht überhaupt untersagt, Briefe von hier aus zu verschicken?" fragte Paulet.

„Nur familiäre Mitteilungen und Gesuche an die Justiz sind erlaubt", erklärte Drury.

„Sie ist meine Schwester", sagte Mary Stuart.

„Tja, in diesem Fall ...“ Paulet blieb unschlüssig.

„Auf dem Dienstweg“, schlug Drury vor. „Der Brief müsste zunächst an Burleigh weitergeleitet werden.“

„Dann ist er ja schon so gut wie unter ihrem Kopfkissen“, warf Kennedy ein.

„Hanna, bitte reiß dich zusammen“, mahnte Mary Stuart.

„Entschuldige.“

„Schon gut.“ Sie wandte sich an Paulet und Drury: „Ich bin einverstanden, meine Herren, aber ich werde den Brief versiegeln.“

Paulet zögerte. Er sah Drury an.

Natürlich, dachte Drury, hat sie ein Recht auf ihr Briefgeheimnis, was geht es uns an, was darin steht? Und wenn Burleigh es bekommt, mag er entscheiden, ob er das Siegel aufbricht.

„Warum haben Sie ihr keine E-Mail geschickt?“ fragte er.

„Witzbold!“ zischte Kennedy. „Damit sie uns den Computer wegnehmen lässt?“

„Den sind Sie jetzt sowieso los.“

Paulet hielt Mary Stuart die Blätter hin: „Bitte, legen Sie sie in einen Umschlag und versiegeln Sie ihn meinetwegen, aber ich werde ein Auge darauf haben, damit nichts in den Brief gelangt, was nicht sein darf.“

„Was trauen Sie uns denn zu?“

„Ich muss Ihnen alles zutrauen.“

Kennedy lachte hämisch.

„Ich werden den Brief unter Ihren Augen versiegeln“, sagte Mary Stuart und nahm einen Umschlag vom Schreibtisch.

Paulet steckte den Brief in die Brusttasche seiner Uniform. Dann nahmen die beiden Polizisten die Kiste mit den Unterlagen und den Computer an sich und verließen das Turmzimmer.

„Fall du zuerst“, sagte Drury und ließ seinem Kollegen den Vortritt an der Treppe.

Kapitel 11

Kennedy ließ sich auf den Stuhl vor dem Plexiglasschreibtisch fallen und stöhnte: „Das ist doch unglaublich!“

„Bleib ruhig, Hanna“, sagte Mary Stuart. „Es hat keinen Sinn, sich über Dinge aufzuregen, die du doch nicht ändern kannst.“ Sie trat ans Fenster und ließ ihren Blick über das leicht hügelige Land schweifen. Nicht weit entfernt war das Dorf, in dessen Mittelpunkt eine Kirchturmspitze in den blassblauen Himmel ragte. An klaren Tagen stand sie oft hier und schaute zur Kirche hin. Der Turm wies nach oben zum einzigen Richter, der wirklich gerecht war.

„Hast du ihre Augen gesehen? Vor allem die von dem kleinen Schwätzer, der sich ja wer weiß was auf seine bescheidene Bildung einbildet.“

„Ach, Hanna, verschwende doch nicht deine Energie auf solche ...“

„Soll ich nicht? Nein? Und wer muss heute Nacht wieder die Kraft haben zu trösten, wenn das große Elend ausbricht? Wer muss dann genug Moral für zwei haben? Lass mich wenigstens am Tag laut schreien, damit ich es in der Nacht nicht tun muss."

„Bin ich dir wirklich eine so große Last?"

„Du bist mir keine Last, im Gegenteil. Aber diese Handlanger mit ihren lüsternen Blicken, die würde ich am liebsten ..."

„Du sollst keinen Hass predigen, Hanna."

„Ich predige ihn nicht, ich trage ihn in mir, und nicht zu knapp."

„Um so schlimmer. Auch das sind Menschen."

„Ach was, Menschen. Soldaten eines korrupten Regimes sind sie. Gekauft von einer verlogenen Medienzarin, die nicht genug kriegen kann von Macht und Geld und Einfluss. Du siehst doch die Ergebnisse ihrer Propaganda in den Gesichtern der Wachleute. Die sehen doch alle diese Machwerke im Fernsehen, die sie gegen dich geschmiedet hat, diese unglaublichen, dreckigen Lügen ..." Kennedy schnappte nach Luft.

„Bin ich nicht auch selbst ein Stück weit daran schuld, dass die Menschen ein derart hässliches Bild von mir haben?"

„Du hast ja keine Chance, dich zu rechtfertigen. Wer Fehler macht und dafür einsteht, muss doch angehört werden."

Mary Stuart verließ das Fenster und blieb hinter dem geplünderten Schreibtisch stehen. „Vielleicht hilft der Brief. Wenn sie ihn nur zu lesen bekommt. Glaubst du, Burleigh wird es zulassen, dass er zu ihr gelangt?“

Kennedy lachte abfällig: „Warum denn nicht? Er kennt sie, wie mir scheint, besser als du.“

„Wie meinst du das?“

„Ihren schäbigen Charakter. Die beiden sind doch aus dem gleichen Holz geschnitzt. Sie gieren nach Macht und können nicht genug davon bekommen. Sie genießen es, andere von sich abhängig zu machen.“

„So schlecht ist sie nicht. Bedenke, dass in ihren Adern das gleiche Blut wie in meinen fließt.“

„Ein wenig davon.“

„Wer weiß.“

„Sie ist deine Halbschwester, nicht mehr ...“

„... und nicht weniger. Sie muss doch Vernunftgründen zugänglich sein und menschliche Regungen spüren.“

Kennedy sprang auf, zornig gestikulierend: „Aber Mary! Du sollst dich nicht an sie ranschmeißen.“

„Das werde ich nicht tun. Ich setzte meine Hoffnung in meinen Glauben, und der sagt mir, dass sich alles zum Guten wenden muss.“

„Ja, ja, aber wo ist denn dein Kampfgeist geblieben?“

„Ich bleibe standhaft, Hanna, keine Sorge.“

„Du musst ihr Paroli bieten, Mary. Sie hat doch alles so eingefädelt. Wie gut war hier alles schon vorbereitet, als wir hergebracht wurden. Die Einrichtung, das Personal, der Zaun, die Wachen, alles war doch schon Tage und Wochen vorher perfekt für die Ankunft der Gefangenen arrangiert. Elisabeth wusste ganz genau, was sie wollte. Sie hat die Intriganten in deinem eigenen Unternehmen aufgeputscht und unterstützt, womöglich sogar bezahlt. Du bist der Stachel in ihrem Fleisch, den sie ausreißen will, und Burleigh ist ihre Zange!"

„Hör auf, Hanna. Es ist gut. Hoffen wir das Beste." Mary Stuart setzte sich und begann, die Sachen auf ihren Schreibtisch zu ordnen.

„Wenn du dich da mal nicht verschätzt. Seit dem Tag, an dem sie erfahren hat, dass sie illegitim ist und keine Rechte am Erbe von Westminster Enterprises hat, kämpft sie gegen dich, weil sie weiß, dass deine bloße Existenz ihr Imperium gefährdet."

„Es wurde doch nie bewiesen, dass sie von einem anderen Vater abstammt. Und ich muss sagen, es fällt mir schwer zu glauben, dass meine Mutter diesen Fehltritt begangen hat."

Kennedy beugte sich über den Schreibtisch: „Da habe ich aber schon ganz andere Töne aus deinem Mund gehört."

„Hass ist ein schlechter Ratgeber, Hanna."

„Mag sein, aber ich bitte dich, das Denken nicht zu vergessen."

„Es reicht jetzt, Hanna!"

„Entschuldige, aber ich war immer der Meinung, dass es ein Fehler war, nicht auf einer Klärung der Abstammung zu bestehen. Hättest du das getan, säßest du jetzt nicht hier, sondern im Westminster Tower in London."

„Es ist gegen unsere Religion, Hanna, du weißt es."

„Ja, ich weiß."

„Sie hat dir dein Erbe abgejagt, und du schreibst ihr Briefe!"

„Was kann ich schon anderes tun?"

„Kämpfen!"

„Kämpfen wir denn nicht? Das tun wir doch! Mit allen juristischen Mitteln."

Kennedy blieb stehen und schüttelte den Kopf. „Wenn ich kämpfen sagen, meine ich mit deinen Mitteln!" rief Kennedy aus. „Schick mich nach Edinburgh. Gib mir alle Vollmachten, und ich werde eine Kampagne in die Wege leiten, die alles, was Elisabeth sich ausdenken kann, in den Schatten stellt."

„In diesen Sumpf willst du dich begeben?"

„Es wäre nicht das erste Mal."

„Aber ich brauche dich hier. Ohne dich würde ich vielleicht wirklich ... verzweifeln."

„Du bist stark."

„Nicht mehr."

„Doch."

„Warte noch, Hanna. Ich warte auch. Auf ein Zeichen."

„Gottvertrauen, gut", sagte Kennedy. „Aber er hat dir auch Kraft gegeben zu widerstehen. Und du weißt doch, dass viele dort draußen nur darauf warten, für dich auf die Straßen zu gehen."

„Ich will keinen Aufstand“, sagte Mary Stuart, „ich will ein Zeichen.“

Kapitel 12

S*cila* musterte die beiden Beamten, die ihm den Weg auf das umzäunte Grundstück verstellten. Ein kleiner dicker mit ziemlich kahlem Schädel und einem amüsierten Gesichtsausdruck und ein finster dreinblickender bärbeißiger älterer Kerl. Typische dämliche Provinzbullen. Unbewegliche Schwachköpfe, die sich ständig querlegen. So wie jetzt.

„Ich habe keine Anweisungen bekommen", sagte Paulet, nachdem sie sich vorgestellt hatten und Scila ihnen den Brief des obersten Richters in die Hand gedrückt hatte.

„Wir haben keine Anweisungen bekommen", sagte Sergeant Drury und betonte das ‚wir'. Paulet schaute ihn tadelnd an.

Auch das noch, seufzte Scila innerlich, ein Komikerduo.

„Das da“, er deutete auf den Brief von Shrewsbury, „ist eine Anweisung des obersten Richters. Was brauchen Sie noch?“

„Wir bekommen unsere Anweisungen von Generalstaatsanwalt Burleigh“, brummte Paulet. „Und was dies hier betrifft, habe ich keine Mitteilung erhalten.“

„Eine kniffelige Frage“, meldete sich Drury wieder zu Wort und schaute von Paulet zu Scila und wieder zu Paulet. „Wer steht höher? Der Staatsanwalt oder der Richter?“ Damit brachte er Paulet tatsächlich für einen Moment zum Nachdenken.

„Bisland waren es immer die Richter, die das letzte Wort hatten“, sagte Scila. „Auf dem Wisch da steht, dass ihr mich vorlassen müsst. Fertig. Ist doch ganz einfach.“

„Allerdings sind wir als Angehörige der Strafverfolgungsbehörde direkt dem Staatsanwalt unterstellt, nicht dem Richter“, sagte Drury.

Scila starrte ihn an. Drury grinste verschmitzt. Es schien ihm Spaß zu machen, mit Worten Unruhe zu stiften. Ein Oberschlauer.

„Im Gericht ist der Richter der Vorsitzende. Er hat das letzte Wort.“

Drury deutete in die Landschaft. „Hier auf dem platten Land haben wir das letzte Wort.“

Scila seufzte: „Wenn das hier darauf hinauslaufen soll, dass ich euch ein Bier spendieren muss, okay. Könnt ihr haben. Aber erst will ich meinen Job hier erledigen.“

Paulet studierte immer noch stirnrunzelnd den Brief mit dem richterlichen Siegel. Drury reckte sich und schaute über die breite Schulter seines Kollegen auf das Papier.

„Scila?“ sagte er. „Sie heißen Scila?“ Er drehte sich um und grinste wissend. „Haben Sie einen Kollegen namens Charybdis?“

„Leck mich am Arsch“, murmelte Scila und streckte Paulet die Hand hin. „Kann ich den Wisch jetzt wiederhaben?“

„Ich muss das erst telefonisch klären“, sagte Paulet.

Scila seufzte. „Okay. Dann erledigt ihr mal euer Telefonat. Ich geh schon mal da rein. Ich hab einen ziemlich weiten Weg hinter mir und keine Geduld für solche Mätzchen.“

„Das sind keine Mätzchen“, sagte Drury. „Wir halten uns an die Dienstvorschriften.“

„Interessiert mich nicht.“ Scila wandte sich ab und stapfte über den Kiesweg zum Eingang des Schlosses. Hinter sich hörte er Drury: „Wüsste trotzdem gern, ob es einen Sergeant namens Charybdis in unseren Reihen gibt.“

Neben der Tür befand sich eine Gegensprechanlage mit den Initialen „M.S.“ auf dem Namensschild, daneben war ein Briefkasten angebracht. Sollte das den Anschein von Normalität erwecken? Wer wollte hier wen beruhigen?

Scila drückte auf den Knopf. Irgendwo, weit entfernt, hörte man ein dünnes Klingeln. Es tat sich nichts. Er klingelte ein zweites Mal, und als sich wieder niemand meldete, drückte er gegen die schwere Holztür. Sie ging auf, Scila trat in die Halle und stand ihr gegenüber.

Mary Stuart.

Sie trug einen Turban. Nein, es war nur ein um den Kopf geschlungenes Handtuch. Scila starrte auf ihre nackten Beine. Dann auf ihren Halsansatz und die Kette mit dem Lilienkreuz. Wieso lief die hier so rum, im kurzen weißen Bademantel, mit einem Turban auf dem Kopf? Wieso schrie sie ihn nicht an? Er war ein Eindringling. Sie war halb nackt. Göttlich schlank, selbst so eine Art Lilie, schoss es ihm durch den Kopf. War das da ein Lächeln auf ihrem Gesicht? Fand sie es etwa gut, dass er sie so anstarrte? Bilder aus dem Fotoalbum und aus der Fernseh-Dokumentation blitzten in seinem Hirn auf. Und dann dieser Knoten des Bademantelgürtels, nur lokker gebunden, der geht gleich auf, sie wird es nicht verhindern können ...

„Wer sind Sie? Was machen Sie da?" rief eine herrische Stimme. Eine Frau in schwarzem Kleid hatte sich von rechts an ihn herangepirscht. Scila wirbelt herum, genau in dem Moment, als Mary Stuart den Gürtel festzog.

„Inspektor Scila aus London. Richter Shrewsbury schickt mich." Der weiße Bademantel verschwand aus Scilas Augenwinkel. Das leise Klatschen von Badelatschen auf Steintreppen entfernte sich nach oben.

„Ach ja, der Abgesandte von Shrewsbury", sagte Kennedy milde, stellte sich vor und reichte ihm die Hand. „Herzlich willkommen. Wir können uns da drüben unterhalten." Sie deutete in eine Sitzecke mit kubischen Sesseln.

„Äh, mein Auftrag lautet, mit ihr zu sprechen." Scila deutete auf die offenstehende Tür, hinter der Mary Stuart verschwunden war.

„Sie fühlt sich im Moment nicht sehr gut. Wir werden hier arg drangsaliert vom Wachpersonal."

„Das tut mir leid."

Kennedy machte eine abwehrende Handbewegung: „Wie auch immer. Wir sind froh, dass der Richter uns nicht vergessen hat. Was für eine Botschaft schickt er? Wie lange müssen wir noch hier bleiben?"

„Keine Botschaft", sagte Scila trocken. „Fragen."

„Wir haben eigentlich Antworten erwartet."

„Ich war in Edinburgh. Habe versucht, Fragen zu stellen."

„Versucht?"

„Es war schwer. Zu viel Ablehnung. Man hat mich schließlich rausgeschmissen."

„Haben Sie trotzdem etwas erreicht?"

Ein Fotoalbum hab ich geklaut, dachte Scila.

„Die sechzehn Messerstichwunden in Rizzios Leiche sind mir weiter ein Rätsel", sagte er. „Und auf Bothwell kann ich mir keinen Reim machen. Was drängte ihn dazu, Darnley auf Teufel komm raus ins Jenseits zu bomben?"

Kennedy beugte sich vor. „Ich bitte Sie, nennen Sie nicht seinen Namen."

„Bothwell?"

„Den des Teufels", sagte sie leise.

„Ach so, Entschuldigung. Aber hören Sie, kann ich nicht doch mit ihr persönlich sprechen? Ich habe eine anstrengende Fahrt hinter mir, und es würde mich ärgern, wenn ich die Strapazen umsonst auf mich genommen habe."

„Ausgeschlossen."

„Doch, Hanna, ich will mit ihm reden", hörte Scila plötzlich eine Stimme direkt hinter sich. Wie kam sie denn dort hin? Er drehte sich um. Sie stand da, in Jeans und weißem Pullover, Turnschuhe an den Füßen. Die Arme verschränkt, einen Apfel in der Hand, von dem sie jetzt abbiss.

„Mary, bitte!" Kennedy stand auf.

Mary Stuart schüttelte den Kopf, kaute, schluckte und sagte lächelnd: „Ich rede mit ihm. Es ist doch wichtig."

„Alles, was von deiner Seite zu sagen ist, hast du aufgeschrieben. Wenn es soweit ist, werden wir dem Richter den Brief zukommen lassen. Mehr ist nicht nötig."

„Doch, Hanna, ein bisschen mehr ist schon nötig dann und wann."

Kennedy schien verärgert. „Was denn?"

„Reden."

„Was soll das, du kannst mit mir reden."

„Zwei Kanarienvögel im Käfig. Was haben die sich schon zu sagen?"

„Ich verstehe nicht, was du mir damit ...“

„Hanna, du bist manchmal wirklich seltsam. Manchmal glaube ich, dass dir diese Wand, die zwischen uns und der Welt steht, zwischen uns und den Menschen da draußen ...“

„Was?“

Mary Stuart zögerte. „... dass sie für dich ein Schutzwall ist.“

„In gewisser Weise ist sie das doch auch“, sagte Kennedy.

„Ja, aber nicht für mich, wie du glaubst, sondern für dich. Jetzt lass mich mit ihm allein, Hanna.“

Kennedy drehte sich auf dem Absatz um und verließ die Halle.

Mary Stuart stand auf. „Gehen wir?“

„Wohin?“

„Nach draußen in den Garten. Dies ist vielleicht der letzte schöne Herbsttag. Außerdem sind die Chancen, dass draußen jedes Wort von uns aufgenommen wird, geringer.“

Scila stand auf. „Wir werden abgehört?“

„Aber ja“, sagte sie lächelnd.

„Hm.“

Sie zuckte mit den Schultern. „Im Laufe der Zeit gewöhnt man sich auch daran. Eine Weile war es schwer, um nicht zu sagen quälend. Wenn ich etwas Abfälliges über jemanden sagte, stand es am nächsten Tag in der Presse. Eine Zeitlang wurde alles, was ich tat, haarklein berichtet. Shrewsbury hat dem einen Riegel vorgeschoben. Auch Fotos und Filmaufnahmen von versteckten Kameras gelangen nur noch selten ins Fernsehen. Aber die Überwachung ist geblieben. Angeblich aus Sicherheitsgründen. Bequem für Staatsanwalt Burleigh: Immer wenn ich meine Verteidigungsstrategie ändere, hat er am nächsten Morgen eine Meldung auf dem Schreibtisch – wenn ich nicht aufpasse.“ Sie deutete zur Tür. „Bitte.“

Sie zog sich eine Windjacke über und ging voraus. Scila folgte ihr in den Garten. Eine Weile gingen sie schweigend den Kiesweg entlang. Weit würden sie nicht kommen, erkannte er. Zur Burg gehörte zwar ein großes Grundstück, doch der Zaun ging quer durch Wiesen und Beete und schränkte den Bewegungsradius stark ein. Es gab keine Chance, sich irgendwo im Unterholz zu verbergen.

„Ich mache mir keine Illusionen“, sagte Mary Stuart. „Alles, was ich tue, wird festgehalten, protokolliert, archiviert, wahrscheinlich auch noch kommentiert. Ich stehe ständig unter Beobachtung. Aber ich habe mir sagen lassen, dass die Mikrophone hier draußen nicht sehr gut funktionieren, wegen des Windes. Schon ein leichter Lufthauch, so wie heute, macht die Tonaufnahmen unbrauchbar.“

Scila sah sie an. Sie war ein kleines Stück größer als er. Merkwürdig, er war der festen Überzeugung gewesen, dass er bei einer Begegnung auf sie herabsehen würde.

„Ansonsten habe ich mich darauf verlegt, vor allem im Haus, die Heilige zu spielen. Wir haben ein gewisses Repertoire an Dialogen, die wir variieren.

Die verfolgte Unschuld und ihre herrische Dienerin. Das funktioniert ganz gut."

„Im Ernst? Und dann war das eben auch nur einstudiert?"

Mary lachte: „Nein, nicht ganz. Da war auch ein Funken Wahrheit dabei."

„Ein Funken?"

„Jetzt habe ich Sie irritiert?"

„Ja."

„Seien Sie mir nicht böse. Wir leben hier in einer Extremsituation. Es ist schwer, oft quälend. Man muss spielerisch damit umgehen, sonst zerstört es einen."

„Und sie können noch zwischen Wahrheit und Spiel unterscheiden?"

„Meistens schon."

„Ich bin wegen der Wahrheit gekommen."

„Davon gehe ich aus, Inspektor Scila." Sie blieb stehen und schaute ihn an.

Die ist ganz anders, als du dachtest, schoss es Scila durch den Kopf. Du hattest dir das Bild von einer hilfsbedürftigen Sexbombe mit religiösem Tick zurechtgelegt. Aber diese Frau hier ist souverän.

„Wie heißen Sie mit Vornamen, Inspektor?"

„Frederick, besser Fred. Fred M. Scila", erklärte er automatisch.

„M.?"

„Mortimer."

„Ein hübscher Name. Er hat sicherlich einmal sehr gut zu ihnen gepasst, als sie etwas jünger waren."

„Jünger?"

Sie lachte und legte eine Hand auf seinen Unterarm: „Nehmen Sie es mir nicht übel. Ich sagte ja, wir leben hier unter Ausnahmebedingungen."

„Schon gut."

„Mortimer gefällt mir sehr gut, aber ich werde Sie trotzdem Fred nennen. Sagen Sie einfach Mary zu mir." Sie hielt ihm die Hand hin.

Herrje, dachte er, die ist aber schon ein bisschen kompliziert.

Ihr Händedruck war kräftig.

Sie gingen weiter.

„So, nun stellen Sie also Ihre Fragen, Fred."

„Die sechzehn Messerstiche ..." Er sah sie an.

Sie verzog keine Miene. „Ja?"

„Die sechzehn Messerstiche, mit denen David Rizzio getötet wurde. Ich kann sie mir nicht erklären."

„Da ist nichts zu erklären. Es gab sie nicht."

„Der Bericht des Gerichtsmediziners ..."

„Vielleicht hat jemand später Davids Leiche ... manipuliert, aber als er dort auf dem Boden lag und James sich über ihn beugte und ich daneben ..." Sie blieb stehen. „Ich zählte mit ..." Sie hob die Hand. „Eins, zwei, drei, ... dann packte ich seinen Arm und entwand ihm das Messer. Es waren drei Stiche, zwei ins Herz, einer ging wohl in die Lunge. Alles andere ist dazuerfunden worden. Es wurde als Mord aus Leidenschaft deklariert, da bietet es sich an zu übertreiben. Vielleicht haben die Medien die Zahl aufgebracht, und später wurde die Leiche der Medienwirklichkeit angeglichen. Wie auch immer, es ist widerlich." Sie war bleich geworden.

„War es Mord aus Leidenschaft?" fragte Scila.

„Aus kalter Berechnung." Mary ging weiter. „Mit Davids Hilfe war es mir gelungen, den Einfluss meines Mannes auf Scots Media zu minimieren. Wir mussten das tun, weil seine Entscheidungen über kurz oder lang den Ruin der Firma bedeutet hätten. Von Wirtschaftsfragen hatte er keine Ahnung." Sie seufzte. „Eigentlich von nichts. Aber natürlich wollte er als mein Ehemann Einfluss ausüben. Eine mächtige Frau neben ihm, das ertrug er nicht. Es war mein Fehler gewesen, ihm überhaupt Einflussmöglichkeiten zu geben. Aber zu Anfang ... nun ja, ich war ... schwach."

„Schwach?"

„Verliebt!" sagte sie unwirsch. „Wie würden sie es nennen? Ich habe mich in Henry getäuscht. Ich bin nicht die erste Frau, der das passiert ist!"

„Was hatte Darnley denn, dass Sie ..."

„Geht es Sie etwas an, Fred? Natürlich nicht! Aber ich will Ihnen sagen, was mir an ihm gefiel. Er war ein Lebemann, ein Draufgänger, einer, der das Leben von anderen ins Wirbeln brachte. Mein Leben. Und er hatte zwei goldene Hände, die viel von dem aufwogen, was ihm in seinem Kopf fehlte."

„Goldene Hände?"

„Wie soll ich es sonst nennen, ohne obszön zu werden? Er fasste mich an den Hüften und ich verwandelte mich. So war es."

„Ich verstehe."

„Nichts verstehen Sie, Inspektor. Aber nehmen Sie es bitte als Tatsache zur Kenntnis!" rief sie aus.

„Ja doch."

„Gut."

Kapitel 13

Eine Weile gingen Sie schweigend nebeneinander her, passierten den Ausgangspunkt des Spaziergangs nahe des Schlosses und traten eine neue Runde an.

Scila räusperte sich.

„Nun fragen Sie endlich, Sie werden doch noch eine Frage haben?“ forderte sie ihn auf.

„Und wie war das mit Bothwell?“ fragte Scila. „Hatte er auch goldene Hände?“

„Es waren nicht die Hände ... aber das verstehen Sie schon gar nicht, Inspektor.“

„Fred.“

„Fred, ja. Sie wissen, was ich meine.“

„Hätten Sie nicht nach dem ersten Fehlschlag ...“

„Es war kein Fehlschlag, es endete nur tragisch.“

„Wie auch immer. Hätten Sie nicht vorsichtiger sein müssen?“

„Sie meinen, nachdem Darnley wegen dieser ganzen juristischen Ungereimtheiten und Verfahrensfehler wieder auf freien Fuß gesetzt worden war?“

„Nein, ich meine die Begegnung mit Bothwell.“

„Vorsicht? Vor ihm, meinen Sie? Aber er war doch mein Beschützer!“

„Erklären Sie mir das.“

„Muss ich das wirklich? Sie sind doch ein erfahrener Mann. Wie alt sind Sie, Fred? Vierzig?“

Scila stolperte. Wieso will sie das jetzt wissen? Überhaupt irritierend, wie sie mit dir umgeht. Als wäre ich ein alter Freund, Ex-Liebhaber womöglich. Macht sie das mit allen Männern so, oder bilde ich mir nur was ein? Er schnaubte verächtlich: „Wunschdenken.“

„Älter?“ sagte sie. „Dann haben Sie sich gut gehalten. Und das ist es doch, was einen Mann attraktiv macht, die Haltung.“

Ich dachte, genau die hätte ich längst verloren.

„Sie schweifen ab, Mary“, sagte er.

Sie lachte. „Ich lenke ab. Sie haben recht. Aber Bothwell ist ein schwieriges Thema.“

„Beschützer, sagten Sie“, versuchte Scila ihr auf die Sprünge zu helfen.

„Ja.“

Sie waren am Zaun angelangt und mussten umkehren.

„Vor wem hat er Sie beschützt? Vor Darnley?“

„Auch.“

„Darnley kam wieder frei und verlangte seinen alten Platz zurück?"

„Nein, so war es nicht." Sie hob den Kopf und schaute sich um, als würde sie etwas suchen.

„Ich finde interessant, dass Sie so einsilbig werden, wenn das Gespräch auf Bothwell kommt."

Sie seufzte. „Ich könnte viel über ihn erzählen."

„Dann tun Sie es."

„Es ist schwierig." Sie zögerte und fuhr leise fort: „Versuchen Sie einmal, jemanden zu beschreiben, den Sie lieben." Sie sah ihn auffordernd an. „Na?"

„Darum geht es hier nicht", sagte er unwirsch. Und da ist auch niemand, dachte er. Überhaupt, Frauen! Wie soll man sie fassen? Zum Beispiel diese hier, Mary Stuart, die hat etwas ... es erinnert dich an früher. An die Schulzeit? Als du naiv genug warst, irgendein x-beliebiges Mädchen auf ein Podest zu stellen, damit du zu ihr aufblicken konntest. Und dann standst du da und hast gegafft und gehofft, sie würde dich zu sich hinaufziehen, raus aus dem Sumpf des Gewöhnlichen, hinauf zu was? Na ja, du hast dir eben nie die x-beliebigen ausgesucht, sondern immer die, die was Besonders hatten, und dies Besondere genügte, auf dich herabblicken zu können, über dich hinweg. Das Gewöhnliche hast du dann geheiratet.

„Danke", sagte Mary Stuart.

Scila schrak zusammen. „Was?"

„Danke, dass Sie mir Zeit zum Nachdenken lassen."

Wo waren wir gerade stehengeblieben? Scila hatte den Faden verloren. Bothwell? Okay. Den Berichten zufolge ein jähzorniger, grobschlächtiger Kerl mit Neigung zu Gewaltausbrüchen. Wie hatte der es geschafft, ins Management aufzusteigen? Gerade wegen dieser Veranlagung? Weißer Kragen, Schlips und Muckis? Software, Sekt und Semtex?

„Eine eigenartige Kombination", murmelte Scila vor sich hin.

„Sie meinen James und ich? Sie wissen ja, Gegensätze ziehen sich an."

„Heißt es immer."

„Sie haben so einen brummigen Unterton, Fred, als würden Sie mir etwas übelnehmen."

„Und Sie haben ein großes Talent, vom eigentlichen Thema abzuschweifen."

Sie lachte kurz auf. „Na gut, ich will versuchen, es Ihnen zu erklären, kurz und klar: Wenn Sie das dringende Bedürfnis haben, sich anzulehnen, wenn ihnen schwindelt, dann sind Sie froh über die große breite Eiche, die hinter ihnen steht und Sie stützt, wenn Sie das Gleichgewicht verlieren. Und Sie nehmen es dem Baum nicht übel, dass er eine rauhe, harte Rinde hat. Später dann, wenn Sie Ihre Wange gegen den Stamm gelehnt haben, spüren Sie, dass die Rinde lebt, Sie interessieren sich für ihre Beschaffenheit, Sie spüren das Leben dahinter, die Kraft, und wissen, niemand, nicht einmal der stärkste Orkan, kann diesen Stamm umwerfen."

„Bis es dann doch soweit ist."

„Was?"

„Der Stamm fällt."

„Ja ... aber das war erst später."

„Er hat sie also gestützt, geschützt, verteidigt, und schließlich ist er zu weit gegangen."

„Vielleicht war es so", sagte sie gedankenverloren.

„Er hat Darnley für Sie aus dem Weg geräumt."

Sie blieb ruckartig stehen und schaute ihn aus blitzenden Augen an: „So war es nicht, Inspektor!"

„Dann erzählen Sie mir endlich, wie es war."

Sie nickte. „Aber Sie müssen auch versuchen, mich zu verstehen, Fred." Sie hängte sich bei ihm ein.

Er schwieg. Bleib kalt und abweisend, dachte er, das ist dein Job. Aber ihre Hand abschütteln, die ganz sanft seinen Oberarm gefasst hatte, war ihm unmöglich.

„Zunächst einmal war es eine Glaubenssache."

Scila zuckte leicht zusammen.

Sie lächelte ihn an. „Das ist Ihnen nicht recht, stimmt's? Lass mich bloß mit diesem religiösen Geschwätz in Ruhe! So denken Sie doch, Fred, nicht?"

„Ja, sicher."

„Es ist dennoch wichtig. Man hat immer wieder behauptet, James hätte mich für seine Zwecke missbraucht. Es wurde sogar geschrieben, um die Botschaft seiner Erweckungskirche medial verbreiten zu können, hätte er mich aus kalter Berechnung heraus verführt. Das ist lächerlich! Wir haben uns als freie Menschen auf gleicher Ebene getroffen. In Augenhöhe, wenn Sie es genau wissen wollen."

„Und dann haben Sie sich an ihn angelehnt."

„Um mich herum brandete ein Meer aus Verleumdung, Lüge und Verrat. Darnley hatte sich mit Widersachern im Unternehmen verbündet. Mein Sturz als Vorsitzende des Aufsichtsrats war schon geplant. Schon streckten sie die Hand nach meiner Aktienmehrheit aus ... für mich war es wie ein Kampf auf Leben und Tod, es ging um das Erbe meines Vaters!"

„Und da stand die Eiche", warf Scila sarkastisch ein.

Sie ließ seinen Arm los. „Daran ist nichts Lustiges, Sie kleiner Zyniker! Ich war kurz vor dem Zusammenbruch. Vielleicht lag ich sogar schon auf den Knien. Er hat mich hochgezogen ..."

„Und?"

„Ich habe mich ihm unterworfen." Sie hielt inne, schien selbst überrascht über das, was sie gerade gesagt hatte. „Doch, ja, ich kann es jetzt zugeben. Es war Verzweiflung, die mich in seine Arme trieb. Na und? Besser, man lebt. Besser, man versündigt sich nicht an sich selbst. Besser, man lässt sich stützen und sammelt neue Kraft."

„Eine starke Frau und doch ...", setzte Scila an und verstummte peinlich berührt.

„Ja, das habe ich mein Leben lang gehört. Stark, unabhängig, eigenwillig. Das hat manchen abgeschreckt, der es vielleicht verdient hätte. Möglicherweise war ich arrogant. Eine Zeitlang hatte ich Spaß daran, die Unwürdigen um mich zu versammeln, heute nehme ich den und morgen den. Wissen Sie, wie ich meine Yacht taufte, mit der ich durch die Karibik segelte? ‚Orgie'. Ich war eine bekennende Sünderin. Bis zur Geburt meines Sohnes."

„Das also war das einschneidende Erlebnis?"

„Ja, aber das können Sie nicht verstehen."

„Bin ja nur ein Mann."

„Nein, Sie haben keinen Sinn dafür. Es war ein spirituelles Erlebnis."

„Wie?"

„Das können Sie nicht nachvollziehen. Es ist nicht in Worte zu fassen. Wenn Gott Ihnen erscheint ... es ist so, wie es in der Bibel manchmal beschrieben wird: strahlendes Licht, Musik, Engel, eine Stimme, seine Stimme!"

„Gut, lassen wir das", sagte Scila und versuchte, den Unterton des Angewidertseins in seiner Stimme zu unterdrücken. „Wo ist Ihr Kind denn jetzt?"

„Ich sagte ja, dass Sie es nicht verstehen können. Es ist Ihnen unangenehm, über solche Dinge nachdenken zu müssen. Aber gut, ich will nicht diskutieren, sondern Ihre Fragen beantworten. Mein Sohn? Er ist gut aufgehoben in einer gläubigen Familie. Ich hoffe, ich kann ihn bald wieder zu mir nehmen."

„Ihr Glaube stand Ihnen offenbar nicht im Weg, als es darum ging, mit James Bothwell eine Intrige zur Ermordung Ihres Ehemanns auszuhecken."

„Das ist eine Lüge!“ Sie blieb stehen, schaute ihn halb wütend, halb traurig an. Sie schien ernsthaft empört. Eine hervorragende Schauspielerin, vielleicht.

„Alles weist darauf hin, dass er zusammen mit einigen Helfern den Sprengstoff im Gartenhaus deponiert hat. Er wurde in der Nähe beobachtet. Seine DNS-Spuren fanden sich. Er war zum fraglichen Zeitpunkt dort. Man hat ihn mit Darnley gesehen, in einem Auto. Kurz darauf lag Darnley gefesselt auf dem Boden der Laube, und die Bombe ging hoch.“

Mary Stuart blickte über Scilas Kopf hinweg zur Burg. „Hören Sie auf, mich zu quälen. Ich habe nichts davon gewusst.“

„Er weigerte sich, DNS-Proben abzugeben ... er besaß bereits vor der Tat Aktien von Scots Media ... drei Monate nach dem Mord heirateten sie beide. Er wurde Direktor der Gesellschaft, Sie ließen ihm den Vortritt. Dann kam die Mordanklage, und er verschwand ins Ausland.“

„Na und? Was blieb ihm anderes übrig? Es war ein Komplott.“ Sie fasste nach seiner Hand. „Das glauben Sie doch auch! Sonst wären Sie doch nicht hier und würden all diese Fragen stellen?“

Scila schüttelte die Hand ab. „Ich glaube gar nichts“, sagte er verärgert. „Es ist mein Beruf, Fragen zu stellen.“

„Tun Sie doch nicht so unmenschlich. Sie sind es doch gar nicht.“ Sie blieb stehen und schaute ihm in die Augen. Er hielt es nicht sehr lange aus und sah weg.

„Und die Briefe, die Sie ihm geschrieben haben sollen, sind alle gefälscht?“ fragte Scila weiter.

„Aber ja doch!“

„In Ihrer Handschrift, mit Ihren Fingerabdrükken und so weiter.“

„Ist das so schwierig zu fälschen?“

„Es ist möglich.“

„Und halten Sie mich wirklich für so dumm, solche Briefe zu schreiben, in denen ich mich selbst des Mordes bezichtige?“

„Nein.“

„Na sehen Sie!“

„Aber Sie wissen, dass inzwischen auch andere Briefe aufgetaucht sind. Wieder in Ihrer Handschrift. Sie richten sich an einige Vertraute aus dem inneren Kreis Ihrer Sekte und fordern sie auf, die Ermordung ihrer Schwester Elisabeth in Auftrag zu geben.“

Mary Stuart strauchelte und fiel mit einem leisen Aufschrei zu Boden.

Von der Burg her kam Kennedy angerannt. Scila versuchte, die plötzlich ganz kraftlos wirkende Mary wieder aufzurichten.

„Sprechen Sie mit Melvil“, sagte sie tonlos. „Er weiß ...“

Scila wurde von Kennedy beiseite gedrängt. „Sie sind ein Schuft“, fauchte sie ihn an. „Verschwinden Sie!“ Kennedy setzte ihren Schützling auf eine Bank und fächelte ihr Luft zu. Scila bemerkte etwas braunes Matschiges in Marys rechter Hand. Es war der Rest des Apfels, den sie vorhin gegessen hatte. Sie hatte ihn während des ganzen Gesprächs in der Hand behalten.

Scila murmelte einen Abschiedsgruß und ging. Erst draußen, außerhalb der Absperrung, bemerkte er den Brief in seiner Jackentasche. Auf dem Umschlag prangte das Logo von Scots Media mit Kreuz und Lilie, und darunter stand in goldenen Buchstaben gedruckt der Name Mary Stuart. Die Adresse war mit blauer Tinte in geschwungener Schrift geschrieben: „Mr. Robert Dudley Leicester, London", und die Aufforderung: „Bitte persönlich übergeben."

Kapitel 14

Sie standen vor den Monitoren und glotzten“, sagte Scila. „Als ich fortging, standen die Wachleute und Polizisten im Pförtnerhäuschen und kommentierten Mary Stuarts Privatleben. Überall sind Kameras und Mikrofone.“

„Widerlich.“ O’Kelly schüttelte den Kopf.

„Gefängniswärter sind immer widerlich.“

„Du bringst Menschen ins Gefängnis, du gehörst dazu. Ein kleines Rädchen in diesem unmenschlichen Getriebe bist du.“

„Gibt es ein menschliches Getriebe?“

„Es gibt ein menschliches Treiben, aber das ist vielleicht auch nicht viel besser.“

Sie lagen im Bett in Scilas Zimmer und rauchten. Wie in allen öffentlichen und halböffentlichen Gebäuden war auch hier im Hotel das Rauchen verboten, aber seitdem Scila den pakistanischen Portier am geöffneten Fenster mit einer Zigarette im Mund ertappt hatte, ignorierte er das Verbot. Wieder mit dem Rauchen anzufangen, war O'Kellys Idee gewesen. Sie fand, es gehöre zu ihrer unvernünftigen Beziehung dazu. Und er fühlte sich mit dem Glimmstengel in der Hand um zwanzig Jahre in die Vergangenheit versetzt, Junggesellenzeit, One-Night-Stands, Besäufnisse, Verantwortungslosigkeit. Die Spirale hatte sich weitergedreht, und er war wieder an der gleichen Stelle angekommen, lediglich auf niedrigerem Niveau.

„Menschliches Treiben klingt auch erbärmlich", sagte Scila.

„Biomaschinen mit eingebauter Softmassen-Festplatte. Wir funktionieren streng nach Schema, auch wenn wir die Gebrauchsanweisung für unsere Körper-Geist-Automaten verloren haben."

„Alles nur Automatismus?" fragte Scila. „Auch wir hier?"

„Natürlich. Wir hier erst recht. Sex ist eines der simpelsten Programme."

„Aber es hilft", sagte Scila. Er war durchaus zufrieden mit dem Ablauf des Programms.

„Es hilft der Maschine, am Laufen zu bleiben. So eine Art Optimierungsprogramm für Hard- und Software."

Scila lachte leise. „Hard- und Software", wiederholte er.

„Ich finde es eher deprimierend", sagte O'Kelly.

Scila drückte die Zigarette aus und reichte ihr den Aschenbecher. „Kein freier Wille, alles vorherbestimmt vom Schicksal?"

„Schicksal ist ein viel zu großes Wort dafür. Schaltkreise, die an bestimmten Punkten zusammentreffen und nach festgelegten Regeln aufeinander reagieren. Bis zu einem gewissen Grad an Komplexität kann man das Verhalten berechnen, wenn man die nötigen Daten hat."

„Das heißt, dass wir hier im Bett liegen, war schon vorherbestimmt, als wir uns zum ersten Mal im Pub begegnet sind."

„Hm, ich hätte auch einen anderen Weg gehen können. Ich hatte eigentlich eine Verabredung."

„Mit einem Mann?"

„Ja."

„Freund?"

„Ja."

„Liebhaber?"

„Eventuell."

„Warum bist du nicht gegangen?"

„Ich wollte zu Mr. Lee."

„Aber du wusstest doch gar nicht, dass ich da sein würde."

„Nein, aber die große Schicksalsmaschine wusste es."

„Die große Maschine? Das klingt gespenstisch."

„Teuflisch ist es. Ein Satansgetriebe, und wir sind die Getriebenen."

„Jesus Christus, jetzt hör aber auf damit!"

O'Kelly setzte sich ruckartig auf, und Scila fiel ein, dass er es noch immer nicht geschafft hatte, alle ihre Sommersprossen zu zählen. „Missbrauche nicht den Namen des Erweckers!"

„Was?“ Er schaute erstaunt in ihr empörtes Gesicht.

„Jesus hat das Getriebe zum Stehen gebracht.“

„Ach so.“

„Jedenfalls für sich. Und er hat uns ein Beispiel gegeben, wie wir es auch schaffen können.“

„Na ja, viel hat es ihm nicht genützt.“

„Hör auf zu lästern. Ich dachte, ich hätte es dir vorhin erklärt?“ rief sie aus.

„Ist ja schon gut.“ Er streckte die Hand nach ihr aus.

Sie schob sie weg. „Lass das!“

Das hatte sie auch gesagt, als er sie vor der Kirche in Soho abgeholt hatte: „Lass das, ich bin noch nicht so weit.“ Dann hatte sie versucht, ihm zu erklären, dass die Gottesdienste der Erweckungskirche nicht nur Bet-Veranstaltungen waren. „Es geht darum, durch Meditation und Bewegungsübungen aus dem teuflischen Kreislauf auszubrechen, aus dem Schlaf der Ungerechten aufzuwachen und mit offenen Augen und wachem Bewusstsein zu existieren.“

Die meisten schafften dies nur für kurze Zeit, kaum jemand könnte es ertragen, mehr als ein paar Stunden pro Tag wach zu sein. Nur wenige hohe Priester der Kirche hätten es geschafft, einige Tage diesen Zustand zu erhalten. Danach seien sie zu Tode erschöpft gewesen.

„Wenn es dir gelingt, wach zu sein, und sei es nur für eine Minute, durchströmt dich ein unendliches Glücksgefühl, denn du hast erkannt, dass dir die ganze Zeit ein Lügengespinst vorgegaukelt wurde."

Dazu brauche ich keine Sondererweckung, hatte Scila gedacht, das sehe ich auch so.

„Lügengespinst? Die ganze Welt? Ist das nicht deprimierend?"

„Nein, denn du weißt ja, dass es einen Weg hinaus gibt. Jesus hat ihn uns gezeigt. Wer ihn kennt, ist auserwählt."

Den Weg ans Kreuz. Keine anheimelnde Vorstellung. Und philosophische Diskussionen auf der Straße waren sowieso nicht sein Ding.

„Okay, äh, was hältst du davon, wenn wir rüber nach Chinatown gehen und uns ein paar Glasnudeln fritieren lassen?"

„Wenn du magst." Sie hatte sich bei ihm eingehängt. Soviel zum Thema freier Wille, dachte Scila zufrieden.

Nach dem Essen waren allerdings Glückskekse verteilt worden und eine weitere Runde mit esoterischem Palaver, wie Scila es klammheimlich nannte, war eingeläutet.

„Ein weiter Weg führt ins Ziel", las O'Kelly vor. „Das klingt gut, nicht zum Ziel, sondern ins Ziel."

„Ja?" Scila fand den Unterschied irrelevant.

„Und bei dir?"

„Mit einer Hand kann man nicht klatschen", las er vor.

„Hm. Was soll das bedeuten?" O'Kelly machte ein nachdenkliches Gesicht.

„Wenn ich jemandem eine Ohrfeige verpasse, klatscht es auch mit einer Hand."

„Du nimmst das nicht ernst!"

„Nein, natürlich nicht."

„Solltest du aber. Es sind überall Zeichen verstreut, man muss sie nur finden."

„Wer verstreut die denn?"

„Du weißt schon, wen ich meine."

Schon wieder Jesus? Scila hob den Arm und verlangte die Rechnung.

Und nun, im Bett, als die Maschine wieder gut geölt war, erinnerte sich O'Kelly an die Botschaft aus dem Glückskeks. „Ich möchte den Weg zu Ende gehen, bis ins Ziel."

Scila tastete nach der Zigarettenschachtel. „Und was hast du davon?"

„Ich will das Getriebe anhalten, für einen kurzen Moment, das ganze Getriebe und dann hindurchschlüpfen."

„Hindurchschlüpfen?"

„Auf die andere Seite."

„Was ist da?"

„Das ist das große Geheimnis."

„Hm."

„Weißt du", fuhr sie eifrig fort. „Es ist keine große Leistung, sich hier und da mal kurz zwischen zwei Zahnradecken oder Bits und Bytes hindurchzumogeln. Man hat immerhin ein kleines Glücksgefühl.

Aber die Maschine läuft weiter. Sie zum Stehen zu bringen und auf die andere Seite zu gelangen, das ist das große Ziel."

Sie setzte sich auf den Bettrand.

„Scylla und Charybdis."

„Was?"

„Zwei Zahnradecken und dann mitten durch. Ach, vergiss es, ich dachte nur gerade an einen Spruch von diesem oberschlauen Bullen in Fotheringhay. Hat sich über meinen Namen lustig gemacht."

Er wollte seine Hand auf ihren sommersprossenübersäten Rücken legen, aber sie beugte sich nach vorn, klaubte die Bluse vom Boden auf und zog sie über, bevor sie ins Badezimmer verschwand.

Als sie zurückkam, hatte er sich angezogen und saß auf dem Stuhl.

„Kennst du einen Schotten namens Melvil?" fragte er.

Sie schlüpfte in ihre Jeans. „Wieso?"

„Er gehört zu eurer Kirche. Ein Vertrauter von Mary Stuart, wie es scheint. Einer der letzten ..." Mohikaner hatte er sagen wollen, ließ es dann aber lieber. „... Anhänger in der Firma, die jetzt in der Hand der Blasphemisten sei, wie er sich ausdrückte."

„Melvil gehört zu unseren hohen Priestern."

„Er will uns einen Zeugen zuführen, der beweisen kann, dass die Briefe von Mary an Bothwell gefälscht sind."

„Das ist doch offensichtlich."

„Aber nicht bewiesen."

„Will er nach England kommen?"

Scila nickte. „Nach London. Jedenfalls hoffen wir das."

Sie knöpfte sich die Bluse zu. „Es ist gut, dass er endlich bereit ist, dieses Opfer zu bringen. Melvil hat Angst, er könnte verhaftet werden. Erstaunlich, dass er sich mit einem Vertreter der Polizei treffen will."

„Was weißt du denn davon?"

„Das, was in unseren Kreisen erzählt wird."

„Wie wäre es, wenn du mitkämest, um ihm Vertrauen einzuflößen? Vielleicht könnte man ein Treffen über eure Kirche in die Wege leiten, um es ihm leichter zu machen."

„Wenn es dir wichtig ist, ja."

„Es ist mir sehr wichtig."

„Du willst sie wirklich retten?"

„Mary? Aber ja. Jetzt, nachdem ich sie gesehen habe."

„Sie hat dich also sehr beeindruckt?"

„Scheint so."

O'Kelly trat zu ihm und lächelte wehmütig. „Du hast dich in sie verliebt."

„Unsinn."

„Ich nehme es dir nicht übel, ich kann dich gut verstehen."

Scila deutete auf ihre Bluse. „Du solltest die beiden obersten Knöpfe offen lassen."

„Warum?"

„Weil ich dich liebe."

„Ach was, mich begehrst du nur. Aber das ist auch ganz nett." Sie knöpfte die Bluse wieder auf. „Ist es so recht?"

„Ja, danke."

Kapitel 15

V*orsicht,* Polizei!" zischte O'Kelly und zog ihn in den Schatten der Straßenlaterne.

Scila lachte.

„Was ist daran so witzig?" fragte sie.

„Na ja, witzig", sagte er. „Zumindest bemerkenswert."

Sie standen dicht nebeneinander vor einer hohen Mauer, hinter der sich das Grundstück mit der Zentrale der Erweckungskirche befand, mitten in Soho. Ein leichter Nieselregen fiel. Im Schein der Laternen sah es aus, als sei der legendäre Londoner Nebel zurückgekehrt. Es war kalt genug, dass er ihren Atem sehen konnte. Er selbst hauchte keine weißen Wolken in die Luft. War ihre Körpertemperatur höher? Eben dieser völlig überflüssige, im wahrsten Sinne des Wortes aus der Luft gegriffene, unsinnige Gedanke war das Bemerkenswerte. Er hatte ihn schon einmal gedacht. Vor ziemlich langer Zeit. Auch damals hatte er vor einer Mauer gestanden, mit einer Frau, na ja, einem Mädchen.

Auch damals war Heimlichtuerei dabeigewesen. Wie hatte sie noch geheißen? Den Namen hatte er vergessen. Nein, sie hieß Loreen. Er hatte wochenlang gebraucht, um das Mädchen aus der Parallelklasse zu einem Rendezvous zu überreden, hatte die Annäherung strategisch geplant und durchgeführt. Höhepunkt des Zusammentreffens sollte das Erbeuten eines Kusses sein. Er hatte sich genau überlegt, welche Worte und Taten nötig sein würden, um zum Erfolg zu kommen. In diesem Sinn ginge es schief. Loreen hatte ihn, kurz nachdem sie sich begrüßt hatten, gegen die Mauer gedrängt und ihm in die Hose gefasst. Schlagartig war ihm klar geworden, dass sein aus literarischen Werken entlehntes Frauenbild antiquiert war. Die Mädchen des 21. Jahrhunderts nahmen, was sie kriegen konnten. Nur für einen kurzen Moment war so etwas wie Romantik dabeigewesen, als sie unschlüssig ganz dicht voreinander gestanden hatten.

Das Gefühl dieses sehr kurzen Augenblicks hatte sich nun, fast dreißig Jahre später, wieder eingestellt. Nicht mit der forschen fünfzehnjährigen Loreen, sondern mit der reifen Helen O'Kelly wurde dieser Moment jetzt vollkommen. Er gab ihr einen scheuen Kuss. Sie umarmte ihn erstaunt.

„Was ist daran bemerkenswert?“ fragte sie.

Wie sollte er das alles erklären? Er wich aus. „Dass ich mich vor meinen eigenen Kollegen verstecke. Ich bin doch selbst Polizist."

„Es war ein Reflex", sagte sie leicht verärgert.

„Ja, doch." Er hob beschwichtigend die Hand. „Und ist es denn so schwer zu verstehen?"

„Nein, ist schon gut." Scila wusste, dass die Erweckungskirche seit einiger Zeit wachsender Repression ausgesetzt war. Man warf der Organisation vor, ihre Mitglieder einer Gehirnwäsche zu unterziehen, „Erweckung" sei nur ein anderes Wort für gefügig machen. Es hieß, dass die Kirche neue Mitglieder zunächst psychisch abhängig mache, ihnen nahelege, persönliche Kontakte zu Nicht-Kirchenmitgliedern zu meiden, und dies alles habe nur den Sinn, ihnen nach und nach große Geldsummen abzupressen. Die Medien des Westminster-Konzerns hatten ausführlich darüber berichtet. Seit Scots Media in der Hand der „Blasphemisten" war, hatte die Erweckungskirche keinen Sender mehr auf ihrer Seite. Hinzu kamen Schikanen der Justiz. Staatsanwalt Burleigh hatte die Polizei angewiesen, die Organisation genau unter die Lupe zu nehmen, polizeiintern war klar, dass das eine Aufforderung zum Drangsalieren war.

„Ist aber auch idiotisch, dass Melvil ausgerechnet hier in der Nähe der Kirche absteigen musste. Wir hätten nie darauf eingehen dürfen", murmelte Scila.

„Er fühlt sich hier eben sicherer", sagte O'Kelly.

„Ja, aber ich nicht."

„Sagtest du nicht gerade, dir könne sowieso nichts passieren, weil du Polizist bist?“

„Sagte ich nicht, deutete ich an.“

„Erst gibst du mir so einen lieben Kuss, und dann fängst du Streit an.“

„Entschuldige. Komm jetzt weiter. Die Bullen sind weg.“

Sie kicherte. „Nennt ihr euch untereinander auch Bullen?“

„Nur die aus den anderen Abteilungen. Los, mach schon!“

Er fasste sie an der Hand und zog sie mit sich. So wie er es vor dreißig Jahren gern mit Loreen gemacht hätte.

Das Haus, auf das sie zugingen, war ziemlich schmal. Trotzdem war im Erdgeschoss Platz für einen asiatischen Lebensmittelladen auf der linken und einen China-Imbiss auf der rechten Seite. Im Schaufenster des Lebensmittelladens stapelten sich Dosen mit Soja-Milch, in dem des Lokals hingen plattgedrückte Hühner und Enten, teils gebraten, teils roh.

Sie stiegen eine Treppe zur Haustür im Hochparterre hinauf. Scila schaute sich um, bevor er auf den Klingelknopf neben dem Schild mit dem sinnigen Tarnnamen „Jeez“ drückte. Sie waren in einer Seitenstraße, mehr einer schmalen Gasse. Rechts und links war es sehr dunkel, nur die kleine Kreuzung vor dem Haus wurde von zwei Laternen hell erleuchtet. Drei Ecken weiter tobte das Nachtleben. Durch eine Baulücke konnte man die schwarzen Konturen der Erweckungskirche im orangefarbenen Nachthimmel erkennen.

Die Tür klickte auf. Scila stieg, gefolgt von O'Kelly, über eine enge steile Treppe ins Dachgeschoss. Es knarrte leise unter ihren Füßen.

Melvil stand am Geländer und spähte zu ihnen hinunter. Das schwache Licht der Treppenbeleuchtung war gerade hell genug, um zu erkennen, das er wieder einen blauen Anzug trug. Diesmal allerdings ohne Krawatte, dafür waren seine grauen Haare glatt gescheitelt.

Er schien beunruhigt, dass Scila noch jemanden mitbrachte. Aber als O'Kelly oben bei ihm angekommen war, sagte sie ein Wort, das Scila noch nie in seinem Leben gehört hatte, und Melvils Miene hellte sich auf.

Sie traten in eine karg eingerichtete Zwei-Zimmer-Wohnung, offensichtlich ein Refugium, nicht ständig bewohnt. Melvil führte sie in die Küche und deutete auf den Küchentisch.

„Setzen Sie sich, bitte."

„Ich dachte, wir treffen hier noch jemanden", sagte Scila.

„Ja, gleich." Melvils Stimme klang angespannt, er wirkte nervös. „Bitte setzen Sie sich."

„Ich will nicht die ganze Nacht hier zubringen, Melvil, wir haben doch alles besprochen."

„Bitte, trinken Sie einen Tee." Melvil ging zum Herd, wo ein Wasserkessel über einer Gasflamme köchelte.

„Machen Sie sich bloß keine Umstände, Tee interessiert mich nicht. Lassen Sie uns lieber gleich zur Sache kommen. Oder ist er noch nicht da?"

Melvil stand unschlüssig da, den dampfenden Kessel in der Hand. „Doch, er ist hier im Haus. Aber bitte, haben Sie noch einen Augenblick Geduld. Er war beunruhigt, als er sah, dass zwei Personen kommen."

Da hast du's wieder! Scila seufzte. Du willst besonders clever sein und bringst jemanden mit, um die Situation zu entspannen, und das Gegenteil ist der Fall.

„Aber ich gehe gleich und sage Bescheid, dass alles in Ordnung ist, dann können wir reden." Melvil stellte den Kessel zurück.

„Nicht nur reden will ich, sondern Beweise sehen", sagte Scila.

„Ja, ja, aber natürlich."

„Nun verschreck ihn ihn doch nicht so", sagte O'Kelly. „Versetze dich doch bitte mal in unsere Situation!"

„Es war doch längst alles abgesprochen", sagte Scila unwirsch.

„Du weißt nicht, wie das ist, wenn man sich ständig bedroht fühlt."

Melvil warf O'Kelly einen dankbaren Blick zu.

„Dann mach du den Tee", sagte Scila zu ihr, „und er holt den anderen."

Melvil verließ die Küche.

O'Kelly stand auf und griff nach dem Wasserkessel. „Du kannst ja ein ganz schönes Arschloch sein." Sie goß die Teekanne randvoll.

„Das ist meine Arbeit hier, keine Talkshow mit Überraschungsgästen."

„Seit Marys Verhaftung sind wir alle sehr verunsichert. Vergiss nicht, du bist auch ein Vertreter dieser Macht, die uns drangsaliert."

„Das Märtyrerspiel macht euch doch Spaß."

O'Kelly trat zu ihm, beugte sich herunter und sagte mit gepresster Stimme: „Hör auf, so zu reden, sonst hast du mich die längste Zeit gesehen."

„Entschuldige."

Sie drehte sich wieder zum Herd. „Wie lange muss dieser verdammte Tee denn ziehen? Ich kenne mich nur mit Instant-Kaffee aus."

„Bis er schwarz ist."

„Soll ich die Beutel rausholen? Die sind da am Griff festgebunden."

„Hol sie raus."

„Geht nicht. Er hat's verknotet. So ein Schwachsinn."

„Scheiß doch auf den Tee."

„Ein bisschen was Warmes kann jetzt auch nicht schaden", sagte O'Kelly. Sie entdeckte einige Becher auf dem Regal über dem Herd, stellte sie zurecht und goß ein.

Scila sprang auf. Da war ein Geräusch gewesen. Ein Quietschen? Ein Fenster, eine Tür? Er horchte. Da war es wieder. Ein Jaulen. Es brach ab. Auch O'Kelly hatte es gehört.

Scila deutete zu Boden. „Es kommt von unten."

Sie hörten einen Schrei.

„Mist!" Scila riss die Tür auf und rannte ins Treppenhaus. Kein Licht. Er suchte den Schalter. Unter ihnen wurde eine Tür aufgestoßen. Ein Hilferuf, der in einem Gurgeln unterging. Etwas polterte zu Boden. Das Licht flammte auf. Scila rannte die Treppe hinunter.

Ein Unbekannter beugte sich über den am Boden liegenden Melvil, eine Hand an dessen Kehle. Er schaute auf, als er das Poltern von Scilas Schritten hörte. Unter der Strumpfmaske waren nur verzerrte Gesichtszüge zu erkennen. Scila tastete nach seinem Pistolenhalfter. Der Maskierte sprang auf ihn zu und versetzte ihm einen Schlag in den Magen, zwei gegen die Nieren und einen Kinnhaken. Scila ging zu Boden und krümmte sich vor Schmerzen.

Dann war O'Kelly über ihm und versuchte, ihn hochzuziehen. „Hast du ihn gesehen? Es war der Teufel!" schrie sie.

Scila richtete sich mühsam auf.

„Hast du ihn gesehen?" wiederholte O'Kelly mit überkippender Stimme.

Vor Scilas Augen verschwamm alles. „Was ist mit Melvil?" fragte er mühsam.

Das Licht ging aus.

O'Kelly stolperte an ihm vorbei und erreichte den Lichtschalter.

„Was ist mit Melvil?“ wiederholte Scila.

Sie deutete hinter ihn und schaute gleichzeitig in die andere Richtung. Er drehte sich um. Melvils Gesicht war blau angelaufen. Scila kroch zu ihm und tastete nach dem Hals. Würgemale. Schwacher Puls, aber stabil.

„Was ist mit dem anderen?“

O’Kelly war in die Hocke gegangen, lehnte an der Wand, apathisch, bleich.

Scila betrat die Wohnung. Sie glich der im Stockwerk darüber. Im Flur lag ein Mann, neben ihm ein Schlachtermesser. Aus der klaffenden Halswunde quoll noch immer Blut. Scila ging nicht zu ihm hin. Er hätte in die Blutpfütze treten müssen, die sich um die Leiche gebildet hatte.

Im Treppenhaus zog Scila das Mobiltelefon aus der Hosentasche.

O’Kelly blickte zu ihm auf. „Wenn rufst du an?“

„Na, die Kollegen, wen denn sonst?“

Sie richtete sich auf. „Dann verschwinde ich besser.“

Scila tippte die Nummer ein. „Du stehst unter meinem Schutz.“

Sie hob abwehrend beide Hände: „Kein Risiko!“

„Warte!“

Sie ging zur Treppe.

„Helen ...“

„Du weißt ja, wo du mich finden kannst.“ Sie winkte und eilte die Treppe hinunter.

Eine Männerstimme im Telefon: „Mordkommission, Fuller.“

Er gab die nötigen Informationen durch und verlangte einen Notarzt.

Dann trat er wieder in die Wohnung, und irgendwie gelang es ihm nun doch, die Leiche zu durchsuchen, ohne sich mit Blut zu besudeln. Er fand nichts von Bedeutung, auch nicht bei dem vor sich hin stöhnenden Melvil.

Kapitel 16

Ich weiß nicht", sagte der Mann im dunkelblauen Anzug und hielt in der Bewegung inne. Seine Hand schwebte über dem Silbertablett. Der Kellner lächelte geduldig.

„Der geräucherte Steinbutt ist hervorragend, mein lieber Leicester, und Sie werden sich wundern, womit das Röllchen gefüllt ist. Vergessen Sie den Lachs, der ist ordinär."

Leicesters Hand rückte ein Stück nach rechts, dann wieder nach links. Er sah seinen Gesprächspartner ernst an, ohne den Anflug von Ironie im Gesicht des Bankiers zu bemerken. „Ich hätte doch lieber vorher gewusst, was da drin ist." Leicester blickte den Kellner fragend an. Der schien nicht zu wissen, ob er dem Herrn im grauen Anzug die Show stehlen durfte. Eigentlich wäre es seine Aufgabe gewesen, den Orientierungslosen über den Inhalt des Räucherfischröllchens aufzuklären.

Henry Grey von der Bank of Kent genoss die Situation. „Wenn Sie etwas Scharfes mögen, nehmen Sie ruhig den Lachs. Ich will ihn nicht schlechter machen als er ist. Was darunter so aussieht wie Brot, ist eine Ochsenschwanz-Essenz mit grünem Meerrettich aromatisiert. Ein bisschen scharf. Aber da kommt ja schon der Champagner."

Leicesters Hand bewegte sich wieder in Richtung Steinbutt.

„Kaviar vom Feinsten, mit diesen merkwürdigen afrikanischen Zwiebelchen angemacht, die neuerdings so begehrt sind."

Leicester griff nach einem Glas Mineralwasser auf dem Tablett des herangekommenen zweiten Kellners. Henry Grey schnappte sich mit einer schnellen Handbewegung einen Champagnerkelch.

Die Kellner entfernten sich.

„Habe ich Sie jetzt verunsichert?" fragte Grey. Er schaute dem Fischtablett hinterher. „Ich finde, diese jungen Männer könnten beim Servieren ruhig ein bisschen mehr Geduld an den Tag legen."

„Nein, nein. Es ist schon recht. Ich mag keinen Kaviar."

„Ist auch nicht jedermanns Sache. Das Dritte war übrigens kein Thunfisch, sondern rohes Rindfleisch in fermentiertes Seegras gewickelt. Sieht aus, als hätte es ein Deutscher erfunden, schmeckt aber nach dieser neuseeländischen Wurzel, mit der das Fleisch balsamiert wurde, wie heißt die noch?"

Grey blickte Leicester auffordernd an, der schüttelte den Kopf. „Ich habe keine Ahnung von solchen Sachen."

Grey seufzte. „Mich haben sie zum Chef-Gourmet ernannt. Statt Börsenkurse studiere ich am Computer vor allem Speisekarten. Wenn ein Geschäftsessen ansteht, werde ich mit Memo-Mails bombardiert, komme praktisch zu nichts anderem mehr. Auf meinem Schreibtisch türmen sich die Feinschmecker-Magazine. Und weil ich mir ständig Proben kommen lassen muss, sagt meine Frau, ich würde prozentual mehr zulegen als die Rendite unseres Unternehmens im letzten Jahr. Und das war rekordverdächtig."

Leicester runzelte die Stirn.

Grey gab ihm einen Klaps auf die Schulter. „Hab ich jetzt was ausgeplaudert? Nichts für ungut."

Leicester strich sich nervös über das Jackett. Er hatte den Humor des Bankiers nie gemocht. Trotzdem fühlte er sich verpflichtet, mit Grey zu plaudern, denn die Bank of Kent war der größte Gläubiger von Westminster Enterprises. Von Grey und seinen „Co-Piloten", wie der Banker die anderen Mitglieder des Aufsichtsrates nannte, hing das Wohl des größten Medienunternehmens von England ab.

Grey stellte das Champagnerglas beiseite, an dem er nur genippt hatte, und schaute sich in dem birnenholzvertäfelten Vorraum des Londoner Restaurants „La Cuisine" um. „Es füllt sich langsam", stellte er fest. Alle ankommenden Herren trugen Dreiteiler mit Zweireiher, die Damen Zweiteiler mit Einreihern oder Kostüme. Ehegatten und Lebenspartner waren nicht geladen, der Anlass dieses Abendessens war rein geschäftlich, stellte eine Art Warm-up-Party für Westminsters besondere Gäste aus Frankreich dar. Die Verhandlungsdelegation von Aurora Invest ließ allerdings noch auf sich warten. Die Franzosen kamen grundsätzlich zu spät.

„Lassen Sie uns doch noch mal kurz da drüben sitzen." Grey deutete auf eine Sitzecke im Shibumi-Look.

Leicester nickte. Er hatte sich schon gedacht, dass Grey ihn in die Mangel nehmen wollte.

Sie setzten sich in einen kubischen Sessel mit abgerundeten Rückenlehnen, und Grey beugte sich vertraulich nach vorn.

„Ich habe gehört, Sie planen einen Abstecher nach Fotheringhay?"

„Wie bitte?" Leicester, der normalerweise die Tendenz hatte, zurückzuweichen, wenn ein Gesprächspartner ihm zu nahe kam, rückte seinen Sessel näher an Grey heran. „Wie kommen Sie denn darauf?" Er flüsterte es beinahe.

Grey lächelte unschuldig. „Sollte ich nicht?"

Natürlich nicht, dachte Leicester verärgert. Er war mit Elisabeth übereingekommen, dass nichts von dieser Angelegenheit nach außen dringen durfte. „Wo kämen wir denn hin, wenn überall bekannt würde, dass die Zukunft von Westminster Enterprises von einer halbverrückten, im Gefängnis sitzenden Sektenführerin abhängt", hatte seine Chefin erklärt. Und Leicester hatte ihr zumindest soweit zugestimmt, dass es nötig sei, das Verhältnis zu Mary Stuart und Scots Media zu klären, bevor die Verhandlungen mit den Franzosen forciert wurden. Zwar war Mary faktisch entmachtet, grundlegende Entscheidungen in ihrem Unternehmen konnten aber immer noch nicht ohne ihre Zustimmung gefällt werden. Vielleicht lag der Tag ihrer Kapitulation ja nicht mehr fern.

Wenn Grey zuviel wusste, war das schlecht. Vor allem für Leicester, der sich ausgerechnet hatte, die entscheidende Rolle bei der Vermittlung zu spielen. Im Erfolgsfall würde er doppelt profitieren: Seine Position bei Westminster und bei seiner Chefin würde unangreifbar werden. Aber das konnte nur glücken, wenn niemand dazwischenfunkte. Leicester wusste sehr genau, dass er selbst zwar die Fäden ziehen konnte, ihre Enden sich aber in der Hand von Henry Grey und seiner Bank befanden.

„Haben Sie Spione bei uns eingeschleust?“ fragte Leicester und versuchte, die Schärfe der Frage mit einem Lächeln zu mildern. Es wurde ein sehr grimmiges Lächeln.

„Spione? Gott bewahre! Wir fühlen uns der Fürsorge gegenüber unseren Freunden verpflichtet. Aber das wissen Sie ja, Leicester. Deshalb treten wir für die Fusion ein.“

„Ja, natürlich.“

„Eben, es ist ein natürliches Interesse. Und deshalb, Leicester, denken Sie nicht, dass ich indiskret werden möchte, aber wir wissen um ihre außergewöhnliche Position. Uns ist klar, dass Sie zu beiden Parteien ein, na sagen wir mal, einen direkten Draht haben. Wir begrüßen es, dass Sie sich entschlossen haben zu vermitteln. Sicherlich sind Sie der einzige, der diese Aufgabe bewältigen kann."

Wie kann er wissen, wozu ich mich entschlossen habe, fragte sich Leicester. Wo ich doch selbst gar nicht sicher bin?

Jetzt war es Grey, der lächelte. Er lächelte wie ein Vater, der seinem Sohn zu verstehen gibt, dass er seine heimlichen Sehnsüchte durchschaut hat. Leicester spürte eine Wut in sich aufsteigen. Bin ich ein offenes Buch, in dem jeder lesen kann? Oder verfügt dieser verdammte Grey über Mittel und Methoden, mich bis in die letzte Ecke meines Lebens auszuspionieren?

„Seien Sie nicht so abweisend, Leicester", sagte Grey mit einem gnädigen Unterton in der Stimme. „Wir sitzen doch im gleichen Boot. Ich möchte mich mit Ihnen über den Kurs verständigen. Ich bin nur der Maschinist, ich kann dafür sorgen, dass das Boot in Fahrt kommt. Sie sind der Steuermann, Sie bestimmen die Richtung. Und Ihre Aufgabe ist es, die beiden Kapitäne dazu zu bringen, ein gemeinsames Ziel zu finden."

„Zwei Kapitäne auf einem Schiff?"

„Und noch dazu handelt es sich um Frauen. Und die eine glaubt, die andere säße nur im Rettungsboot. Aber das ist ein Trugschluss."

Leicester nickte: „Mrs. Stuart hat ein gewichtiges Wort mitzureden bei der Fusion. So steht es in den Statuten."

„Es ist nicht nur das", fügte Grey leise hinzu. Er schaute kurz auf, um sich zu versichern, dass niemand mithörte, beugte sich dann ganz nah zu Leicester und sagte leise: „Die Franzosen nehmen Westminster nur, wenn sie den schottischen Zweig mitbekommen."

„Was?"

Grey hob beschwichtigend die Hand. „Definitiv", sagte er. „Ich wollte es Ihnen schon mal sagen. Solche Nachrichten bekommt man nicht gern als Omelette surprise serviert."

„Aber ..."

„Es sind die Zahlen. Sie sprechen für sich. Mrs. Stuart hat in Edinburgh einen erstaunlichen Erfolg erzielt, bevor sie ... wegzitiert wurde. Von derartigen Prozentsätzen ist Westminster weit entfernt. Wir wären ja froh, wenn wir hier endlich mal aus den roten Zahlen kämen. Entschuldigen Sie bitte, wenn ich so offen mit Ihnen spreche, lieber Leicester. Aber die nackten Zahlen sprechen wie immer eine klare und deutliche Sprache."

„Ja." Leicester schaute auf. Gab es eine Möglichkeit, dieses Gespräch abzubrechen? Musste er nicht aufstehen, einem der Neuankömmlinge die Hand schütteln?

Grey legte eine Hand auf Leicesters Unterarm. „Sie tragen eine große Verantwortung. Enttäuschen Sie uns nicht."

Leicester seufzte. „Ich will's versuchen."

Grey stand auf und stellte sich in Leicesters Blickfeld. „Bitte nehmen Sie mir meine Offenheit nicht übel, aber ein Versuch genügt nicht. Die Fusion muss zustande kommen, sonst sehe ich keine gesicherte Zukunft für Ihr Unternehmen."

Leicester blickte an Grey vorbei. Er hatte ihre Stimme gehört. Da kam sie herein. Elisabeth. Endlich. Er sprang auf, entschuldigte sich bei Grey und eilte auf sie zu.

Er ergriff ihre Hand, um einen Handkuss anzudeuten, und dachte: Ich muss sie irgendwie mit Grey zusammenbringen. Er muss ihr das selbst verklickern.

Kapitel 17

In ihrem elegant geschnittenen Hosenanzug wirkte Elisabeth Westminster aus der Entfernung jugendlich, sportlich und souverän zugleich. Aus der Nähe konnte man erkennen, dass sie den größten Teil ihrer knapp vierzig Lebensjahre arbeitsam und zielgerichtet verbracht hatte. Ein strenger Zug lag auf ihrem Gesicht, ihr Lachen wirkte angespannt, ihr Lächeln dünn und kühl.

Ihre gelockten blonden Haare hatten einen leichten kupferfarbenen Stich. Vor einiger Zeit, als dieser Farbton noch echt gewesen war, hatte Leicester sich manchmal während der Aufsichtsratssitzungen ablenken lassen vom Spiel der Sonnenstrahlen in ihrem feinen Haar. Inzwischen glänzte es nicht mehr wie früher, und manchmal, wenn sie mit ihm allein war, fragte sie ihn als „besten Freund", ob er glaube, dass sie den Frisuer wechseln solle.

Leicester genoss die Rolle des engsten Vertrauten. Näher als er konnte man dem Machtzentrum von Westminster Enterprises nicht sein. Aber seine Position hatte einen bitteren Beigeschmack: Seit Jahren fühlte er sich auch ganz persönlich zu Elisabeth Westminster hingezogen. Dennoch hatte er sich nie entschließen können, sie ernsthaft zu umwerben. Er hatte Andeutungen gemacht, mitunter scherzhafte Bemerkungen und nie mit Komplimenten gegeizt. Vor einer Liebeserklärung oder einem Heiratsantrag war er bislang zurückgeschreckt. Möglicherweise hätte ein solcher Schritt seine Stellung gefährdet. Elisabeth wusste um seine Zuneigung, das genügte. Sie konnte sich frei entscheiden.

In selten Momenten persönlicher Offenheit hatte sie ihm erklärt, dass sie sich niemals binden würde, „aus Prinzip", wie sie sagte, „und weil ich mit Männern in dieser Hinsicht nichts anfangen kann, mit Frauen übrigens auch nicht". Sie behauptete, sie sei stolz auf die Formulierung, die einem Journalisten der Financial Times einmal zu ihr eingefallen war: Er hatte sie die „jungfräuliche Medienzarin" genannt.

Leicester fand weder die Formulierung gelungen, noch den Tatbestand erfreulich. Außerdem wusste er von Privatparties, die Elisabeth Westminster früher auf Fotheringhay Castle veranstaltet hatte. Dazu waren nie Personen geladen worden, die auf irgendeine Art mit ihr geschäftlich verbunden waren, nur irgendwelche jungen Leute, die sie wer weiß wo aufgetrieben hatte. Was sich an solchen Abenden hinter den Mauern der Burg abgespielt hatte, wusste er nicht.

Gelegentlich, wenn er während einer Geschäftsreise dösend im Flugzeug oder in der Eisenbahn saß oder auf dem Rücksitz seines Dienstwagens zwischen zwei Terminen, malte er sich aus, was in der Burg geschehen sein könnte. Es war ihm peinlich, dass ihm das immer wieder passierte.

Hier und heute, im Restaurant, gab es kaum Gelegenheit abzuschweifen oder ins Träumen zu geraten. Fünfzig Gäste waren zu diesem exklusiven Ereignis eingeladen worden, unter ihnen auch Generalstaatsanwalt Burleigh und der oberste Richter Shrewsbury. Die wichtigsten Personen aus der Führungsriege des Konzerns waren anwesend, einige Sekretäre aus nahestehenden Ministerien und verschiedene Prominente aus dem Umfeld der Westminster-Medien.

Auch Jean Aubespine, der Abgesandte von Aurora Invest, war inzwischen eingetroffen. Ihn durfte Leicester nicht aus den Augen lassen. Vor allem sollte dem Franzosen keine Gelegenheit gegeben werden, unter vier Augen mit Henry Grey von der Bank of Kent zu sprechen.

Es gelang Leicester, Grey und Aubespine direkt gegenüber von Elisabeth zu positionieren. Nach dem Hauptgang schnitt Henry Grey das große Thema Fusion an, indem er sich an Aubespine wandte: „Wie ich höre, hat die Wettbewerbsaufsicht grünes Licht gegeben?"

Aubespine betupfte sich mit der Serviette die Mundwinkel. „Pardon?" Er warf Elisabeth Westminster einen kurzen fragenden Blick zu. Als keine Reaktion erfolgte, weil Elisabeth den letzten Happen ihres mit Aprikosenragout und Topinambur gefüllten Kalbsbäckchens aufspießte, sah er den neben ihr sitzenden Leicester an. Leicester deutete ein Nicken an. Er wollte das Thema besprochen haben, aber er wollte vermeiden, dass seine Chefin sich bedrängt fühlte.

„Es ist keine endgültige Entscheidung", erklärte Aubespine. „Aber ein deutlich positives Zeichen. Wie es scheint, haben die Juristen der Wirtschaftskommission bislang kein Gesetz ausfindig gemacht, dass die Fusion verhindern könnte. Die Politik ist ohnehin ganz auf unserer Seite. In Frankreich wurde extra Teil zwei der Fusionsrichtlinien reformiert. Man ebnet uns den Weg. Die Situation in England kann ich allerdings nicht vollständig überschauen." Er schaute fragend zu Leicester.

„Hier liegen die Dinge etwas schwieriger, aber was Regierung und Kartellamt angeht, sehen wir keine nennenswerten Probleme." Er blickte zu Elisabeth, um sie zu einer Stellungnahme zu ermuntern.

„Nun ja", sagte sie und hielt sich die Serviette vor den Mund, tat so, als ob sie noch kauen müsste.

„Die Dinge liegen schwieriger?" Aubespine blickte von Leicester zu Elisabeth Westminster und zurück.

„Die Zustimmung von Scots Media aus Edinburgh wurde uns noch nicht übermittelt", sagte Leicester.

„Wieso Zustimmung? Ich denke, die Schotten sind Teil des Pakets“, fragte Aubespine verwundert. „Unerlässlicher Teil“, fügte er hinzu.

„Mrs. Stuart sperrt sich gegen Teilaspekte dieser Option“, erklärte Leicester vorsichtig und spürte jetzt zusätzlich zu Aubespines unruhigen Augen den wachsamen Blick von Henry Grey auf sich ruhen. „Und da sie eine Sperrminorität bei Westminster besitzt, ist es ratsam, auf jeden ihrer Einwände einzugehen, um zum Erfolg zu kommen.“

„Ich bitte um Entschuldigung, aber wir sind bis jetzt davon ausgegangen, dass Mrs. Stuart ihrer Verantwortung enthoben ist und keinerlei Entscheidungen fällen kann“, sagte Grey. Leicester zuckte innerlich zusammen. Er mochte es nicht, wenn man ihm den Schwarzen Peter zuschob.

„Das ist fast richtig“, sagte er kühl. „Im Moment ist ihre Lage äußerst schwierig. In letzter Konsequenz hängt alles vom Urteil im Prozess ab.“

„Ist denn diese Geschichte immer noch nicht abgeschlossen?“ rief Grey zornig aus.

„Nicht ganz. Im übrigen ist der Antrag auf Übertragung der Entscheidungsbefugnisse noch nicht gestellt.“

Grey starrte Leicester irritiert an: „Aber Moment mal, hatten wir nicht vereinbart, dass diese Angelegenheit zielstrebig verfolgt werden soll?“

Leicester deutete ein Schulterzucken an.

Greys Blick wanderte weiter zu Elisabeth Westminster. „Es ist Ihre Entscheidung?“ stellte er fragend fest.

Sie nickte und begann, ihre Serviette zusammenzufalten.

„Ja, aber ..." rief Aubespine aus. „Ich verstehe nicht ... sind denn alle unsere Vereinbarungen mit einem Mal hinfällig geworden?"

Elisabeth Westminster lächelte. „Aber nein, Mr. Aubespine. Hätte ich Sie denn sonst zu unserem Diner eingeladen? Natürlich bleibt alles wie besprochen."

Der Franzose schüttelte den Kopf. „Aber wenn ich das richtig verstehe, sind uns alle Hände gebunden. In meinen Ohren klingt dies nach einer schlimmen Katastrophe."

Leicester spürte die Hand von Elisabeth auf seiner eigenen: „Erklär du es ihnen, Robert."

Er räusperte sich. „Sehen Sie ... das Ganze ist überraschend und ... schwierig." Eigentlich hatte er sagen wollen „das Ganze ist für mich eine überraschende und rätselhafte Entscheidung", aber Elisabeth zu kritisieren, war Leicester noch nie in den Sinn gekommen, und vor diesen Gästen wäre es absolut unmöglich gewesen.

Sie war trotzdem empört über sein Verhalten. Sie schaute ihn ungnädig an. Diesen Blick hatte er bisher nur selten auf sich gespürt. Er erschauerte.

„In der Tat", meldete sich jetzt glücklicherweise Henry Grey zu Wort: „Sie sind uns eine Erklärung schuldig, Mrs. Westminster."

„Aber natürlich", sagte Elisabeth und lächelte wieder. „Die Sache liegt doch klar auf der Hand. Wir sind ein Medienunternehmen. Wir machen

Meinungen, aber wir sind der Öffentlichkeit auch ausgeliefert, und unsere Konkurrenten warten nur auf einen Beweis von Schwäche oder – Unmoral."

„Ist es unmoralisch, einer Kriminellen die Kontrolle über ein Wirtschaftsunternehmen zu entziehen?" fragte Henry Grey. „Man kann ihr doch nicht das Recht lassen, aus dem Gefängnis heraus die Existenz von Westminster zu gefährden. Wenn sie blokkiert, ist alles aus!"

„Es handelt sich nur um einen Aufschub", warf Leicester ein.

Elisabeth warf ihm einen zustimmenden Blick zu. Noch zwei solche Sätze, und sie würde ihm seinen Fauxpas verziehen haben.

„Dann muss die Angelegenheit eben beschleunigt werden", rief Grey. „Was meinen Sie, Aubespine?"

„Ich kann mich unmöglich in die rechtlichen Angelegenheiten Englands einmischen."

„Ach was! Das tun Sie doch auch, wenn sie die Mehrheitsanteile an Westminster kaufen. Das Kapital ist international, die Wirtschaft global, wir überschreiten täglich neue Grenzen. Wer Geschäfte machen will, mischt sich ein."

„Es tut mir leid", sagte Aubespine. „Aber ich verstehe vor allem die Haltung von Mrs. Westminster nicht."

„In der Tat ...", wollte Grey weiterreden, aber Elisabeth hob eine Hand, und er hielt inne.

„Wenn Mr. Grey mir einen Augenblick Zeit lassen würde, könnte ich Ihnen erklären, um was es mir geht."

„Ich bitte darum“, murmelte Grey. Aubespine nickte nur.

„Es ist ganz einfach zu verstehen. Wie ich schon sagte, ist es eine Tatsache, dass unser Unternehmen in ganz besonderer Weise dem Urteil der Öffentlichkeit ausgeliefert ist. Und speziell sind auch wir als Personen“, wieder sah sie Leicester an, „im Visier der Moralapostel. Nun wird Mr. Grey vielleicht gern einwerfen“, sie nickte ihm zu, „dass Wirtschaften nichts mit Moral zu tun hat, sondern eine Angelegenheit der nackten Zahlen ist.“

„Ganz recht“, sagte Grey.

„Das kann man auch anders sehen“, sagte Aubespine.

„Ja, ganz recht, Mr. Aubespine. Ich weiß, dass Sie maßgeblich an der Ausformulierung des ethischen Kodex in Ihrem Unternehmen beteiligt waren. Auch so etwas gibt es.“ Wieder wanderte ihr Blick zu Grey. „Aber selbst wenn Moral keine Triebkraft unseres Handelns wäre – vielleicht ist sie es ja auch nicht –, sind wir doch jenen Kräften ausgeliefert, die moralische Maßstäbe an unser Handeln anlegen. Und wenn es um die öffentliche Meinung geht, um das, was über mich geredet, berichtet, geschrieben, gesendet und gedacht wird, möchte ich nicht als Teufelin dastehen, die der hilflosen Schwester das Vermögen gestohlen hat, während sie um ihre Unschuld kämpfte.“

Leicester war verdutzt. Wie kam dieser plötzliche Sinneswandel zustande? Bislang hatte Elisabeth keine Gelegenheit ausgelassen, nur das Allerschlechteste über ihre Halbschwester und Konkurrentin zu verbreiten.

„Wie sicher ist es denn überhaupt, dass sie verurteilt wird?" fragte Aubespine sichtlich beunruhigt.

„Ein Freispruch liegt durchaus im Bereich des Möglichen", sagte Leicester.

„Das wäre grotesk", sagte Elisabeth.

„Es würde alles über den Haufen werfen und wahrscheinlich bedeuten, dass Westminster von den widerstreitenden Kräften zerschlagen wird."

„Nur über meine Leiche", hörte Leicester Elisabeth neben sich flüstern.

„Wenn ich das richtig verstehe", sagte Aubespine kopfschüttelnd, „sitzen wir hier und feiern, aber in Wirklichkeit ist noch gar nichts entschieden." Man sah ihm an, dass er sich düpiert fühlte.

„Wir sind davon ausgegangen", sagte Grey mit gesenkter Stimme, „dass Staatsanwalt Burleigh die Sache schneller in den Griff bekommt. Aber er hat einen scharfen Gegner in Richter Shrewsbury." Er hob ganz kurz die Hand und deutete zum unteren Ende der Tafel: „Da sitzen sie beide einträchtig zusammen. Tatsächlich aber kämpfen sie mit harten Bandagen gegeneinander um das Schicksal dieser Schottin, die uns allen das Leben so schwer macht."

Kapitel 18

Leicester war selbst überrascht, als er sich nach dem Dessert mit einem Glas Cognac in der Hand in einer Nische hinter einem Paravent zusammen mit Burleigh und Shrewsbury wiederfand. Der Paravent war von zwei Bediensteten des Lokals wie zufällig abgestellt worden. Elisabeth hatte also wie immer den Überblick über die Situation, hatte sich einen Plan zurechtgelegt, den sie zielstrebig verfolgte. Natürlich, dachte Leicester, will sie herausfinden, ob sich in der Machtbalance zwischen Burleigh und Shrewsbury etwas verändert hat.

Der oberste Richter schaute auf seine Uhr. „Es ist schon spät", sagte er zu Elisabeth.

„Bleiben Sie noch, mein lieber Shrewsbury. Ich hatte mir eigentlich mehr von unserer Zusammenkunft versprochen."

„Ich habe morgen einen anstrengenden Tag. Der Stuart-Prozess rückt immer näher."

Staatsanwalt Burleigh blickte den Richter neugierig an. „Ist es schon soweit? Ich wurde noch nicht unterrichtet."

„In den nächsten Tagen, Burleigh", sagte Shrewsbury müde.

„Wenn doch die Mühlen der Justiz nicht so langsam mahlen würden", sagte Elisabeth Westminster.

„Es hat seinen guten Grund, dass wir uns nicht von äußeren Einflüssen abhängig machen", sagte Shrewsbury und warf Burleigh einen kurzen, aber scharfen Blick zu.

„Natürlich", erwiderte der Staatsanwalt. „Allerdings kommen in dieser Angelegenheit bedeutende nationale Interessen mit ins Spiel."

Shrewsbury schüttelte den Kopf. „Wirtschaftliche Motive, und seien sie noch so hochrangig, dürfen einen Prozess, in dem die Glaubwürdigkeit des englischen Rechtsstaats auf dem Spiel steht, nicht beeinflussen."

„Das ist zweifellos richtig", sagte Burleigh. „Ich sehe in diesem Zusammenhang auch keine Probleme. Unsere Beweiskette ist eindeutig. Wir werden auch in letzter Instanz klar darlegen, dass Mary Stuart sich zweier Morde schuldig gemacht hat."

„Eine Kette von Indizien, in der so manches Glied fehlt", sagte Shrewsbury. „Aber ich sehe keinen Sinn darin, hier über etwas zu streiten, dass uns vor Gericht beschäftigen wird." Er hielt inne und fügte dann hinzu: „Meine Maxime, und es sollte auch die Ihre sein, Burleigh, lautet: Im Zweifel für den Angeklagten."

Elisabeth lachte auf: „Zweifel? Wo kann es die noch geben! Haben wir nicht neue Meldungen erhalten, dass diese Person sogar aus dem Gefängnis heraus ihre Intrigen weiterverfolgt?" Sie schaute den Staatsanwalt auffordernd an.

„Meinen Sie den Mord in Soho?" fragte Leicester neugierig. Es beunruhigte ihn, dass Elisabeth möglicherweise etwas wusste, wovon er keine Ahnung hatte.

„Mord an einem Sektenmitglied dieser sogenannten Erweckungskirche, Mordversuch an einem Schotten, der in der Zentrale von Scots Media in Edinburgh tätig ist. Auch er ein Anhänger dieser Sekte."

Leicester sah, wie Shrewsbury mit dem Kopf nickte. Ihm war diese Angelegenheit also bekannt. „Bringen die sich jetzt gegenseitig um?" fragte er.

„Die Ermittlungen sind noch nicht abgeschlossen", erklärte Burleigh.

„Der Schotte lebt noch? Hat man ihn verhört?" fragte Leicester neugierig weiter.

„Er ist nicht bei Bewusstsein."

„Die Motive dieser Tat liegen im dunkeln. Der Täter ist flüchtig."

„Ein dritter Mann?" fragte Leicester.

„Wir wissen nichts Genaues", sagte Shrewsbury und sah wieder auf seine Uhr.

„Vielleicht ein Machtkampf innerhalb der Erweckungskirche“, sagte Burleigh.

„Oder innerhalb von Scots Media“, fügte Elisabeth hinzu.

„Einiges weist darauf hin, dass diese Fanatiker Anschläge planen, um auf sich aufmerksam zu machen“, fuhr Burleigh fort. „Sie wollen ihre Ikone retten. Und wie wir jetzt wissen, schrecken sie vor nichts zurück. Deshalb haben wir den Polizeischutz für Mrs. Westminster erhöht.“

„Was?“ Leicester sah Elisabeth erschrocken an.

„Ziemlich lästig, mein Lieber, aber er hat es mir eingeredet.“ Sie deutete auf den Staatsanwalt.

Shrewsbury rieb sich nervös die Hände. „Man sollte sich vor Überreaktionen hüten, vor allem in Fällen, in denen die Öffentlichkeit emotional reagiert. Der Prozess ist gefährdet, wenn die Geschworenen nicht mehr in der Lage sind, unparteiisch zu urteilen.“

„Was versuchen Sie mir jetzt zu unterstellen?“ empörte sich Burleigh.

„Ich unterstelle nichts, ich gebe zu bedenken.“ Shrewsbury sah Elisabeth an. „Auch eine forcierte Medienkampagne kann sich negativ auswirken.“

Leicester bemerkte, wie Elisabeth kaum merklich zusammenzuckte.

„Was aber vor Gericht nicht verhandelt werden darf“, fuhr Shrewsbury fort, „sind wirtschaftliche und politische Interessen. Es wäre pervers und schädlich für unser Gemeinwesen, wenn Mary Stuart nur deshalb hingerichtet würde, weil ein mächtiges Wirtschaftsunternehmen Druck ausübt."

„Sie überschreiten Grenzen des Anstands, Richter!" rief Burleigh zornig aus.

Shrewsbury hob beschwichtigend die Hände. „Bitte, wir wollen uns nicht auf diesem Niveau streiten. Entschuldigen Sie mich einen Augenblick."

Der Richter wandte sich ab und verließ den Raum Richtung Waschraum.

„Er ist befangen", stellte Elisabeth empört fest.

„Aber nein, soweit dürfen wir nicht gehen."

„Er wirft uns Kungelei vor!" Elisabeth blickte zustimmungsheischend von Burleigh zu Leicester. Leicester war der Auftritt des Richters, überhaupt der ganze Gesprächsverlauf unangenehm aufgestoßen. Er hatte deutlich gespürt, dass er kaum Einflussmöglichkeiten hatte. Elisabeth hatte dies zweifellos auch bemerkt.

„Es hat nichts mit Kungelei zu tun, wenn ich die Interessen des Staates verfolge", brummte Burleigh missgelaunt.

„Ganz recht", stimmte Elisabeth zu. „Es geht um öffentliche Interessen. Man stelle sich nur vor, was es für England bedeuten würde, wenn wir, und damit ein wesentlicher Teil der Medienvielfalt, zugrunde gehen würden."

„Ich sehe da keine Gefahr", versicherte Burleigh.

„Man stelle sich nur vor, Westminster würde untergehen, und Scots Media überhimmt die Vorherrschaft", murmelte Elisabeth. „Dass diese Person, sogar noch aus der Haft heraus, derartige Intrigen schmiedet! Und das, wo ich doch alles dafür getan habe, ihr die Schrecken des Gefängnisses zu ersparen."

„Es ist gut, dass du dies tust, Elisabeth", sagte Leicester. „Es stärkt deine moralische Position. Du gewinnst, wenn du sie unterstützt."

Elisabeth blickte ihn erstaunt an: „Mir scheint eher, dass genau das Gegenteil der Fall ist. Sie nutzt jede Gelegenheit, um mir zu schaden. Es ist zu Gewalttaten gekommen, wer weiß, was noch alles passiert. Und du ergreifst ihre Partei?"

„Es geht mir nicht um Mary ..."

„Das will ich hoffen! Es wäre mir sehr unlieb, wenn der Mann meines Vertrauens seine alte Liebe zu meiner schlimmsten Feindin wiederentdeckt."

„Aber das ist doch ein absurder Gedanke. Es geht mir nur um dich und deine Interessen. Es war ein großmütiger Schritt, ihr die Millionenbürgschaft und die Residenz in Fotheringhay anzubieten."

„Warst du nicht dagegen, Robert?"

„Es hat sich gezeigt, dass ich im Unrecht war."

„Ich danke dir für deine Offenheit."

„Ich frage mich noch immer, ob es nicht besser wäre, die Kampagne gegen Mary zu beenden."

„Dagegen warst du von Anfang an."

„Ja. Es schadet dir. Indem du sie erniedrigst, erniedrigst du dich selbst."

„Du hältst es für möglich, dass ich einen solchen Fehler begehe?"

„Nun ..." Leicester wusste nicht, was er darauf antworten sollte. Er spürte, dass er sich zu weit vorgewagt hatte. Was war nur plötzlich in ihn gefahren?

Elisabeth schaute ihn durchdringend an. Wie eine argwöhnische Katze, dachte Leicester, wenn sie so guckt, arbeitet es in ihr. Sie wittert Tücke und Hinterlist und möchte dir zuvorkommen.

Ein kaltes, hochmütiges Lächeln erschien auf ihrem Gesicht. Es war dieses Lächeln, was ihn an ihr besonders anzog. Im Gegensatz zu ihm konnte sie hart und skrupellos sein, wenn die Umstände es erforderten.

„Willst du mich warnen oder willst du sie schützen, Robert?"

Auf diese Frage konnte es keine richtige Antwort geben, das spürte er. Sie spielte auf jene Zeit an, als er an Mary Stuarts Seite gestanden hatte. Das war lange her, es spielte keine Rolle mehr, oder?

„Nein, wirklich", stammelte er, „dies zu beantworten ..."

„Gelingt dir nicht", führte sie den Satz zu Ende.

Leicester spürte, wie ihm der Schweiß ausbrach.

In diesem Moment wurde der Paravent zur Seite geschoben, und Aubespine erschien fröhlich lächelnd, offenbar angeheitert, einen Arm um die Hüften einer blonden jungen Frau gelegt.

„Nun ist sie doch gekommen", sagte er mit schwerer Zunge. „Darf ich vorstellen, Mademoiselle Bellievre aus Paris. Sie kommt als Verstärkung für mich. Und wenn ich sie so ansehe ...", er schob sie weg, um sie theatralisch in Augenschein zu nehmen, „fühle ich mich sehr gestärkt."

Bellievre nutzte die Gelegenheit, drehte sich rasch um, streckte Elisabeth die Hand entgegen und sagte: „Mrs. Westminster, guten Abend. Bitte entschuldigen Sie, dass ich mich verspätet habe. Zuerst hatten wir keine Start-, dann keine Landeerlaubnis."

Elisabeth gab ihr lächelnd die Hand: „Wie das eben so geht."

„Ich bringe Neuigkeiten aus Paris. Sie erreichten mich in letzter Minuten."

„Dann spannen Sie uns nicht auf die Folter."

„Scots Media hat uns ein Aktienpaket angeboten."

„Oh." Elisabeths Miene versteinerte.

„Ich soll Ihnen aus Paris mitteilen, dass dies nichts an unserem Angebot ändert."

„So?" sagte Elisabeth tonlos. Sie warf Leicester einen hilfesuchenden Blick zu.

Das nennt man wohl Die-Felle-davonschwimmen-sehen, dachte dieser und machte hektisch ein einladende Handbewegung: „Nehmen Sie doch Platz, Mrs. Bellievre."

Kapitel 19

Die Scheibenwischer schleppten sich quietschend über die Windschutzscheibe. Scila hielt an und zog die Handbremse.

„Wir stehen im Halteverbot“, sagte O’Kelly und deutete auf das Schild am Straßenrand. Sie war immer noch sauer, dass Scila ihr die ganze Zeit verheimlicht hatte, dass er einen Brief von Mary Stuart bei sich trug. Nachdem er es ihr gesagt hatte, passierte genau das, was er befürchtet hatte: Zunächst hatte sie ihn wie ein Heiligtum behandelt und war dagegen gewesen, ihn über Wasserdampf zu öffnen. Dann, nachdem sie ihn gelesen hatten, wollte sie ihn nicht mehr aus der Hand geben und unbedingt dabei sein, wenn er ihn übergab.

„Scheiß auf das Halteverbot“, sagte Scila gereizt. „Wir sind die Polizei.“

„Wieso ist hier überhaupt ein Halteverbot?“ O’Kelly spähte durch das tropfenübersäte Seitenfenster.

Scila deutete zur anderen Straßenseite: „Damit die da drüben schöner parken können."

Auf der anderen Seite, rechts und links eines Baldachins, unter dem ein Teppich auf den hell erleuchteten Eingang des Restaurants „La Cuisine" zuführte, standen schwere Limousinen und elegante Sport-Coupés. Sie wurden bewacht von einem Mann mit schwarzem Zylinder und rotem Uniformmantel.

„Dein Marina hätte noch in die Lücke vor dem Teppich gepasst."

„Mit der Kiste würden wir sogar durch die Eingangstür passen."

„Ich dachte immer, ihr bei der Polizei fahrt in schicken konfiszierten Autos."

„Normalerweise schon, aber ich habe den Bentley abgelehnt. War mir zu unhandlich."

„Heute abend hätten wir ihn brauchen können."

„Um Eindruck zu schinden?"

„Um unauffällig reinzukommen. Du als mein Chauffeur."

„Quatsch. Und wenn ich mir das da drüben so ansehe, schaffen wir es sowieso nicht. Das sind keine von uns, das sind Private."

„Private Sicherheitsleute können der Polizei verbieten, in ein Lokal zu gehen?"

„Es ist eine geschlossene Gesellschaft, keine öffentliche Veranstaltung."

„Vielleicht sollte ich es auf die charmante Tour probieren? Es gibt immer zwei Möglichkeiten: Flittchen oder Dame. Auf was, meinst du, springen diese Sheriffs da an?"

Scila trommelte mit den Fingern auf dem Lenkrad: „Wird nicht klappen. Aber sieh mal da!"

Er deutete auf einen Rover, der direkt vor dem Restaurant-Eingang anhielt und dann in die Lücke einparkte. Der Türsteher beugte sich zur Beifahrertür, gestikulierte und richtete sich wieder auf. Der Rover blieb, wo er war.

„So eine mickrige Kiste darf dort parken?" fragte O'Kelly.

„Ich finde viel erstaunlicher, wer da aussteigt."

„Kenn ich nicht."

„Das ist Inspektor Paulet aus Fotheringhay. Der Chefbewacher von Mary Stuart."

„Was will der denn hier?"

„Würde mich auch interessieren. Bringt eine Botschaft, eine Meldung, einen Bericht, was weiß ich."

„Wem?"

„Da drinnen sitzen der Generalstaatsanwalt und der oberste Richter. Das wären schon mal zwei Möglichkeiten."

„Vielleicht ist er wegen der Sache mit Melvil hier."

„Das wissen die da drin doch längst."

„Oder er will auch einen Brief abgeben."

Scila schob die Tür auf: „Ich häng mich an ihn dran. Du bleibst hier."

Er stieg aus und rannte über den nassen Asphalt, vorbei an dem Türsteher, der ihm in den Weg treten wollte. Scila herrschte ihn an: „Polizei!“, und eilte vorbei über den Teppich. Er erreichte Paulet am Eingang.

„Guten Abend, Inspektor!“

Paulet drehte sich um.

„Müssen Sie auch da rein?“ fragte Scila.

„Was machen Sie denn hier?“

„Hab eine wichtige Nachricht abzugeben.“

Paulet sah seinen Kollegen stirnrunzelnd an. „So?“

Zwei muskulöse Männer in sportlichen Anzügen traten ihnen in den Weg. Paulet reichte ihnen seinen Ausweis. Der eine Bodyguard nahm ihn schweigend entgegen, warf einen Blick darauf und reichte ihn an seinen Kollegen weiter. Der nickte. Paulet bekam seinen Ausweis zurück mit der Aufforderung: „Sie können rein.“

Scila hielt seinen Ausweis in die Höhe und wollte ihm folgen. Aber kaum war Paulet zwischen den Männern durch, verstellten sie erneut den Eingang. Einer riss Scila den Ausweis aus der Hand, las den Namen und schüttelte den Kopf. „Keine Anmeldung.“ Der andere warf einen Blick darauf und schüttelte ebenfalls den Kopf.

„Ich hab einen dringenden Brief abzugeben, persönlich.“

„Ist nix mit persönlich“, sagte der eine. „Briefe müssen aufgemacht werden. Von uns.“

„Und er da?“ Scila deutete hinter Paulet her.

„War angemeldet.“

„Es ist wichtig."

„Auch wichtige Briefe müssen von uns aufgemacht werden."

Scila zögerte. Ihm fiel nichts mehr ein. Er zuckte mit den Schultern, drehte sich um und ging.

„War doch nicht wichtig", hörte er hinter sich.

Scila stieg wieder ein und zog die Wagentür zu.

„Hätte nicht gedacht, dass es auch Bullen so gehen kann", kommentierte O'Kelly.

„Sie wollten den Brief aufmachen."

„Was glauben die? Dass eine Bombe drin ist? Vielleicht hättest du ihnen sagen sollen, dass wir schon reingeguckt haben."

Scila schlug mit der flachen Hand gegen das Lenkrad. „Ja, ja. Aber wie kommen wir jetzt rein?"

„Soll ich's mal versuchen? Ich würde diesen Leicester gern sehen. Ich fand den Brief sehr interessant. Ich meine, die haben doch mal was miteinander gehabt, oder?"

„Wer? Leicester und die Stuart?"

„Ja. So, wie sie ihn anspricht."

„Kann sein."

„Ist lange her, dass ich einen fremden Liebesbrief aufgemacht habe. Hab mal den von einer Freundin über Wasserdampf geöffnet, obwohl ich hoch und heilig versprochen hatte, es nicht zu tun, sondern ihn ungeöffnet zu überbringen."

„Das ist doch kein Liebesbrief hier." Scila klopfte sich gegen die Brusttasche, in die er den Brief gesteckt hatte.

„Was denn sonst?"

„Ein sehr emotionales Bittgesuch."

„Was sind Liebesbriefe denn sonst?"

Scila schaute schweigend durch die Windschutzscheibe, auf die immer dickere Regentropfen prasselten und in Rinnsalen herabliefen. „Wie kommen wir an ihn heran", brummte er.

„Ich hatte früher ein paar ganz gute Tricks drauf für solche Situationen. Als ich noch jung war", sagte O'Kelly.

Scila schaute sie verwundert an. „Als du noch jung warst?"

„Wie man in Discos reinkommt. In die Teuren ohne zu zahlen oder in die, in die nur Promis dürfen."

„Das ist keine Disco."

„Fahr mal los", sagte O'Kelly.

„Wohin."

„Nur um die nächste Ecke. Und dann lass mich raus. So dass die da drinnen nicht sehen können, von wo ich komme."

„Das schaffst du nicht."

„Was bekomme ich, wenn doch?"

Scila seufzte und startete den Wagen.

„Also? Was ist dein Einsatz?" sagte O'Kelly.

Scila gab Gas. „Ich kann ja im Kamasutra nachschlagen und dir was Nettes aussuchen."

„Abgemacht." Sie küsste ihn auf die Wange, und Scila dachte: Die spinnt.

O'Kelly stieg aus, warf sich den Trenchcoat über, der auf dem Rücksitz gelegen hatte, und lief durch den Regen auf den Restaurant-Eingang zu. Aus der Entfernung und weil der Regen auf die Scheibe prasselte, war nicht zu erkennen, was sie tat, als sie bei den Türstehern angekommen war.

Sie kam rein.

Scila trommelte auf dem Lenkrad herum und wartete. Er sah abwechselnd nach draußen und auf die Uhr im Armaturenbrett.

„Das hat nie im Leben geklappt", brummte er.

Nach zwölf Minuten sah er sie zurückkommen. Sie ließ sich auf den Beifahrersitz fallen, strich sich die nassen Haarsträhnen aus dem Gesicht und lächelte ihn fröhlich an. Ihr Augen funkelten.

„Und?"

„Sieht gut aus, so ähnlich wie Gary Cooper, als er schon älter war, falls dir das etwas sagt."

„Nein."

„Ein Hollywood-Schauspieler aus alten Zeiten. Die Filme laufen auf dem Nostalgiekanal."

„Ist das jetzt wichtig?" fragte er unwirsch.

„Nein." Sie zog ein Taschentuch aus der Manteltasche und tupfte sich das Gesicht trocken.

„Hat er den Brief genommen?"

„Ja."

„Gelesen?"

„Ja. Er ließ mich im Vorraum warten. Als ihm klar war, von wem der Brief kam, den ich ihm in die Hand gedrückt hatte, wurde er ziemlich blass. Ist dann damit auf Toilette gegangen." O'Kelly lachte. „Liebesbriefe lesen auf dem Klo. Wie bei uns früher auf der Schule. Als er zurückkam, war er wieder einigermaßen beieinander. Wollte wissen, woher ich den Brief habe. Ich hab's angedeutet. Da wurde er wieder blass. Also wenn du mich fragst, ist ihr Anliegen bei ihm nicht sonderlich gut aufgehoben."

„Wieso? Weil die Sache ihn nervös macht?"

„Das auch. Aber vor allem ist er Mrs. Westminsters Schoßhündchen."

„Was soll das heißen?"

„Sie erschien an der Glastür und rief ihn zu sich. Da stand er sofort Gewehr bei Fuß. War ihm peinlich, mit mir gesehen zu werden."

„Wird ja vielleicht auch schwer, ihr deine Anwesenheit zu erklären."

„Ach was, man muss doch nicht ständig alles erklären."

„Wie auch immer. Viel haben wir jetzt allerdings nicht erreicht."

„Doch. Ich sagte ihm, dass ich draußen in einer kleinen Kiste sitze, ein Stückchen entfernt, an der Kreuzung. Versprach ihm zu warten."

„Der kommt nicht."

„Irrtum, mein Lieber. Sieh mal da." O'Kelly deutete durch das Fenster. Durch den Regen kam eine Gestalt auf sie zu. Im Zweireiher, ohne Mantel. O'Kelly schob die Tür auf, stieg aus und setzte sich auf den Rücksitz. Leicester ließ sich auf den Beifahrersitz fallen und zog hastig die Tür zu. Sein Blick fiel auf Scila, und er erstarrte.

„Ein Freund“, sagte O’Kelly. „Darf ich vorstellen: Inspektor Scila, Mr. Leicester.“

„Inspektor?“ Leicesters Hand tastete nach dem Türgriff.

„Der einzige Polizist in England, der daran arbeitet, Entlastungsmaterial für Mary Stuart zu finden.“

„Entlastungsmaterial?“ fragte Leicester.

Der ist ja total überfordert, dachte Scila.

„Er ist in Edinburgh gewesen“, fügte O’Kelly hinzu.

„Im Auftrag von Richter Shrewsbury“, sagte Scila.

„Shrewsbury?“

Scila nickte. Mit dem hier können wir gar nichts anfangen, entschied er.

„Sie haben Entlastungsmaterial gefunden? Gibt es neue Hoffnung?“

„Es ist schwierig, die schottischen Behörden kooperieren nicht.“

„Aber gibt es eine Chance?“

Scila hob die Schultern. „Vielleicht. Ich habe Leute getroffen, die beweisen können, dass die Briefe, die Mary Stuart angeblich an Bothwell schrieb, gefälscht wurden.“

„Ja, aber dann ist ja Hoffnung!“ rief Leicester theatralisch aus.

„Einer, der die Beweise liefern wollte, wurde ermordet.“

„Oh.“ Leicester blickte ratlos von Scila zu O’Kelly.

„Wir haben trotzdem vor, alles zu tun, um die Beweise zu finden.“

„Gut, das ist gut. Hören Sie." Leicester drehte sich zu O'Kelly um. „Sie haben mir diesen Brief gegeben. Sicher wartet sie auf eine Antwort. Aber natürlich ... ich kann ihr unmöglich einen Brief schreiben. Gibt es eine andere Möglichkeit?"

O'Kelly deutete auf Scila. „Fragen Sie ihn, er ist Polizist, er hat sich Zugang zu ihr verschafft."

„Sie waren bei ihr?" Leicesters Augen leuchteten. „Wie sah sie aus, wie verkraftet sie das alles?"

Scila gab einen kurzen Bericht, Leicester hing an seinen Lippen. Der Brief hat ja seine Wirkung nicht verfehlt, dachte Scila und ging noch etwas mehr ins Detail.

„Ist es nicht entsetzlich", sagte Leicester, als Scila fertig war. „Diese beiden großartigen Frauen! Schwestern noch dazu. Diese grauenhafte Rivalität. Wenn ich mir das schreckliche Ende dieses Kampfs ausmale, nicht auszudenken! Mary für immer hinter Gittern, das würde sie zerstören. Es muss doch eine Möglichkeit geben, dies zu verhindern?"

„Was wollen Sie tun?" fragte O'Kelly sarkastisch. „Unterschriften sammeln? Demonstrieren? Gegen den Westminster Tower marschieren und ein Ende der Lügengeschichten fordern?"

Leicester schaute sie irritiert an. „Das ... wäre doch etwas für Sie ... Nein, ich werde versuchen, auf Elisabeth einzuwirken. Sie fühlt sich bedroht. Wenn sie einsieht, dass Dialog besser ist als Konfrontation, wird es gut gehen."

„Ich glaube nicht, dass Unterschriften, Demonstrationen und Appelle hier noch etwas helfen", sagte O'Kelly nachdenklich. „Da draußen ist schon ein Killer unterwegs und mordet Marys Anhänger. Wenn's der Staat nicht erledigt, wird er die Sache für Elisabeth Westminster klarmachen."

Kapitel 20

O'*Kelly* saß im Schneidersitz auf dem Hotelbett, die Überdecke um die Schultern gelegt. Sie schlug das Fotoalbum auf und blätterte darin. Gelegentlich hob sie das Buch an oder beugte sich darüber, um ein spezielles Bild genauer in Augenschein zu nehmen.

Als Scila aus dem Badezimmer kam, sagte sie: „Es ist interessant, wenn man ihren Gesichtsausdruck über die Jahre hinweg studiert."

Scila setzte sich auf den Bettrand. Wer war hier eigentlich in wen verliebt? Er folgte O'Kellys Blick und sah das Bild von Mary Stuart in einem weißen Gewand vor einem großen Lilienkreuz. Neben ihr, dem Betrachter den Rücken zugewandt, ein Mann in Schwarz, der eine Hand über ihren Kopf hält, während sie fromm nach unten blickt.

„Am Anfang, ich meine hier im Buch, da lacht sie zwar ständig, aber da ist diese Leere in ihrem Gesicht. Luxus, Laster, wildes Leben, aber man merkt deutlich, dass ihre Seele leidet. Später ganz anders, als sei eine leere Hülle mit Inhalt gefüllt worden. Hier." Sie deutete auf ein Bild, auf dem Mary Stuart im Kreis anderer Gläubiger eine Erweckungsübung durchführte. „Und dann hier." Sie blätterte nach vorn zu einem Bild, auf dem Mary Stuart in einem silbrig glänzenden, tief ausgeschnittenen Cocktailkleid zu sehen war. Wenn ich ehrlich bin, gefällt sie mir so besser, entschied Scila, behielt den Gedanken aber lieber für sich.

O'Kelly schlug wieder die andere Seite auf.

„Wer ist der Mann da neben ihr?" fragte Scila.

„Das muss Bothwell sein."

„Eine Geste wie Jesus", sagte Scila.

Sie sah ihn tadelnd an. „So anmaßend wäre er niemals gewesen. Er hat sich als Jünger Jesu gesehen ..."

„Na ja ..."

„... mit einem besonderen Auftrag."

„Die Menschheit zu erwecken?"

„Ja."

„Okay, das haben auch schon andere versucht. Wie weit ist er gekommen?"

„Er hat eine eigene Kirche gegründet, das ist ein Erfolg."

„Und er hat sich in ein Medienunternehmen eingeheiratet, das ihm eine Plattform für seine Propaganda bot."

O'Kelly ignorierte den Sarkasmus. „Das war doch eine günstige Fügung."

„Auch in finanzieller Hinsicht."

O'Kelly schaute ihn stirnrunzelnd an. „Ich dachte, du stehst auf unserer Seite?"

Scila schüttelte den Kopf. „Wenn überhaupt, stehe ich auf der Seite der Wahrheit."

Sie nickte. „Also auf unserer."

„Das wird sich erst noch herausstellen."

„Das ganze Komplott gegen Mary ist eine Verschwörung zur Unterdrückung der Wahrheit."

„Ich dachte, es geht um wirtschaftliche Interessen."

„Natürlich wollen sie uns ruinieren. All das dient nur dazu, uns mundtot zu machen."

„So viel Aufwand wegen einer Sekte, die ihre Mitglieder in den Himmel führen möchte?"

„Du hast immer noch nicht verstanden, um was es uns geht. Erweckung heißt, dass wir schon im Diesseits die Augen öffnen. Was glaubst du, was passiert, wenn Millionen Menschen die Augen öffnen und die Welt so sehen, wie sie wirklich ist?"

„Keine Ahnung."

„Sie erkennen, dass sie in spiritueller Unmündigkeit gehalten werden. Sie werden aufbegehren. Das wird die Welt verändern."

„Und zweifellos besser machen."

„Natürlich." Sie hob die Stimme und deklamierte: „Wenn alle wach zu Werke gehen, können wir gemeinsam die Vollkommenheit erreichen."

„Vollkommenheit?"

„Die Einheit von Körper, Geist und Seele."

„Was ist mit Leuten, die keine Seele haben, so wie ich?“

„Deine Seele wird erweckt werden.“

„Und wenn ich nicht will?“

„Wenn es soweit ist, wirst du wollen.“

„Was passiert, wenn ich mich weigere?“

„Du kannst dich nicht weigern. Wenn du erst mal die Augen ein Stück weit geöffnet hast, willst du befreit werden.“

Scila dachte nach. „Ist schon komisch“, sagte er dann. „Aber oft würde ich viel lieber die Augen zumachen.“

„Weil ihr moralisches Gift in deinen Adern fließt. Du hast ja noch nie eine Übung zur Erweckung gemacht.“

„Aber du.“

„Ja, natürlich, schon oft.“

„Und?“

„Es ist eine große Befreiung.“

„Wie muss ich mir das vorstellen?“

„Du kannst es dir nicht vorstellen. Man kann es auch nicht in Worte fassen. Wir halten uns an den Händen und fühlen gemeinsam, wie dieses Gefühl der unendlichen Freiheit in uns aufsteigt.“

„Wer hat sich diese Übungen ausgedacht? Bothwell?“

Sie lachte nachsichtig. „Er hat sie sich doch nicht ausgedacht! Diese Dinge sind seit Jahrtausenden überliefertes Wissen der Menschheit. Geheime spirituelle Gruppen haben dieses Wissen gehütet und gewartet, bis der Zeitpunkt gekommen war, es an einen großen Führer weiterzugeben."

„An Bothwell?"

„Ja, er wurde eingeweiht. Er war zwei Jahre lang im Himalaya verschollen, in einem versteckt gelegenen Kloster wurde er eingewiesen."

„Soso." Scila schaute auf ein Foto, auf dem Bothwell von vorn zu sehen war. Ein großer, massiger Kerl mit grauem Bart. Nichtssagender Typ. Bestenfalls sah er schmierig aus. Aber scheinbar hatte er das Talent, Leute um sich zu scharen, schöne Frauen abhängig zu machen. Er zögerte, dann sagte er es doch, obwohl er wusste, dass es Ärger geben würde: „Aber obwohl er so wach war, ist er am Ende in einer dänischen Gefängniszelle gelandet."

Sie sah ihn scharf an. „Das ist er sicherlich nicht."

„Laut meinen Informationen wurde er verhaftet und beschuldigt, sich an Minderjährigen vergangen zu haben, auf einem Anwesen der Erweckungskirche."

„Das ist alles nur Propaganda, das hat diese Westminster sich ausgedacht."

„Ich hab's nicht aus dem Fernsehen, es steht in unseren Akten. Er hat sich in der Zelle erhängt."

„Das stimmt nicht, er hat Schottland nie verlassen. Er wartet in einem Refugium, bis die Zeit gekommen ist."

„Das glaubst du wirklich?"

„Natürlich glaube ich das! Und ich sehe etwas." Sie hob die Hand und deutete mit dem Zeigefinger auf ihn. „Du versuchst die ganze Zeit, mir Sand in die Augen zu streuen. Du willst mich einschläfern. Du bist eben doch nichts weiter als ein Agent von denen."

„Quatsch", sagte Scila. „Ich bin bloß ein Polizist, der seinen Job macht."

Sie blätterte eine Albumseite um, schaute auf und blickte ihn traurig an. „Und ich dachte, ich hätte einen Verbündeten gefunden." Scila legte eine Hand auf ihren Oberschenkel. „Helen, ich habe lange nicht mehr so gut geschlafen wie neben dir. Und du sprichst immer nur von Erweckung. Ist das nicht verrückt?"

Sie klappte das Album zu und rückte von ihm ab. „Lass mich, du verstehst mich nicht."

Scila seufzte. Wie oft in seinem Leben bekam ein durchschnittlicher Mann diesen Satz zu hören?

O'Kelly legte das Album auf das Nachtschränkchen, stand auf und ging ins Badezimmer. Er hörte, wie die Dusche anging. Nach zwei Minuten wollte er ihr folgen, aber die Tür war abgeschlossen.

Kapitel 21

Scila und O'Kelly überquerten einen ehemaligen Schulhof und gingen auf den Seiteneingang der Erweckungskirche zu. Es war dunkel. Auf dem unbeleuchteten Hof standen tiefe Pfützen, denen sie ausweichen mussten. Gleichzeitig versuchten sie, darauf zu achten, ob jemand ihnen folgte.

Seit die Sekte wachsendem Druck ausgesetzt war, kamen immer weniger Mitglieder zu den regulären Veranstaltungen, hatte O'Kelly erklärt. Aus Sicherheitsgründen war man dazu übergegangen, nur noch den Seiteneingang zu öffnen. Das Portal war mit Balken verrammelt.

„Es ist wie im Mittelalter. Sie machen Jagd auf uns wie auf Ketzer", hatte O'Kelly mit bitterem Unterton gesagt, nachdem Scila den Marina vor der Toreinfahrt zum Schulhof geparkt hatte. Er hätte auch hineinfahren können, aber wenn jemand die

Durchfahrt blockiert hätte, wären sie gefangen gewesen.

„Immerhin habt ihr Verbündete in Justiz und Polizei. Immerhin gibt es Gesetze, die die Willkür beschränken."

„Ach ja? Verbündete hatten die Hugenotten auch. Sie wurden trotzdem abgeschlachtet."

„Das war nicht im Mittelalter, sondern später."

„Du bist ein verdammter Rechthaber, und unser Schicksal scheint dich nicht im geringsten zu interessieren."

„An deinem Schicksal bin ich sehr interessiert", sagte Scila.

„Nur weil ich mit dir ins Bett gehe."

„Nicht nur. Und was wäre schon dabei?"

„Nicht nur?"

„Ich habe auch einen Auftrag."

O'Kelly schnaubte verächtlich: „Von Shrewsbury, diesem zahnlosen Tiger."

„Er hat das Recht hinter sich."

„Und Burleigh die Medienmacht und das Geld von Elisabeth Westminster. Ich wundere mich, dass ein Zyniker wie du dieses Spiel überhaupt mitmacht."

„Es ist mein Beruf."

„Berufe kann man wechseln."

„Vielleicht tue ich das ja, wenn ich diesen Auftrag zu Ende gebracht habe."

O'Kelly schüttelte ungläubig den Kopf. „Ich verstehe immer weniger, warum du das tust, was du tust."

„Meine Mutter sagte immer: Was du angefangen hast, musst du auch zu Ende bringen."

„Eine jämmerliche Begründung."

„Vielleicht habe ich ja das gleich Motiv wie du."

„Kaum zu glauben." Er hörte den verächtlichen Unterton in ihrer Stimme und ärgerte sich. Ihre destruktive Art deprimierte ihn. Sie kannten sich erst seit wenigen Tagen, aber sie redeten miteinander, als wären es Jahre. Vielleicht ist es das Alter, dachte Scila, man lebt nach Schablonen, auch in der Liebe. Und je mehr Routine man hat, um so schneller ist man mit allem fertig. Aber ich will das nicht, nicht mehr.

„Was ist?" fragte O'Kelly, die es nicht leiden konnte, wenn er nachdenklich schwieg, das hatte er schon bemerkt.

„Ich habe ihr gegenübergestanden. Ich habe mit ihr gesprochen. Wir sind zusammen durch den Garten gegangen. Ich denke immer wieder darüber nach. Und dabei fällt mir auf, dass ich etwas nicht zusammenbringe."

„Und das wäre?"

„Eure Art und ihre Art."

„Was soll das heißen?"

„Schwer auszudrücken. Diese Kirche, diese ganzen Rituale, die ihr befolgt ..."

„Was weißt du denn davon?"

„Nicht viel, zugegeben. Aber sie hat so eine souveräne Art und eine Ausstrahlung. Ich kann mir gar nicht vorstellen, dass sie das alles nötig hat, diesen ganzen Kult ..."

„Hatte Jesus vielleicht einen Kult nötig?"

„Ich weiß nicht, davon versteh ich nichts. Aber sie ist doch keine Heilige."

„Vielleicht wird sie es ja noch."

„Wollt ihr eure Lilie ans Kreuz nageln lassen?"

„Was?"

„Wir müssen los. Komm!"

Scila schob die Tür auf und stieg aus. Wortlos überquerten sie den Schulhof.

Die niedrige Seitentür war nicht abgeschlossen. Sie gelangten in das Kirchenschiff einer mittelgroßen, ehemals katholischen Kirche. Kahl, aber nicht kalt. Offenbar gab es eine Fußbodenheizung. Gedimmte große Leuchter erhellten den fast leeren Raum, der zum größten Teil mit Teppichboden ausgelegt war.

Melvil saß auf einem Stuhl vor dem Altar. Er trug Jeans und einen Pullover, um den Hals einen hellen Schal. Als Scila und O'Kelly bei ihm ankamen, räusperte er sich, stand er kurz auf, sank dann aber wieder auf seinen Stuhl und sagte: „Danke, dass Sie gekommen sind." Er zog einen Schlüssel aus der Hosentasche und hielt ihn O'Kelly hin: „Schließen Sie bitte ab. Ich fühle mich sonst nicht sicher."

Sie nahm den Schlüssel und ging.

Scila deutete in den Raum: „Es gibt ja gar keine Bänke hier."

„Brauchen wir nicht", sagte Melvil. „Die Gemeinde versammelt sich auf dem Teppich. Man fasst sich an den Händen. Der Einzelne findet Aufnahme in der Gesamtheit der Gläubigen."

„Und dann ab in den Beichtstuhl?“ Scila deutete auf einen von mehreren, die an den Seiten des Kirchenschiffs standen.

Melvil schüttelte den Kopf: „Nein, die sind noch von unseren Vorgängern hier. Bei uns gibt es keine Beichte. Wir bekennen der Gemeinschaft.“

„Öffentlich vor allen?“

„Ja.“

„Wie bei den Anonymen Alkoholikern.“

„Sie sprechen geringschätzig, Mr. Scila. Das ist unfreundlich.“

„Entschuldigung. War sie auch hier?“

„Wer?“

„Mary.“

„Natürlich, oft. Dies ist doch unsere Hauptkirche.“

„Und sie hat sich auch ... bekannt oder wie Sie das nennen?“

„Aber ja, in unserer Kirche sind alle gleich.“

Scila faszinierte der Gedanke, dass er hier hätte stehen können, dicht neben Mary Stuart, während sie ihre Sünden bekannte.

„Sie hat auch zu allen gesprochen. Zusammen mit ihrem Mann.“

„Sie haben beide gepredigt?“

„Bei uns gibt es keine Predigt. Wir nennen es das Sprechen.“

O'Kelly kam zurück. „Können wir jetzt endlich zur Sache kommen?“ fragte sie.

Scila sah sie erstaunt an. Wieso hatte sie auf einmal diesen Kommandoton drauf?

„Ja." Melvil griff nach einer Aktentasche unter seinem Stuhl, klappte sie auf und holte einen Umschlag heraus.

„Wäre es nicht einfacher gewesen, Sie hätten uns den Film elektronisch übermittelt?"

„An eine Behörde, in der Staatsanwalt Burleigh Zugriff auf alle Daten hat?"

„Hat er das?"

„Wir wurden gewarnt. Die anderen wissen von diesen Beweisstücken. Sie wollen sie vernichten, und die Zeugen dazu."

„Was ist drauf?"

„Curls Erklärung, dass er die Briefe gefälscht hat, weil man ihn unter Druck setzte. Außerdem sind hier drin ..." Melvil hob den Umschlag, „die eidesstattlichen Erklärungen von Burgoyn und mir, dass wir Zeugen waren, als die Aufnahme der Erklärung von Curl gemacht wurde. Das muss vor Gericht verwertbar sein."

„Ich hoffe es."

„Es muss."

„Immerhin hat er ja wenigstens einmal gelogen."

„Er wurde gezwungen zu lügen. Man hat ihn erpresst, ihm mit Ruin gedroht. Er hatte ja seine Stellung bei Mrs. Stuart nach ihrer Verhaftung verloren. Er hatte Angst. Wir hätten uns gleich um ihn kümmern sollen. Es war ein schlimmes Versäumnis, dass wir ihn allein ließen."

„Wie kam der Sinneswandel von Curl zustande?"

„Seine Frau hat ihm zugeredet, als er wieder auf freiem Fuß war."

„Margareta Curl, die ich in Mary Stuarts Haus in Edinburg traf?"

„Die Haushälterin, ja. Sie konnte ihn umstimmen. Wir haben dann die Aufnahme gemacht, in weiser Voraussicht, wie wir jetzt wissen. Obwohl wir niemals gedacht hätten, dass unsere Gegner einen Killer auf uns hetzen würden."

Scila nahm den Umschlag entgegen und steckte ihn in seine Manteltasche.

„Gut", sagte O'Kelly. „Dann zischen wir jetzt wieder ab."

Sie stand jetzt direkt neben Melvil, der nach ihrer Hand fasste, zu ihr aufblickte und sagte: „Du bist jetzt dafür verantwortlich. Sieh zu, dass die Botschaft an die richtige Stelle kommt."

Scila runzelte die Stirn. „Was soll das heißen?" Und wieso duzen die sich auf einmal?

„Ich passe auf dich auf", entgegnete sie schnippisch.

„Ihr müsst mich ein Stück mitnehmen. Ich weiß nicht, wie ich ..." Er lächelte verschämt. „Es ist mir peinlich, aber vorhin waren ja noch einige von uns hier. Wenn ich jetzt ganz allein ... es ist Nacht ... ich komme nicht von hier ..."

„Wir bringen dich in dein Quartier zurück."

„Danke."

„Hab ich hier eigentlich auch noch was mitzureden?" brummte Scila.

„Willst du ihn allein lassen?“ fragte O’Kelly. „In seinem Zustand?“

„Nein.“

„Gehen wir also.“

Sie durchquerten das Kirchenschiff. An der Seitentür angekommen, holte O’Kelly den Schlüssel hervor. Scila bemerkte einen Lichtschalter.

„Bleiben die Leuchter an?“ fragte er.

„In unseren Kirchen bleiben die Lichter immer an“, sagte Melvil.

O’Kelly schloss die Tür auf, und sie traten nach draußen.

Als sie sich umdrehte, um die Tür wieder abzuschließen, kam Scila ein eigenartiger Gedanke: „Sag mal, Helen, haben wir uns eigentlich zufällig kennen gelernt?“

„Du hast mich doch angesprochen, nein?“ sagte sie.

Im gleichen Moment bemerkte Scila einen roten Lichtfleck auf Melvils Brust. Der rote Fleck verwandelte sich in ein dunkles Loch. Melvil sagte „oh“, und schaute seine Begleiter erstaunt an.

Scila streckte die Arme nach ihm aus.

„Was ist denn?“ fragte O’Kelly.

Melvil stolperte und fiel.

Scila bemerkte einen roten Fleck auf O’Kellys Jacke.

„Vorsicht!“ schrie er. „Da!“

Sie bemerkte den Lichtpunkt, schrie auf und rannte los.

Nicht!, wollte er hinter ihr her rufen, er kriegt dich! Aber in diesem Moment glitt ein roter Schimmer über sein linkes Auge. Er ließ sich zu Boden fallen, und noch im Fallen spürte er ein heftiges Brennen über seiner linken Stirn. Mauerwerk splitterte, ein Querschläger jaulte auf. Ihm wurde schwarz vor Augen. Er fiel ins Bodenlose.

Als er wieder zu sich kam, tastete er in seiner Manteltasche nach dem Umschlag. Er war weg.

Kapitel 22

Das Sprungbrett, das direkt aus dem Wohnzimmer zu dem teilweise überdachten Swimmingpool führte, wurde nur selten genutzt. Gelegentlich, zum Ende einer Party, kam es vor, dass übermütige Gäste den Steg nach draußen benutzten, um sich abzukühlen. Das war auch im Winter möglich, denn der Pool war beheizt. Man konnte sogar einen Teil der Terrasse so verschließen und mit Strahlern erwärmen, dass eine nachmittägliche Cocktailstunde am Pool im Winter möglich war. Geschäftsfreunden wurde dieser Luxus gelegentlich geboten.

Sie selbst aber habe ich noch nie schwimmen gesehen, überlegte Leicester und schaute Elisabeth von der Seite her an. Wenn es mal zu kollektiven Badespäßen kam, stand sie immer nur amüsiert lächelnd daneben. Auch tagsüber stieg sie nie ins Wasser. Das war bei Mary anders gewesen, sie hatte nicht genug davon kriegen können. Er erinnerte sich an einen Urlaub mit ihr, St. Tropez, die Mittelmeerkreuzfahrt. Mary war mehr im Wasser als an der Luft gewesen. Die Mary von früher. Würde sie auch jetzt noch gern baden, oder hatte diese Sekte etwas dagegen?

„Was ist los, Robert?“

Leicester fuhr herum, als Elisabeth ihre Teetasse geräuschvoll auf den Glastisch vor dem Sofa stellte.

„Bitte?“

„Du siehst so vergrübelt aus.“

„Nein, nein, ich denke nur so vor mich hin.“

„Eben das meine ich. Wenn du so schaust, denkst du doch an sie.“

„Was meinst du? An wen?“

„Ach Robert, du warst schon immer ein schlechter Schauspieler. Mary meine ich.“

„Es ist doch nur normal in diesen Tagen, dass wir uns mit ihr beschäftigen.“

„Ja, wir beschäftigen uns mit ihr.“ Elisabeth betonte das ‚wir‘.

Eine Menge Leute tun das, dachte Leicester. Umkreisen den Planeten Mary Stuart, bewundern seine Schönheit, studieren seine Geographie, staunen über die Wetterverhältnisse, erkennen gefährliche Regionen, scheitern beim Landeanflug ... so wie ich einst, als sie mich abwies.

„Wenn ich bedenke, wieviel Ärger ich mit ihr habe. Der alte Jake hätte sein Erbe klüger aufteilen sollen ...“

Leicester nickte abwesend und hörte kaum zu. Er kannte Elisabeths Klagen zu Genüge. Er dachte an den Planeten Mary. Schwere Geschütze waren aufgefahren worden, sogar abgefeuert. Der kleine Planet war schon ein wenig ins Trudeln geraten. Noch einige Salven aus diesen Kanonen, noch einige Raketen, und er würde aus seiner Umlaufbahn katapultiert und in die Sonne stürzen. In eine gefräßige Sonne namens Elisabeth.

„Im Grunde ist das nicht nötig", sagte Leicester.

„Wie bitte?" Elisabeth unterbrach erstaunt ihr Lamento.

„Dass wir bis zum Äußersten gehen."

„Du meinst, wenn es um sie geht."

„Mary, ja. Im Grunde kann sie dir nicht mehr gefährlich werden."

„Ein Leitspruch vom alten Jake lautete: Gefahr geht erst dann nicht mehr von deinen Gegnern aus, wenn du sie eigenhändig begraben hast. Danach habe ich immer gehandelt."

Leicester seufzte innerlich. Immer wenn Elisabeth mit „dem alten Jake", ihrem Vater Jacob Westminster, kam, wurde die Auseinandersetzung kompliziert.

„Du hast sie gebändigt, in einen Käfig hast du sie gesperrt. Nun wirst du ihr die Krallen ziehen, danach wird sie kaum noch gefährlich sein."

„Solange sie lebt, stellt sie eine Gefahr dar, Robert, das weißt du. Ihr ganzes Leben hat sie danach getrachtet, mir das Erbe streitig zu machen."

„Aber nun kann sie nicht mehr. Du hast sie in ihre Schranken verwiesen, den Rest hat sie im übrigen selbst besorgt. Sehr wahrscheinlich wird sie lebenslänglich eingesperrt bleiben."

„So wahrscheinlich ist das nicht mehr. Dieser Prozess dauert sehr lange", sagte Elisabeth düster. „Besser wäre, sie würde so bald wie möglich von der Bildfläche verschwinden."

„Nach dem Urteil wird sie dir nicht mehr in die Quere kommen."

„Nur wenn es eine Todesstrafe gäbe. Aus dem Grab heraus könnte sie mir nicht mehr schaden."

„Da wäre ich mir nicht so sicher."

„Robert, ich muss mich doch sehr wundern! Willst du ihr jetzt übernatürliche Fähigkeiten andichten wie diese verrückten Fanatiker ihrer Sekte?"

„Aber nein, ich seh sie als Mensch, das ist alles. Aber du weißt selbst, dass es auf dich zurückfallen kann, wenn ihr etwas geschieht."

„So wie du ihr Schicksal mit Anteilnahme verfolgst, gibst du mir nur recht, sie weiterhin als Gefahr zu betrachten."

„Ihr Glanz ist längst dahin, Elisabeth. Du solltest sie jetzt sehen, ja, du musst sie sehen. Dir würde sofort klar, dass sie im Vergleich zu früher – "

„Wie soll ich vergleichen, Robert? So nah wie du bin ich ihr nie gekommen."

„Mit dir selbst sollst du sie vergleichen."

„Ha!"

„Aber ja, es würde dich nämlich beruhigen. Man sieht ihr an, dass sie viel von ihrer Lebenskraft eingebüßt hat."

„Kein Wunder, so wie sie sich verschwendet hat. Das Flittchen hat ja keine Gelegenheit ausgelassen, ihre Kräfte zu verschleudern."

„Ihr Stern ist längst am Sinken. Du dagegen hast noch nicht einmal deinen Zenit erreicht."

„Du willst mir nur schmeicheln, damit ich weich werde."

„Sicher will ich das, aber es fällt mir nicht schwer, dir zu schmeicheln. Und ja, ich will, dass du dir einen Stoß gibst und einwilligst, sie zu treffen."

„Das ist überflüssig, Robert."

„Es wird dich beruhigen. Du wirst sie als Unterlegene vor dir sehen, lebendig begraben, wenn du so willst. Und sie wird deine Macht spüren. Immerhin ist es dein Anwesen, auf dem sie gefangengehalten wird. Glaubst du nicht, dass ihr das schwer zu schaffen macht?"

„Mag sein. Aber ich verstehe deine Motive trotzdem nicht ganz."

„Ich will, dass du gestärkt aus dieser Begegnung hervorgehst. Du sollst die Gewissheit bekommen, dass du sie besiegt hast. Ich weiß doch, wie sehr dich das beschäftigt. Du musst das Problem mit offenem Visier angehen."

Elisabeth lachte lustlos. „Du sprichst wie mein Therapeut."

„Und ich habe recht. Außerdem habe ich nichts dagegen, in bestimmten Dingen dein Therapeut zu sein."

Elisabeths Miene hellte sich auf. „Du begibst dich auf schlüpfriges Terrain, meine Lieber."

Leicester blieb ernst. „Nein, bitte keine Scherze. Gib zu, dass du bislang mit meinem Rat gut gefahren bist. Gemeinsam haben wir eine ganze Reihe schwieriger Klippen umschifft."

„Kapitän Leicester", sagte sie schmunzelnd, „ich habe Eure Umsicht stets geschätzt."

Leicester fiel es schwer, mit dieser nur gelegentlich aufkommenden neckischen Art der sonst eher steifen Elisabeth umzugehen. Wenn sie je zugelassen hätte, dass er ihr näherkäme, wäre es vielleicht etwas anderes gewesen. So aber war es ihm nicht möglich, auf den ironischen Unterton einzugehen. „Ich weiß, und das soll so bleiben", sagte er.

„Und ich verspreche, darüber nachzudenken, ob ich mir dir nach Fotheringhay fahre."

In solchen Momenten des Zögerns spürte Leicester ein Gefühl des Überdrusses. War es nicht schon schlimm genug, dass er sich jede Entscheidung abringen musste? Konnte sie dann nicht wenigstens schneller und gradliniger handeln?

Es kostete ihn Kraft, aber er ließ nicht locker. „Ihr Brief ist der beste Beweis, dass sie erkannt hat, dass sie am Ende ihres Weges angekommen ist", sagte er. „Es fehlt nicht mehr viel, und sie wird resignieren. Wenn sie deine Übermacht spürt, wird sie wanken. Ihr ist doch längst klar, dass ihr die Hände gebunden sind. Sie weiß, sie wird nach einer Verurteilung keine Entscheidungsbefugnis mehr haben. Wenn sie würdig abtreten will, nicht zuletzt in den Augen ihrer Anhänger, dann muss sie Scots Media selbst abtreten, in einer souveränen Handlung. Das wird ihre Würde retten. Zumal sie damit ihre Widersacher in Edinburgh kaltstellen könnte."

Elisabeth sah ihn nachdenklich an. Sie trank einen Schluck Tee, stellte die Tasse diesmal behutsam zurück und sagte: „Hast du ihr das alles schon klargemacht?"

„Noch nicht, aber ich werde es tun. Vor eurer Begegnung."

„Und du bist dir sicher, dass sie klein beigeben wird?"

„Sie kann gar nicht anders."

„Du kennst sie ja gut genug ..."

Leicesters Handy klingelte. Er meldete sich lächelnd, dann verdüsterte sich seine Miene. „Ja? – Gut – Sehr schön – Wieso? – Das war nicht vereinbart – Darüber muss ich erst noch nachdenken – Das ist zu kurz – Ja, meinetwegen zehn Minuten!"

Elisabeth starrte ihn an. „Was ist?"

„Davison hat das Material bekommen."

„Gut."

„Es gab allerdings einen Personenschaden."

„Davon will ich nichts wissen."

„Er fordert das doppelte Honorar."

„Es ist mir egal, wieviel er bekommt."

„Dann werde ich zustimmen."

„Ja."

„Ich muss es ihm persönlich geben."

„Ja, ja."

Sie warteten schweigend, ohne einander anzusehen, auf den zweiten Anruf.

Nachdem Leicester geklärt hatte, wie, wo und wann er den Geldkoffer überbringen würde, legte er aufatmend den Apparat auf den Tisch. Elisabeth griff danach und tippte eine Nummer.

„Ich werde Burleigh sagen, er soll den inneren Zaun öffnen."

Leicester nickte: „Das ist gut. Sie soll spüren, wie weit deine Macht reicht."

Er stand auf und ging zur Toilette. Zuzuhören, wie Elisabeth den obersten Staatsanwalt bezirzte, wäre ihm unangenehm gewesen.

Kapitel 23

Leicester schob die hohe Flügeltür auf und betrat die Terrasse von Fotheringhay Castle. Was für ein schöner Tag, dachte er. Zwar standen die Terrassenmöbel schon zusammengeklappt in einer Ecke, aber heute, an diesem strahlend schönen, milden Herbsttag, hätte man es sich, vielleicht nachmittags zum Tee, hier durchaus gemütlich machen können. Ein wenig Gebäck, das leise Klirren von Kandiszucker in den Tassen, sanftes Rauschen des Herbstwindes und ab und zu ein gelbes oder rötliches Blatt, das vom Baum herabtrudelt. Dazu angenehme Gesellschaft, verhaltenes Lachen, dezente Scherze, dann ein Spaziergang im Rosengarten. Dort waren noch zahlreiche Blüten zu sehen.

Erstaunlich, wie hartnäckig Rosen sein können. Sie sind pflegebedürftig, empfindlich und nehmen falsche Behandlung übel. Aber dem Wind und dem

Regen trotzen sie und sparen nicht mit Knospen und Blüten, sobald sie die Sonnenstrahlen spüren.

Es gibt auch solche Menschen, na ja, man denkt sofort an Frauen. Kommen den Frauen, wenn sie an Männer denken, auch manchmal Blumen in den Sinn? Wenn ich an Mary denke, fällt mir eine Rose ein. Elisabeth? Eine Dahlie. Und ich? Diesen Gedanken weiterzuverfolgen lohnte sich nicht.

Leicester lehnte sich gegen die steinerne Brüstung und spähte über den Rosengarten hinweg zu der Stelle auf der großen Wiese, wo der Zaun geöffnet worden war. Dort hinten gingen Mary und Kennedy nebeneinander her, zielstrebig hinaus in den erweiterten Garten. Natürlich, das würde sie sich nicht nehmen lassen, sie liebte die Freiheit, auch wenn sie inzwischen etwas anderes darunter verstand als früher. In diesen wilden Zeiten, als sie ungestüm an sich riss, was sie begehrte. Damals hatte ich keine Chance. Was heißt damals? So lange ist es nicht her. Einige Jahre. Trotzdem sind wir andere Menschen geworden. Sie bedächtiger. Ich vielleicht ein kleines bisschen ungestümer.

Mit einem selbstgefälligen Lächeln auf den Lippen stieg Leicester die Steinstufen in den Garten hinab. Er wollte die beiden einholen, bevor sie ganz aus seinem Blickfeld verschwunden waren. Natürlich konnten sie ihm nicht verlorengehen, die Mauern des Schlossgartens waren die äußerste Grenze ihrer Bewegungsfreiheit. Aber der Garten war weitläufig. Rund herum, jenseits der Mauer, standen Paulets Posten. Burleigh scheute keinen Aufwand, um Elisabeth zu zeigen, dass er der Herr der englischen Polizei war.

So viel sichtbaren Einfluss hatte Leicester ihr nie bieten können. Seine Domäne war das Agieren im Schattenreich wirtschaftlicher Interessen. Vielleicht erklärte das ja seinen Misserfolg bei diesen mächtigen Frauen? Er arbeitete diskret, zog unsichtbare Fäden und hoffte, dass die angestrebten Veränderungen im Unternehmen, auf dem Markt oder bei Mitbewerbern ohne großes Aufsehen vonstatten gingen.

Das Verhältnis zwischen Mann und Frau funktionierte offenbar archaischer. Ein Liebhaber muss deutliche Zeichen setzen, sonst wird er übersehen. So wie Darnley damals. Mein Gott, dem sah man doch schon aus zehn Metern Entfernung an, dass er ein Windhund war! Aber Mary hatte sich an ihn rangeschmissen, als handle es sich um Alexander den Großen. Und dann, nach einem Taumel aus Leidenschaft und Gewalt, die Enttäuschung und das bittere, blutige Ende, ausgebrannte Gefühle und Verzweiflung. Wer hat sie damals aufgerichtet? Ich natürlich. Bis dieser wahnsinnige Bothwell kam, der mit unfairen Mitteln kämpfte, indem er ihr mit zweifelhaften Riten diesen Aberglauben einimpfte, dem sie noch immer anhing.

Damals hatte Elisabeth ihm zugeredet, Mary zu heiraten. Wenig später war sie froh, ihn als Berater bei sich aufnehmen zu können. „Du hast recht,

Robert", hatte sie zu ihm gesagt. „Wir sind rationale Menschen, unsere Leidenschaften sind zivilisierter. Aber darum nicht weniger wahr." Dazu ein vielversprechendes Lächeln und dann die Mühen des Alltags: Ihr zu raten, ohne dass sie sich bevormundet fühlte, ihr zu schmeicheln, ohne dass sie ihn als zudringlich empfand. Bei Mary war ich ein schlechter Herr, bei Elisabeth ein schlechter Diener. Und dennoch darf ich mich glücklich schätzen, diesen beiden außergewöhnlichen Frauen so nahe sein zu dürfen. Und nun muss ich die eine vor der anderen retten.

Er beschleunigte seine Schritte. Mary und Kennedy waren aus seinem Blickfeld verschwunden. Da drüben. Aber sie waren ja schon am Eichenwald angelangt. Wie war es ihnen gelungen, die große Wiese so schnell zu überqueren? Dort hinten kam bald die Mauer, mal sehen, wie weit sie gehen. Nur keine Eile, du wirst sie schon noch zu fassen kriegen.

An der Mauer angekommen, hörte er ihre Stimmen weiter links. Er ging weiter und fand sie vor einer Tür stehend. Ein seltsamer Anblick, offenbar versperrte Kennedy Mary den Weg.

„Nein!" sagte sie. „Ich rate dir, es nicht zu tun. Du wirst es bereuen."

Mary lachte. „Lass mich doch erst mal probieren, ob die Tür überhaupt aufgeschlossen ist."

„Ist sie nicht!" behauptete Kennedy.

„Aber warum stehst du dann davor? Wenn sie zu ist, besteht doch keine Gefahr."

„Du sollst es gar nicht erst versuchen."

„Wollen wir den ganzen schönen Tag damit zubringen, uns hier über die Tür zu streiten, Hanna? Jetzt geh beiseite."

„Nein."

„Geh beiseite!" rief Mary.

Kennedy gab die Tür frei. Es war eine uralte Holztür, durch die man aus dem Garten in das Freigehege jenseits der Mauer gelangen konnte. Mary fasste nach der rostigen Klinke.

„Sie geht auf!" stellte sie überrascht fest.

„Und wenn schon", sagte Kennedy mürrisch. „Auf der anderen Seite stehen die Polizisten und führen dich zurück, und aus ist es mit dem schönen Spaziergang und all den überschwenglichen Freiheitsgefühlen."

„Ich sehe keine Posten, Hanna."

„Da sind genug Bäume, hinter denen man sich verstecken kann."

„Sollen Sie sich doch verstecken. Solange ich sie nicht sehe, ist es mir egal."

„O schöner Schein!"

„Du bist eine Nörglerin und eine Spielverderberin, Hanna. Nanu? Sieh mal, wer da kommt."

„Robert Leicester", sagte Hanna eingeschnappt. „Ich hab doch gleich gesagt, dass ich ihn oben auf der Terrasse gesehen habe."

„Ich hab ihn auch gesehen", sagte Mary. „Und es als ein gutes Zeichen aufgefasst. Und siehe da, es hat sich bestätigt."

„Warum lauft ihr mir denn davon?“ fragte Leicester, als er vor ihnen stand.

Mary schaute ihn fröhlich lächelnd an. Sie trug Wanderschuhe und über einem Rollkragenpulli eine Barbour-Jacke, dazu eine Baseball-Mütze.

„Sie ist kaum zu bremsen“, sagte Kennedy missmutig. „Als sie die Lücke im Zaun gesehen hat, ist sie losgerannt wie ein …“ Sie suchte nach Worten.

„Junges Fohlen?“ schlug Mary vor.

„Und störrisch wie ein Esel“, ergänzte Kennedy.

„Was meinst du, Robert …“, Mary deutete auf die Tür, „… soll ich durch diese Tür gehen oder nicht. Darf ich?“

„Wenn sie geöffnet ist, trifft dich keine Schuld, wenn du hindurchgehst“, sagte Leicester.

„Das ist noch die Frage“, meinte Kennedy.

Mary sah sie triumphierend an. „Siehst du. Eine Aufmunterung aus berufenem Mund, du solltest dir ein Beispiel an ihm nehmen.“

Hanna schwieg verärgert.

„Also gehen wir in den Wald“, entschied Mary und duckte sich, um durch die niedrige Türöffnung hindurchzuschlüpfen.

Leicester nickte Hanna auffordernd zu. Sie zuckte mit den Schultern und folgte. Leicester kam hinterher und ließ die Tür hinter sich offen stehen.

Das Gehege bestand aus einem lichten Wald, dessen Boden mit hohem welkem Gras bedeckt war. Die Herbstsonne ließ die halb verfärbten Blätter leuchten.

Mary war nicht zu halten. Sie lief voran, breitete die Arme aus, drehte sich um und winkte.

Leicester winkte zurück.

„Da hilft kein Zureden mehr“, sagte Kennedy.

„Lassen Sie sie nur, es ist ganz ungefährlich.“

„Wir sind immer noch auf englischem Boden, noch dazu auf dem Anwesen von Elisabeth Westminster. Das nenne ich nicht ungefährlich.“

„Ich habe mich für sie eingesetzt, um ihr ein bisschen Luft zu verschaffen“, behauptete Leicester.

„Dann sind wir Ihnen ja zu Dank verpflichtet“, sagte Kennedy wenig begeistert.

„Nicht nötig.“

Mary rannte eine Böschung hinauf und verschwand zwischen den Bäumen.

„Wo ist sie denn jetzt hin? Was macht sie denn da?“ rief Kennedy.

„Sie wird da vorne auf uns warten“, sagte er.

„Woher wollen Sie das wissen?“

Als sie die andere Seite der Anhebung hinuntergingen, sahen sie Mary am Ufer eines Teichs stehen.

„Na bitte“, stellte Leicester fest.

„Es wäre sehr unhöflich gewesen, noch weiter zu gehen.“

„Auch das hätte ich ihr verziehen, nach dieser langen Zeit hinter dem Zaun.“

„Ja, ja, die Guten verzeihen ihr, und sie verzeiht den Bösen.“

Sie erreichten den Rand des Teichs und gingen an trockenen Schilfhalmen entlang bis zu der Stelle, wo man die glatte Wasseroberfläche überblicken konnte.

Mary schaute ins Wasser. „Da sind doch sicher Fische drin."

„Ich denke schon", sagte Leicester.

„Im Reich der Fische", sagte Mary vor sich hin. „Groß ist es nicht. Aber die Fische da drinnen fühlen sich frei, oder?"

„Sie sind in ihrem Element", sagte Leicester.

„Es hängt vielleicht davon ab, wie viele da drin leben. Der Platz ist begrenzt."

„Freiheit hat auch mit Platz zu tun, ja. Es gehört wohl einiges dazu, sich frei fühlen zu können."

„Und doch ist es nur ein Gefühl, eine Illusion."

„Je nach dem."

„Ein Je-nach-dem-Gefühl."

Mary hob einen Stein auf und warf ihn ins Wasser. „Da. Habe ich jetzt ihre Freiheit beeinträchtigt oder ihr Gefühl?"

„Ein Karpfen, dem ein Stein auf den Kopf fällt, fühlt sich wahrscheinlich beeinträchtigt", sagte Leicester.

Mary blickte eine Weile schweigend auf das Wasser. Dann fragte sie: „Verdanke ich dir diesen kleinen Ausflug?"

„Nur indirekt. Es war Elisabeths Entscheidung."

„Wie freundlich von ihr."

„Was sie tut, tut sie nur mit Hintergedanken", hörten sie Kennedy hinter sich murmeln.

„Es ist ein Zeichen des guten Willens“, sagte Leicester. „Sie will eine entspannte Atmosphäre haben.“

Mary blickte ihn erschrocken an. „Dann ist sie jetzt hier?“

Leicester nickte.

„Mein Gott, aber ich bin nicht darauf vorbereitet.“

Hätte sie sich das nicht denken können?, dachte Leicester verärgert. War sie so selbstvergessen angesichts dieser kleinen Freiheit, dass sie daran nicht dachte?

„Deswegen bin ich ja hier“, sagte Leicester.

„Wenigstens ein Freund, den ich auf der Welt habe“, sagte Mary. Und fügte nach einem Seitenblick auf Kennedy hastig hinzu: „Neben einer aufopferungsvollen Freundin.“

„Du hast viele Freunde dort draußen“, sagte Leicester. „Aber das ist im Moment nicht so wichtig. Jetzt kommt es darauf an, Elisabeths Freundschaft zu gewinnen.“

„Ihre Freundschaft? Das wird mir schwerfallen.“

„Du musst einlenken.“

„Wie kann ich das tun?“

„Gib ihr das, was du ohnehin verloren hast. Gib es bereitwillig und ohne Forderungen zu stellen.“

Mary seufzte. „Und was?“

„Die Fusion mit Aurora muss stattfinden, sonst ist Westminster erledigt und damit auch Scots Media.“

„Ich soll mein Reich diesen Atheisten vom Kontinent in den Rachen werfen, die Aufklärung sagen und das Gegenteil meinen?"

„Es ist nichts weiter als eine wirtschaftliche Transaktion. Jetzt kannst du noch frei entscheiden, später wird dir diese Möglichkeit wahrscheinlich nicht mehr gegeben."

Mary lachte bitter. „Wenn ich erst in Ketten liege ..."

„Ich glaube nicht, dass es soweit kommt."

„Und dann stehe ich da, frei, aber beraubt?"

„Im Gefängnis wirst du keine Entscheidungsbefugnis mehr haben."

„Ja, eben. Und jetzt, ist das jetzt eine Entscheidung?"

„Natürlich."

„Und wenn ich nun handle, und die Wahrheit kommt doch noch ans Tageslicht? Wenn ich wieder frei sein werde? Dann habe ich alles verspielt."

„Dann kannst du guten Gewissens einen Neuanfang machen. Unbelastet, frei von Bindungen."

„Ich soll also eingestehen, dass sie gewonnen hat. Vor ihr im Staub kriechen, darauf läuft es doch hinaus."

„Du sollst dich nicht demütigen, sondern ihr entgegenkommen. Du weißt, welchen Einfluss sie auf Burleigh hat. Jeder Tag des Aufschubs ist ein Schritt in die Freiheit. Er entscheidet darüber."

Sie lachte abfällig. „Ist das nicht Heuchelei?"

„Es geht um deine Zukunft."

„Freiheit, ha! Die Fische in diesem Tümpel haben mehr Freiheit als ich. Und gerade noch fühlte ich mich beschwingt wie ein Vogel."

„Wenn du jetzt die richtige Entscheidung triffst, wirst du irgendwann, vielleicht sogar bald, wieder wirklich frei sein."

„Wirklich frei? Du weißt nicht, was du redest. Nach meiner Religion kommt diese Freiheit erst nach dem Tod."

„Du wirst im Leben frei sein."

Sie dachte eine Weile nach. „Vielleicht hast du recht, vielleicht sollte ich einfach alles loslassen und nach vorn blicken."

„So solltest du es sehen."

„Was für ein Schicksal!" Mary schüttelte den Kopf. „Dabei müsste ich eigentlich an ihrer Stelle sitzen und die Zukunft von Westminster bestimmen."

„Daran solltest du jetzt nicht denken."

Mary blickte nach oben. „Es heißt ‚frei wie ein Vogel im Himmel', aber nicht ‚frei wie ein Fisch im Wasser'. Wieso eigentlich? Die da oben können doch auch nur tun, was ihnen ihrem Wesen entsprechend vorherbestimmt ist."

„Aber sie wissen es nicht."

„Genau wie wir."

„Vielleicht ist es so."

„So betrachtet, ist Elisabeth kein bisschen freier als ich, auch wenn sie das glaubt. Was macht es also für einen Unterschied, ob ich einlenke oder nicht."

„Keinen“, sagte Leicester, ohne daran zu glauben.

„Na gut. Was soll ich also tun?“

Leicester atmete auf. „Ein Stück weiter dort drüben ist eine Schutzhütte.“

„Gehen wir also dorthin“, sagte Mary und hängte sich bei Leicester ein.

Kennedy folgte.

Kapitel 24

Es war eine schlichte Schutzhütte, aus groben Holzlatten gezimmert. Vor dem Eingang unter einem Vordach stand ein Tisch mit rohen Bänken und einem langen schmalen Tisch.

„Eine Raststätte für müde Wanderer", sagte Mary zu Leicester.

Sie war vorangeeilt und blieb nun stehen, drehte sich halb zu ihm um. Wie er hatte sie jenseits der kleinen Lichtung hinter den Nadelbäumen ein schwarz glänzendes Geländefahrzeug bemerkt. Wenn man genauer hinsah, waren noch mehr Autos zu erkennen.

„Was ist das da?" fragte Mary zögernd.

Leicester berührte leicht ihren Arm, um sie zum Weitergehen aufzufordern.

Inspektor Paulet und Sergeant Drury traten aus der Hütte und schauten sich um. Leicester bemerkte irritiert, dass sie Handschuhe trugen. Ihre Körperhaltung deutete Abwehrbereitschaft aus.

„So viel zum Thema Freiheit", sagte Kennedy und trat neben Mary.

Mary lachte. Leicester warf ihr einen überraschten Blick zu.

„Ja", sagte Mary fröhlich. „Wer wird hier bewacht? Sie oder ich? Wer sitzt da in der Zelle? Sie oder ich?" Sie breitete die Arme aus. „Es ist doch alles eins."

Leicester beugte sich zu ihr und sagte leise: „Vorsicht!"

Mary schüttelte seine Hand ab. „Ja, ja. Ich weiß, was du von mir erwartest."

„Es geht doch nicht um mich." Er warf Kennedy einen hilfesuchenden Blick zu.

„Natürlich nicht", sagte Mary sorglos. „Gehen wir also."

In diesem Moment trat Elisabeth aus der Schutzhütte und verschränkte die Arme vor der Brust. Sie trug die gleiche Jacke wie Mary, keine Jeans, sondern Kniebundhosen und Stiefel, dazu ein Beret.

Leicester spürte seinen Herzschlag. Womöglich bin ich der einzige, der aufgeregt ist, dachte er. Die Frau neben ihm schien nicht sonderlich berührt. Die andere blickte ihnen kühl entgegen. Er wusste es besser. Unter der kühlen Fassade brodelte es. Zwei menschliche Vulkane, dachte er, und nur eine dünne Schicht erkaltete Lava dazwischen.

Elisabeth ging einige Schritte auf sie zu. Paulet und Drury folgten ihr wie Roboter. Sie wandte sich zu ihnen um und sagte: „Sie dürfen mir gern etwas Luft lassen, meine Herren."

Die beiden Polizisten traten folgsam zwei Schritte zurück.

Mary und Leicester waren jetzt nahe genug gekommen, um sie ansprechen zu können. Leicester wusste nicht, wie genau er die Situation einleiten sollte. Mary nahm ihm die Entscheidung ab.

„Guten Tag", sagte sie, und es klang ganz normal.

Elisabeth blickte sie kühl an. „Was für ein Zufall."

„Natürlich nicht", sagte Mary und blieb stehen. „Ich danke dir, dass du mir diese kleine Freiheit eingeräumt hast. Ich nehme an, das Privileg ist nur von kurzer Dauer."

„Es liegt nicht an mir, sondern an Burleigh, das weißt du", sagte Elisabeth kalt.

„Ja, natürlich."

„Im übrigen hast du darum gebeten. Und um ein Gespräch."

„Dieses Zusammentreffen liegt in deinem und meinem Interesse, Elisabeth."

„Ich habe alle Zeit der Welt. Fang an!"

„Ich nicht, das ist wohl wahr." Mary schaute zu Boden. Sie schien zu überlegen.

„Wie ich hörte", begann sie dann zögernd, „stehst du in Verhandlungen mit diesen Franzosen ..."

Elisabeth sah schweigend an ihrer Schwester vorbei. Leicester bemerkte, wie Mary tief Luft holte.

„Es scheint, als ob es unserem Unternehmen gut täte, eine Fusion anzustreben“, fuhr Mary fort. „Mir fehlen natürlich die nötigen Unterlagen, aber nach allem, was ich hörte ... soweit ich es überblicken kann, ist die Angelegenheit dringlich.“

„Die Franzosen drängen“, sagte Elisabeth.

„Es ist immer gut, wenn man in der Position ist, nachgeben zu können.“ Mary lächelte, wehmütig, wie es Leicester schien.

„Besser ist, man greift zu.“

„Das war immer deine Philosophie. In meiner Situation bleibt mir nichts als nachzugeben.“

„Es geht darum, unser Erbe zu sichern.“

„Was hätte Vater getan?“

„Lass ihn doch aus dem Spiel. Mit ihm wäre alles ganz anders.“

„Natürlich. Sprechen wir von uns, du weißt, was mir Bauchschmerzen bereitet.“

„Die Macht zu teilen tut immer weh.“

„Die Botschaft ist mir das Wichtigste, nicht die Macht. Es schmerzt mich natürlich, dass ich den Einfluss auf die Inhalte meines Unternehmens verlieren soll.“

Elisabeths Ton wurde schärfer: „Es steht dir doch gar nicht mehr zu, die Moralistin zu spielen, Mary!“

„Du hast recht. Trotzdem darfst du mir glauben, dass meine Botschaft mir wichtig ist.“

„Es ist nicht gut für ein Medienunternehmen, wenn es nur einer einzigen Botschaft dient. Ohne Pluralität driftet man ins Abseits, landet im Ghetto.

Es ist absehbar, dass Scots Media genau dies passieren wird."

„Ich habe das Gegenteil bewiesen, wir haben expandiert. Mit unserer Botschaft!"

„Ein zufälliges kurzes Aufflackern. Es gibt keinen Grund, davon auszugehen, dass dies von Dauer ist."

„Wäre es nicht möglich, die Franzosen davon zu überzeugen, dass genau das Gegenteil der Fall ist? Wenn sie bereit wären, die Botschaft zu tolerieren, würde es mir leichter fallen, meine Anteile abzutreten."

„Scots Media hat seit deinem Weggang eine Wandlung durchgemacht. Es ist schon nicht mehr so, wie du glaubst. Von den Inhalten, die du deinen Sendern und Zeitungen verordnet hast, ist kaum noch etwas geblieben. Nur so viel, die ‚Gläubigen' bei der Stange zu halten." Das Wort ‚Gläubige' sprach Elisabeth sehr abfällig aus.

„Du solltest nicht so hochmütig über Menschen urteilen, die diesem Dasein mehr Sinn abgewinnen als du."

„Hochmütig klingst du jetzt", entgegnete Elisabeth scharf. „In deiner Situation kannst du dir das nicht leisten. Nichts kannst du dir leisten, du musst einlenken, du musst abtreten. Jetzt kannst du es noch erhobenen Hauptes tun. Dein Wille geschehe!" Sie lachte sarkastisch. „Warte noch einen Tag länger, und alles wird dir aus der Hand genommen."

„Ich habe alle Zeit der Welt, denn alles wird so kommen, wie es kommen muss."

„Letzten Endes wird es so kommen, wie ich es will.“

„Ihr solltet euch einig werden“, warf Leicester ein. „Es liegt in euer beider Interesse.“

„Was meint sie damit, es wird letztlich so kommen, wie sie es will?“ Mary schaute Leicester fragend an, er zuckte mit den Schultern.

„Deine ganzen heimlichen Intrigen sind im Sand verlaufen, Mary“, sagte Elisabeth abfällig. „Du kannst gar nicht mehr anders, als mir die Geschicke des Unternehmens anzuvertrauen.“

„Wieso? Was soll das heißen?“ Mary war blass geworden.

„Das ist doch alles bekannt“, versuchte Leicester zu beschwichtigen.

„Sie spielt auf etwas an! Wie kann ich denn handeln, wenn ich das Gefühl habe, meine Gegnerin hält eine wichtige Information zurück?“

„Da ist nichts“, sagte Leicester hilflos.

Elisabeth senkte die Stimme: „Du willst es wissen?“ Sie waren während des Gesprächs einige Meter weit von der Hütte weggegangen. Die beiden Polizisten waren dort stehengeblieben, vielleicht aus Diskretion, vielleicht, weil sie von dort aus die Umgebung gut überblicken konnten.

„Hör auf mit diesen Andeutungen“, rief Mary, „rede endlich!“

Elisabeth lachte. „Ich weiß, dass du deine Leute losgeschickt hast, mit angeblichen Beweismitteln. Du glaubst immer noch, dass du den Lauf der Dinge beeinflussen kannst mit manipulierten Zeugen und angeblichen Geständnissen und Behauptungen über Fälschungen von Beweismaterial. Aber da ist nichts mehr!"

Leicester trat zu Elisabeth, streckte die Hand aus, um sie auf ihren Arm zu legen, aber sie dreht sich fort. „Lass doch diese Einzelheiten", sagte er. „Das bringt uns jetzt doch nicht weiter."

„Sie bringt es nicht weiter! Diese Uneinsichtige glaubt immer noch, sie könne verhandeln. Was für eine idiotische Idee! Ich habe alle Fäden in der Hand, ich entscheide über die Zukunft von Westminster und Scots, ich entscheide über ihre Zukunft."

„Elisabeth!" Leicester blickte sie erschrocken an. Dann schaute er zu Mary, die wie erstarrt dastand, bleich und heftig atmend.

„Lass sie doch", stieß sie mühsam hervor. „Es muss wohl aus ihr raus, das ganze Gift, das sich in ihr gesammelt hat. Sie muss es verspritzen. Gut so! Jetzt weiß ich also, woran ich bin. Das Treffen hier ist eine Farce. Geht's darum, die Sache sauber über die Bühne zu bringen? Ist das der Grund für ihre Großzügigkeit? Oder was soll das hier? Will sie mich erniedrigen, ist das der Zweck dieser Übung? Soll ich gleich unterschreiben? Alles abtreten, für immer? Soll ich auf die Knie gehen und ihr die Stiefel küssen? Hat sie deshalb diese Dinger da an?" Mary deutete auf Elisabeths Schuhe. „Und du, Leicester, spielst ihren Folterknecht? Ich dachte, du meinst es ehrlich mit mir. Ich habe ja gar nicht viel erwartet. Ich weiß doch, dass du ihr nahestehst. Aber ich dachte, um der alten Zeiten willen möchtest du mir helfen, wenigstens vermitteln. Aber du stehst da und duldest, dass diese Diebin mich erniedrigt, mich erpresst, mir ins Gesicht sagt, dass sie alles tun will, um mich endgültig auszuschalten. Diese Diebin, die sich alles nur erschlichen hat!"

„Mary, lass doch …", versuchte Kennedy sich einzumischen.

„Halt den Mund, Hanna! Merkst du nicht, was hier geschieht? Der da …", sie zeigte auf Leicester, „… hat mich hier hingeführt wie ein Schaf zur Schlachtbank. Und sie da …", ihr Finger deutete Elisabeth ins Gesicht, „… glaubt, sie hat mir schon das Fell abgezogen und als Trophäe an die Wand genagelt. Merkst du das nicht, Hanna? Wir haben doch gehört, was passiert ist. Gedungene Mörder sind unterwegs! Was glaubst du, was sie da eben angedeutet hat, hm? Sie hat sich auf allen Ebenen abgesichert. Den Staatsanwalt hat sie in der Hand. Aber um auf Nummer sicher zu gehen, holt sie sich Helfer aus der Unterwelt und schickt sie los …"

Elisabeth starrte Leicester an. Ihre Lippen bewegten sich tonlos. „Woher weiß sie?" schien sie zu fragen.

Leicester wich ihrem Blick aus, sah zu Boden.

„Und warum das alles?" Mary wurde noch lauter. „Weil sie genau weiß, dass sie auf dünnem Eis steht. Seit sie Westminster übernommen hat, hat sie Angst, sie könnte alles wieder an mich verlieren. Machen wir doch mal einen Test, Lissy! Versuchen wir doch mal herauszufinden, was die Gene sagen. Na? Was wird wohl dabei rauskommen? Der alte Jack Westminster war ein Draufgänger, das wissen wir alle, ja. Aber wir beide, Elisabeth, wir wissen auch, dass unsere Mutter sich für seine Treulosigkeit gerächt hat. Glotz nicht so scheinheilig, Lissy, du weißt es ebenso wie ich. Das Erbe, das du dir angeeignet hast als angebliche Tochter von Jacob Westminster, steht dir nicht zu. Wenn jemand das Recht hat, über die Zukunft der Firma zu entscheiden, dann bin ich das! Ich bin seine Tochter, nicht du!"

Elisabeths Gesichtszüge hatten sich verzerrt. Sie trat zwei Schritte auf Mary zu, und einen Moment lang sah es so aus, als wollte sie ausholen, um sie ins Gesicht zu schlagen, dann sank die Hand wieder herab, und sie sagte mit leiser, aber deutlicher Stimme: „Du willst mir etwas streitig machen? Du sprichst über Treue und Moral? Du scheinheilige Bestie! Du mit deiner verlogenen Glaubensbotschaft. Hast's mit jedem getrieben, der in deine Reichweite gekommen ist, und willst jetzt schlecht über unseren Vater sprechen?"

„Meinen Vater!"

„Deinen? Zu Lebzeiten hast du dich jedenfalls nicht um ihn gekümmert. Ich war es, die ihn gepflegt hat, während du an der Côte d'Azur oder in der Karibik sein Geld verschleudert hast. All diesen ganzen nichtsnutzigen Schmarotzern hast du es vorn und hinten reingestopft, damit sie dir zu Diensten sind. Und dann kommst du zurück und faselst von Läuterung und Gottesglauben. Erst schmeißt du dich diesen Schmarotzern in die Arme, und jetzt muss es Jesus sein. Aber deinen Vater, der nach dir gefragt hat, den hast du sterben lassen, ohne dich zu kümmern. Und dann kommst du an und willst mir alles streitig machen. Erst hat du dich wie ein goldenes Kalb bespringen lassen, und jetzt spielst du die heilige Johanna. Das ist ekelhaft."

Mary blickte ihre Schwester amüsiert an. „Bist du denn besser, Lissy? Bezirzt hast du meinen Vater, damit er dir das unrechtmäßige Erbe überlässt. Wer weiß, wie du es angestellt hast. Aber wenn es vor Gericht käme, würdest du alles wieder verlieren. Deshalb werde ich dort in deinem Privatgefängnis festgehalten, weil du verhindern musst, dass ich damit anfange, dir deine Legitimität abzusprechen."

In Elisabeths Blick war nichts mehr als kalter Hass: „Das sind doch Wunschträume, das ist ja lächerlich. Du bist die Angeklagte, du bist die Schuldige! Es dauert nicht mehr lange, und du hast jede Legitimität für immer verloren. Warum soll ich mir Sorgen machen?"

„Sorgen wirst du dir deinen Lebtag machen müssen, Lissy. Denn du lebst ein Leben, dass dir nicht zusteht. Und keine Gefängnismauer kann so dick sein, dass ich nicht durch sie hindurch oder über sie hinweg meine Wahrheit in die Welt schreie. Und selbst wenn meine eigene Stimme zu schwach sein sollte, es gibt Tausende, die die Botschaft weiterverbreiten werden. Sie werden keine Ruhe geben, das verspreche ich dir, und ich auch nicht."

Die beiden Frauen starrten sich schweigend an, Mary überlegen lächelnd, Elisabeth ausdruckslos, Mary mit in die Hüften gestemmten Händen, Elisabeths Arme herabhängend. Wie auf ein Kommando steckten sie beide nun die Hände in ihre Jackentaschen. Elisabeth drehte sich wortlos um und stapfte über den laubbedeckten Boden zur Hütte zurück, vorbei an Paulet und Drury in Richtung Nadelwald. Die beiden Polizisten setzten sich in Bewegung und kamen auf Mary, Leicester und Kennedy zu.

Mary drehte ihrer Widersacherin den Rücken zu und ließ ihren Blick hochmütig über die Lichtung schweifen.

Leicester war wie vom Donner gerührt. Er schaute Kennedy an, ihr Gesichtszüge drückten pure Verzweiflung aus.

„So", sagte Paulet im Kommandoton, als die beiden Polizisten vor ihnen standen. „Und jetzt wollen wir mal ohne Umwege zurückgehen. Höchste Eisenbahn."

„Ich möchte noch ein paar Schritte durch den Wald ..." sagte Mary.

Paulet trat ihr in den Weg. „Nein! Schon gar nicht in diese Richtung. Drüben im Dorf ist die Hölle los. Wenn wir gewusst hätten, was sich da zusammenbraut, hätten wir diesem Treffen hier niemals zugestimmt."

„Was ist denn?“ wollte Leicester wissen. Sein Chauffeur hatte ihn um das Dorf herumgefahren, nachdem er aus dem Radio erfahren hatte, dass es dort Schwierigkeiten mit dem Verkehr geben könnte.

Paulet deutete auf Mary, die trotzig weiterging, allerdings in die Richtung, die Paulet ihr angewiesen hatte. „Ihre Leute, diese Sekte, hat Tausende zusammengetrommelt. Es soll ein Demonstrationszug vom Dorf zur Burg ...“ Er schaute auf die Uhr. „Ist schon längst soweit. Die rücken uns bald auf die Pelle. Ich muss Mrs. Stuart schnellstens zurückbringen. Es war sowieso der reine Wahnsinn, dass wir sie aus dem Garten rausgelassen haben. Aber versteh mal einer die Staatsanwälte. Einen Tag machen sie dir die Hölle heiß, weil sie glauben, eine kleine Sicherheitslücke im Käfig entdeckt zu haben, den anderen Tag ordnen sie an, das Vögelchen ein Stück weit fliegen zu lassen, weil es angeblich von allein wieder zurückkommt. Können Sie sich einen Reim darauf machen?“

„Das interessiert mich nicht“, sagte Leicester.

„Das Ergebnis ist ein höllisches Durcheinander“, fuhr Paulet fort. „Ich weiß zum Beispiel noch nicht einmal, ob ich Sie wieder mit dorthin zurücknehmen darf oder nicht.“

Sergeant Drury deutete auf Mary, die jetzt zusammen mit Kennedy ihre Schritte beschleunigte. „Wenn wir noch länger hier stehen bleiben, zwitschert uns das Vögelchen davon.“

„Dann lauf doch endlich hinterher, du Trottel!" fuhr Paulet ihn an.

„Sergeant, nicht Trottel, Inspektor." Er salutierte, brüllte: „Jawohl, mein Führer, zu Befehl!", und rannte hinter den beiden Frauen her.

Kapitel 25

Leicester blickte nervös auf die Uhr. Die Zeit wurde knapp. Wenn das stimmte, was Paulet gesagt hatte, würde es ziemlich schwierig werden, den Plan durchzuführen. Wie hatte er auch auf diese absurde Idee kommen können, Davison hier bei Fotheringhay zu treffen? Ein alter Reflex musste ihn dazu getrieben haben: Lege deine Termine zusammen, vermeide zu viele Ortswechsel, halte die Wege kurz. Diese Prinzipien konnten sich jetzt kontraproduktiv auswirken. Aber wie hätte er auch ahnen können, dass Mary ihre Anhänger ausgerechnet am heutigen Tag zu sich rufen würde? Erstaunlich, dass sie tatsächlich kommen, dachte er. Und dann: Du bist ja auch gekommen! Aber welche der beiden hat dich eigentlich gerufen?

Er ging schneller und erreichte Mary und Kennedy.

„Lass es gut sein, Hanna“, sagte Mary.

„Nein, das kann ich nicht. Du gräbst dir dein eigenes Grab, und ich soll dabei zusehen."

„Jetzt ist es zu spät, um zu lamentieren."

„Ja, zu spät ist es. Nun wird sie alles bekommen, was sie haben will."

„Abwarten."

„Abwarten? Hast du nicht gehört, was sie gesagt hat? Sie wird alle Zeugen und Beweise zu deinen Gunsten vernichten."

„Ich gebe trotzdem die Hoffnung nicht auf."

„Sehr bald wirst du in einer Zelle sitzen und das große W von Westminster wird auf einem kleinen Bildschirm erscheinen, und jeden Tag wirst du so aufs neue mit ihrem Triumph konfrontiert. Und du wirst nichts mehr dagegen tun können."

„Bis dahin ist noch eine Weile Zeit."

„In der es nichts zu tun gibt."

„Doch, eine ganze Menge. Vergiss nicht, dass Tausende hinter mir stehen. Sie werden mir helfen. Sie kommen schon, hör doch nur!"

Mary blieb stehen und hielt Kennedy fest. Sie horchten. Tatsächlich trug der Wind undeutlich Stimmen über den Garten hinweg. Nach besonders viel Hoffnung klang dies in Leicesters Ohren allerdings nicht.

„Los, weiter, weiter, ins Haus!" kommandierte Paulet.

„Was glaubst du, warum sie es so eilig haben?" sagte Mary zu Kennedy und deutete dabei auf die beiden Polizisten.

„Das sind doch Illusionen, Mary, merkst du das denn nicht?“

„Spielt das eine Rolle? Illusionen werden Wirklichkeit, das haben wir so oft erlebt. Träume werden wahr.“

„Ich kann nicht mehr träumen.“ Kennedy versuchte, ein Schluchzen zu unterdrücken, doch dann brach es aus ihr hervor. Sie fing an zu weinen. Mary legte den Arm um sie und zog sie an sich.

Leicester schaute die beiden verwirrt an. Kennedy weinte? Diese halsstarrige prinzipienfeste Person, die sich ein halbes Leben lang allen in den Weg gestellt hatte, die Mary Böses wollten? Der herrische mütterliche Schutzengel brach zusammen? Das war ein schlechtes Zeichen.

Aber Mary schien es nicht so zu sehen. Sie stand aufrecht da, strich ihrer schluchzenden Freundin übers Haar und blickte stolz und unbeirrt – ja, wohin? Zu ihm. Es gelang ihm nur kurz, diesem Blick standzuhalten, er sah weg, dann wieder hin. Sie fixierte ihn und sagte: „Ich verlange von meinen Freunden, dass sie alles tun, um mich zu retten.“

In Paulets Funkgerät meldete sich eine verzerrte Stimme. Er antwortete knapp und sagte unwirsch: „Weiter jetzt, los! Da draußen ballt sich was zusammen. Wir gehen rein.“ Und an Drury gewandt: „Die Türen verrammeln, Fensterläden zu.“

Leicester sah wieder auf die Uhr. „Ja, also ...“

„Komm doch noch mit rein“, forderte Mary ihn auf.

„Nein, das geht nicht, ich muss noch ...“

„Einen Termin wahrnehmen?“ fragte sie spöttisch. „In Fotheringhay?“

„Nun ...“

„Mit ihr?“

„Nein, sie ist doch schon fort.“

Mary lächelte Kennedy an, die sich wieder beruhigt hatte. „Wäre es nicht ungeheuer ironisch, wenn er ausgerechnet in diesem kleinen Dorf da drüben eine Geliebte hätte?“

„Mary, jetzt redest du Unsinn.“

„Ja, ich fange an, Unsinn zu reden.“

Paulet breitete die Arme aus und rief: „Genug jetzt! Rein da.“ Er deutete über den Rosengarten hinweg zur Terrasse hin. Mary deutete auf den Gummiknüppel an seinem Gürtel. „Würden Sie den in die Hand nehmen, um uns zu zwingen?“

„Mary!“

„Ist ja schon gut, Hanna. Diese Frage beschäftigt mich, seit wir hier sind.“

Paulet klimperte mit den Handschellen an seinem Gürtel. „Ich würde zunächst einmal diese Armreifen hier zur Anwendung bringen.“

Mary sah ihn schelmisch an. „Ich kannte einige Männer, die gern mit diesen Dingern gespielt haben.“

Kennedy zog sie mit sich fort, Paulet ging kopfschüttelnd hinterdrein.

Leicester lief einige Schritte mit Paulet zusammen, deutete auf den Weg rechts der Terrasse und fragte: „Komme ich dort drüben auch raus?“

„Wenn Sie Ihren Passierschein noch haben."
„Ja."
„Nur zu."
Leicester holte die beiden Frauen ein und murmelte einige Abschiedsfloskeln.
Mary blieb stehen: „Auf Wiedersehen, mein Freund. Wenn du sie siehst, sage ihr ... nein, sage ihr nichts. Es ist alles gesagt. Sie weiß jetzt, dass ich nicht aufgeben werde."
Als Leicester über den Kiesweg zur Absperrung hineilte, sah er das Schreckensbild einer wogenden Menschenmenge vor sich, in deren Mitte sein Wagen stand und darin der Koffer mit dem Geld.
Genau so war es auch.
Die Posten hatten Verstärkung bekommen. Uniformierte standen in einer Reihe vor dem Sperrzaun, aber es sah nicht so aus, als wären es genug für den Fall, dass die Menge sich entschließen sollte, die Burg zu stürmen.
Ich muss hier weg, dachte Leicester. Aber wohin? Davison hatte erklärt, dass er sich melden würde, sobald er da war. Leicester blieb nichts anderes übrig als zu warten. Aber hier vor der Burg, wo die Posten ihn beobachten konnten, wo die Demonstranten ihm neugierige Blicke zuwarfen, weil sie erkannten, dass er nicht zu ihnen gehörte, und wo jemand ihn erkennen konnte und sich vielleicht fragte, was er hier tat.
Da! Der da zum Beispiel. Wie kam der denn hierher? Ja, natürlich, er hatte ja mit dem Fall zu tun.

Wie hieß er noch? Scila, Inspektor. Aber was macht der hier draußen? Ist er auf dem Weg in die Burg? Sieht nicht so aus, eher scheint er jemanden zu suchen. Sucht er mich? Nein, dann würde er nicht jeden der Demonstranten so genau mustern. Sieht aus wie ein Getriebener, dieser Inspektor. Aber sind wir das nicht alle in dieser Geschichte, vom Schicksal getriebene, von Leidenschaften und billigen Interessen? Jeder hat andere Motive, auch widerstreitende. Aus dem Inspektor wurde man auch nicht schlau. Er hat doch diese Frau bei sich gehabt, wo ist die denn jetzt? Sucht er sie?

Leicester kam an seinem Jaguar an, zog die Fahrertür auf und spürte wieder diese neugierigen Blicke. Sein Handy klingelte. Er ließ sich auf den Sitz fallen, zog die Tür zu, verriegelte sie und zog das Telefon aus dem Jackett.

Es war Davison, na endlich!

„Was heißt hier na endlich? Ich bin pünktlich. Aber wissen Sie überhaupt, was hier los ist? Ich dachte, wir treffen uns an einem ruhigen Ort."

„Das konnte doch niemand wissen."

„Natürlich kann man wissen, ob Tausende von Irren in einen Ort in Mittelengland einfallen. Die müssen ja wohl einen Grund haben."

„Ja. Trotzdem ... jetzt sind wir nun mal hier."

„Sie wollen es also durchziehen?"

„Natürlich."

„Meinetwegen. Wo sind Sie denn jetzt?"

„Vor der Burg."

„Dann denken Sie mal bloß nicht, dass ich da hochkomme."

„Denke ich gar nicht."

„Ist auch besser so. Passen Sie auf. Ich bin hier in der Telefonzelle am Marktplatz, aber da können wir das nicht erledigen. Trotzdem kommen Sie hier runter. Neben der Telefonzelle steht ein blauer Lieferwagen, da sitze ich drin. Was fahren Sie?

„Einen schwarzen Jaguar."

„Hätt ich mir denken können. Okay, wenn ich Sie sehe, fahre ich los. Sie folgen mir, ich geb dann ein Zeichen, wenn wir alles abwickeln können. Sie bleiben in jedem Fall im Wagen sitzen."

„Können wir das nicht per Handy regeln?"

„Sind Sie wahnsinnig?"

„Ist ja schon gut."

„Sichtkontakt geht klar. Also fahren Sie los!"

Leicester startete den Motor. Langsam schob sich der Jaguar durch die Menschenmenge. Da steht ja auch wieder dieser Scila, er winkt. Scheiße, den kann ich jetzt nicht gebrauchen. Kommt auf mich zu. Ignorieren, jetzt links rüber und dann im großen Bogen rechts herum auf die Straße, die ins Dorf führt.

Im Rückspiegel sah Leicester, wie Scila einige Schritte hinter ihm herlief und dann stoppte, umdrehte und zu einem kleinen Wagen rannte. Der will doch nicht hinter mir her? Doch, will er. Gottverdammt, wie kann ein Mann nur so lästig sein.

Leicester gab Gas, aber es war kaum möglich zu beschleunigen, da ihm auf der schmalen Landstraße noch immer Demonstranten entgegenkamen, in kleineren Grüppchen nur, aber man musste höllisch aufpassen, niemanden umzufahren, denn sie gebärdeten sich, als gehöre die Straße ihnen.

Im Rückspiegel sah er Scilas Marina. Er kam auch nicht schneller voran. Aber dennoch, mit dem Inspektor im Nacken konnte aus dem Treffen mit Davison nichts werden.

Von rechts, teilweise verdeckt durch einen bewachsenen Hügel, mündete ein Feldweg auf die Straße. Einige Demonstranten überquerten dicht vor ihm die Fahrbahn. Er musste bremsen. Mehrere Autos rollten heran, drei schwarzglänzende Geländefahrzeuge. Elisabeth und ihre Begleiter! Leicester fluchte und bremste. Der kleine Konvoi bog vor ihm auf die Landstraße und fuhr ebenfalls Richtung Dorf. Na großartig, und dieser dämliche Davison war nicht zu erreichen. Wie sollte denn die Übergabe diskret stattfinden, wenn alle Beteiligten sich ein auffälliges Stelldichein in diesem verschlafenen Nest dort drüben gaben?

Es hupte hinter ihm. Der Marina. Was nun?

Leicester dreht sich um und spähte durch die Heckscheibe. Die Tür des Marina ging auf und Scila stieg aus. Leicester wartete, bis er auf halbem Weg herangekommen war, dann gab er Gas und fuhr davon.

Hinter ihm blieb Scila in einer Staubwolke stehen.

Elisabeths Konvoi war schnell gefahren, aber Leicester holte sie am Ortseingang ein. Hier waren kaum noch Demonstranten zu sehen. Im Dorf konnte man schneller fahren als außerhalb. Nein, falsch! Leicester trat auf die Bremse.

Genau auf der Höhe des Markplatzes sprangen sechs weißgekleidete vermummte Gestalten hinter einer Mauer hervor und stürmten auf den Konvoi zu. Zwei von ihnen hielten mühsam ein Transparent mit der Aufschrift „Freiheit für unsere Maria!" hoch, während die anderen Steine warfen und mit Eishockeyschlägern auf die Autos losgingen. Einer hatte eine Zwille in der Hand und schoss eine Eisenkugel auf Elisabeths Fahrzeug. Das Glas der Windschutzscheibe zerbarst, der Geländewagen brach aus der Reihe aus, drehte sich um die eigene Achse und prallte gegen die Telefonzelle in der Mitte des Platzes. Die Weißvermummten brüllten „Nieder mit den Blasphemisten!", rannten hinterher und versuchten, die Türen des Autos aufzureißen. Als das nicht gelang, sprang der mit der Zwille auf die Motorhaube und versuchte, durch die kaputte Windschutzscheibe ins Innere zu gelangen. Erst jetzt waren die Sicherheitsleute aus ihren Fahrzeugen heraus und stürzten auf die Attentäter zu. Schüsse fielen. Der Vermummte auf der Motorhaube rollte mit einem Aufschrei vom Wagen und blieb liegen. Ein zweiter brach mit einem Beinschuss zusammen. Zwei andere wurden überwältigt. Die übriggebliebenen versuchten sich nochmal an Elisabeths Wagentür und liefen dann über die Straße davon.

Der blaue Lieferwagen, der neben der Telefonzelle geparkt hatte, schob sich aus der Parklücke, wendete und raste davon. Die Sicherheitsleute standen jetzt mit dem Rücken zu Elisabeths Kreis und richteten Revolver und zwei Maschinenpistolen auf alle beweglichen Objekte um sich herum. Die Straße war blockiert, und von da aus, wo er jetzt stand, war es Leicester unmöglich, dem Lieferwagen zu folgen. Eine Maschinenpistole knatterte los, einer der beiden Flüchtigen brach auf der Straße zusammen.

Leicester duckte sich unwillkürlich. Sein Blick fiel auf den Unfallwagen. Durch die zerborstene Windschutzscheibe hindurch konnte er Elisabeths Silhouette erkennen. Er schob die Tür auf und sprang aus dem Wagen. Um Himmels willen, hoffentlich ist ihr nichts geschehen!

Leicester rannte zu Elisabeths Wagen. Sie saß weinend auf dem Beifahrersitz. Der Fahrer neben ihr stöhnte. Er blutete aus einer Kopfwunde.

Kapitel 26

Einer der eigenartigsten Momente in Fred Scilas Leben war die Situation auf der Landstraße gewesen. In dem Augenblick, als Leicester mit seinem Jaguar davonfuhr und ihn in einer Staubwolke stehenließ, nachdem der Konvoi der schwarzen Geländewagen unvermittelt auf die Straße eingebogen war und Richtung Dorf rollte, in diesem Augenblick blieb für Scila die Zeit stehen und der Raum öffnete sich. Er spürte die Wunde an seiner Stirn, über die er ein Pflaster geklebt hatte, aber alles andere schien weniger real. Er sah sich auf einem Schachbrett stehen, das die Ausmaße von England hatte. Er sah Mary Stuart als König im Schach und Elisabeth Westminster als drängende Dame, er sah Leicester als unstetes Pferd und Burleigh und Shrewsbury als Türme, er sah Melvil als umgekipptes Pferd am Rand des Spielfelds, ahnte, dass da noch ein oder zwei Läufer im Spiel waren, deren Wege er nicht vorhersehen konnte – Helen O'Kelly war einer von ihnen. Für ihn selbst war nicht mehr als die Rolle eines Bauern übriggeblieben, ein Bauer, der sich beharrlich in kleinen Zügen über das Spielfeld bewegte, mal auf den König zu, mal auf die Dame, abgelenkt von den Läufern oder manipuliert von den Türmen. Was bringt einen Bauern dazu, das Spiel mitzuspielen? Es steht nicht in seiner Macht, das Ergebnis entscheidend zu beeinflussen, jedenfalls kommt es nur in seltenen Momenten vor, und nur wenn der Gegner sehr unaufmerksam ist. Wie er hier so stand und seine Rolle im Spiel rekapitulierte, hatte er das Gefühl, Farbe verloren zu haben. Aber das gibt es nicht im Schachspiel. Du bist schwarz oder weiß, und du kannst dich nicht entscheiden, welche Farbe du trägst. Aber im wirklichen Leben kannst du sie offenbar doch verlieren.

Lag es an seiner Begegnung mit Helen, dass er das Gefühl hatte, sich allmählich aufzulösen? Nein, dieser Prozess hatte schon viel früher begonnen, schleichend, unbemerkt. Seit Jahren schon war er im Gang. Ganz allmählich war ihm die Farbe abhanden gekommen. Keiner hatte es gemerkt, nicht Burleigh, nicht Shrewsbury, keiner seiner Kollegen. Wenn du Polizist bist, kommt es nicht unbedingt darauf an, Farbe zu bekennen, du funktionierst entsprechend den Regeln und Gesetzen. Aber wenn du die Farbe ganz verloren hast, gelten dann diese Regeln und Gesetze noch?

Aber diese Frage stellt sich doch schon längst nicht mehr, Mann! Die Fragen, die geklärt werden müssen, sind konkreter. Erstens: War die Begegnung mit Helen O'Kelly ein Zufall oder manipuliert? Zweitens: Wer benutzte ihn und wozu? Drittens: War er längst geschlagen und lag außerhalb des Spielfelds? Viertens: Was tue ich hier? Fünftens: Sind diese Fragen überhaupt relevant? Sechstens: Was meinte Helen mit ihrer SMS-Abschiedsbotschaft „Es reicht jetzt"?

Er kannte nur die Antwort auf Frage vier: Er suchte Helen. Er war sich sicher, dass sie irgendwo in diesem Aufmarsch Tausender Fanatiker der Erweckungskirche zu finden sein musste.

Frage sieben: Na und? Geht dich das etwas an?

Antwort: Ja, doch. Wenn du der Fährte eines Raubtiers folgst, was tust du dann, wenn das Opfer die Fährte kreuzt?

Springer schlägt Bauern, schlägt Pferd, schlägt Springer, schlägt Dame und opfert sich, wenn der König in Bedrängnis gerät?

Die Staubwolke, die einen Moment lang unverändert in der Luft gehangen hatte, senkte sich. Scila stieg in den Marina ein und folgte Leicester und dem Konvoi.

Den Zwischenfall bemerkte er erst, als Elisabeths Fahrzeug aus dem Konvoi ausscherte. Dass es ein Unfall war, wurde ihm erst klar, als das Fahrzeug die Telefonzelle rammte. Und jetzt sah er auch, wer den Unfall verursachte: weiße Figuren hatten die schwarzen Autos angegriffen. Er lenkte seinen Marina auf den Bürgersteig und bremste. Die Dorfstraße schien zum Kriegsschauplatz geworden zu sein. Bewaffnete Uniformträger nahmen weißvermummte Angreifer ins Visier.

Einer der Attentäter rannte direkt auf ihn zu. Eine Maschinengewehrsalve ratterte los. Die weißvermummte Gestalt stolperte und fiel hin.

Scila zerrte die Polizeimarke aus seiner Jackentasche, schob die Tür des Marina auf und lief mit hochgehaltener Marke auf die gestürzte Person zu, die versuchte, weiterzukriechen.

Er kniete sich neben ihr nieder und zog ihr die Maske vom Gesicht. Helen hob den Kopf, japste nach Luft, sah ihn an, und ihr Gesicht verzerrte sich zu einem krampfhaften Lächeln, dann verlor sie das Bewusstsein, ihr verzerrtes Gesicht sank in den Staub. Auf ihrem Rücken breiteten sich drei rote Flecken aus.

Zwei Sicherheitsleute zerrten ihn von der bewusstlosen Helen O'Kelly weg. Er wehrte sich, rief nach einer Ambulanz und einem Arzt, versuchte sich loszureißen. Sie brachten ihn gewaltsam zur Ruhe und hätten ihn wahrscheinlich bewusstlos geschlagen, wenn ihm nicht die Polizeimarke aus der Hand gefallen wäre.

Leicester erging es nur wenig besser. Noch während er versuchte, auf die weinende Elisabeth einzureden, wurde er von hinten gepackt, zu Boden geworfen und mit Füßen getreten, bevor man ihm Handschellen anlegte.

Elisabeth hatte ihn nicht bemerkt, und so konnte sie auch nicht verhindern, dass er nach Ankunft der regulären Polizei in einen Gefangenentransporter gesetzt wurde, angekettet und einem Mann gegenüber, den er kannte.

Den Brief von Mary Stuart, den er immer bei sich trug, weil er glaubte, dort sei er am sichersten, nahmen die Polizisten ihm zusammen mit allen anderen persönlichen Gegenständen ab.

Leicester versuchte, mit Scila ins Gespräch zu kommen, aber der schien große Schmerzen zu haben. Sein Gesicht war leicht angeschwollen, er wirkte apathisch, saß zusammengesunken auf der Bank und versuchte mühsam, das Gleichgewicht zu halten, wenn der Transporter hin- und herschwankte.

Erst kurz vor London, als Leicester zum dritten Mal auf den Brief zu sprechen kam und ängstlich fragte, ob man den wohl in irgendeiner Weise gegen ihn verwenden könnte, fuhr Scila ihn an: „Leck mich am Arsch, Mr. Leicester. Das ist euer Scheiß-Spiel und interessiert mich nicht!"

Leicester hielt den Mund. Seine Hände und Knie zitterten.

Kapitel 27

Vor dem vierzigstöckigen gläsernen Westminster Tower in den Londoner Docklands hatten sich die gesamte nationale und ein Großteil der internationalen Medien versammelt. Es war das übliche Bild: Kameras, Mikrophone, Reporter, Techniker, Sendeantennen, Übertragungswagen. Die Polizei hatte das Gebäude abgeriegelt. Für die Beschäftigten der anderen in dem Gebäude untergebrachten Firmen bedeutete dies Ausweiskontrollen und Leibesvisitationen. Wer nicht nachweisen konnte, dass er sein Büro im Haus hatte, wurde abgewiesen. Es traf vor allem Kunden und Angestellte kleinerer Dienstleistungs- und PR-Unternehmen, die fluchend vor den Glastüren standen und von den uniformierten Posten abgedrängt wurden. Aber auch Aubespine, der Vertreter von Aurora Invest, musste feststellen, dass sich ihm heute nicht alle Türen automatisch öffneten.

Der Franzose reagierte wütend, aber es nützte nichts. Nachdem er aus Paris die Schreckensnachricht erfahren hatte, hatte er den Fernsehapparat in seinem Hotel eingeschaltet und nur Verwirrendes gehört. Auf allen Kanälen wurde über den Zwischenfall in Fotheringhay berichtet. Was genau passiert war, schien niemand zu wissen. Zwar waren sich alle einig, dass ein Attentat auf Elisabeth Westminster stattgefunden hatte, aber wer es wie und warum ausgeführt hatte, war unklar.

Die Nachrichtenkanäle von Westminster Enterprises schoben die Schuld Mary Stuart und ihrer „halbkriminellen Sekte" zu. Irregeleitete Fanatiker seien zu der Gewalttat aufgeputscht worden. Der Aufmarsch der Anhänger Mary Stuarts vor der Burg sei ein von langer Hand geplanter Coup gewesen, damit die Mörder, geschützt durch das Durcheinander vor Ort, ihrem Plan nachgehen konnten. Es war von mehreren Attentätern die Rede, gezeigt wurde aber nur das Bild einer weißgekleideten rothaarigen jungen Frau, einer Anhängerin der Erweckungskirche, die angeschossen auf der Hauptstraße des Dorfes Fotheringhay lag. Manche Berichterstatter sprachen von einer „Selbstmordattentäterin", obwohl sie von Sicherheitskräften lebend „zur Strecke gebracht" worden war.

Über die anderen Beteiligten gab es widersprüchliche Aussagen. Bei den Westminster-Sendern hieß es, ein Angehöriger der Polizei sei unter dem Verdacht der Beihilfe verhaftet worden. Die Konkurrenz berichtete über einen „Mitverschwörer aus

Wirtschaftskreisen", zwei Reporter nannten den Namen Scila und behaupteten, es handle sich um einen Polizisten, der der Kirche von Mary Stuart angehöre. Auf einem Kanal wurde berichtet, bei Westminster Entertainment sei eine Art Palastrevolution gegen die Inhaberin im Gang und ein Ergebnis der Intrigen sei die Beauftragung eines „Killerpärchens" aus der Londoner Unterwelt gewesen.

Wenig zur Aufhellung trug das Interview mit einem Vertreter der Polizei bei, der erklärte, man habe die Fahndung nach einem blauen Lieferwagen aufgenommen, der in die Sache verwickelt sei. Was dieser Lieferwagen mit der rothaarigen Fanatikerin zu tun hatte, wieso ein Polizist verhaftet worden war und was die Vertreter eines hochangesehenen Anwaltsbüros genau wollten, die behaupteten, sie würden einen „unschuldig verhafteten Ehrenmann" vertreten, erschloss sich dem Zuschauer nicht.

Aubespine hatte noch mal mit der Zentrale in Paris telefoniert, wo bereits ein Krisenteam, bestehend aus Börsenstrategen und Hausjuristen, gebildet worden war. Aber mehr als das Klappern von Kaffeetassen im Hintergrund konnten die ihm nicht übermitteln. Also ließ er sich ein Taxi kommen, um in die Zentrale von Westminster zu fahren. In den Live-Berichten war die Rede davon gewesen, dass Elisabeth Westminster sich nach dem Attentat nicht etwa in ein Krankenhaus oder in eines ihrer Häuser chauffieren ließ, sondern auf direktem Weg ins Büro gefahren war.

„Man müsste schon schwere Kaliber auffahren, um die Panzerglasscheiben im vierzigsten Stock zu durchschießen – falls dies der Plan dieser Terrorgruppe sein sollte", mutmaßte ein Berichterstatter.

Zwei Helikopter, die von Fernsehteams gemietet worden waren, um Aufnahmen durch die Fenster des vierzigsten Stocks zu machen, wurden von einem Polizeihubschrauber abgedrängt. Aubespine verfolgte dieses wahnwitzige Manöver auf dem Bildschirm, der in die Rückenlehne des Beifahrersitzes des Taxis eingelassen war, und glaubte sich im Kino.

Er versuchte, Bellievre zu erreichen, aber die Kollegin war von ihrer Shopping-Tour noch nicht zurück. Das hat man davon, wenn man mit Frauen zusammenarbeiten muss!

Sich durch die chaotische Menge der Belagerer des Westminster Tower einen Weg zu bahnen, war eine unangenehme Sache, aber der Taxifahrer hatte sich geweigert, zwischen den teilweise aggressiven Medienvertretern hindurchzufahren. Aubespine musste aussteigen. Er lernte, seine Ellbogen zu gebrauchen, um sich bis zur Treppe vorzukämpfen, die zum Hauptportal führte. Dort scheiterte er an den Sicherheitsposten, die ihn wegen seines Akzents offenbar für besonders gefährlich hielten.

Aubespine probierte alle Nummern durch, die unter dem Oberbegriff „Westminster" in seinem Handy gespeichert waren. Entweder war besetzt, oder es meldete sich niemand. Er klappte das Gerät auf und begann, Kurznachrichten einzugeben, die er an verschiedene E-Mail-Adressen schickte, bis er merkte, dass das geradezu lächerlich war. Da erschien auf dem Display zufällig der Name „Grey, Henry". Sofort wählte er die Mobilfunk-Nummer des Managers der Bank of Kent und war völlig perplex, dass der sich tatsächlich sofort meldete.

Grey war im vierzigsten Stock. Er versprach, sofort herunterzukommen, und erschien fünf Minuten später in Begleitung zweier uniformierter Sicherheitsleute. Es dauerte, bis ein herbeizitierter Einsatzleiter der Polizei sich davon überzeugt hatte, dass der Franzose kein gemeingefährlicher Attentäter, sondern der Vertreter eines befreundeten Unternehmens vom Kontinent war.

Schließlich durfte Aubespine durch die Glastür ins riesenhafte, mit Granit ausgekleidete Foyer des Tower eintreten. Grey führte ihn, flankiert von zwei Männern mit Pistolenhalftern und Gummiknüppeln, zu den Aufzügen. Aubespine war inzwischen völlig verschwitzt und fragte sich, ob diese Sicherheitsmaßnahmen wirklich notwendig waren. Ihm kam es so vor, als würde man einen Aufstand oder eine Revolution befürchteten. Eine diesbezügliche Bemerkung verkniff er sich, obwohl sie ihm auf der Zunge lag, als sie den Lift betraten. In Begleitung von Männern mit Pistole sollte man besser auf jede Ironie verzichten.

Im vierzigsten Stock gesellten sich die Sicherheitsleute zu ihren drei Kollegen, die in einer Nische Cola tranken und über technische Details diskutierten. Grey führte Aubespine über einen crème-farbenen Teppich in ein Foyer, wo eine junge Frau im Business-Kostüm so tat, als sei die Bedienung eines Kaffeeautomaten und die Verwaltung eines Kanapee-Buffets eine komplizierte Tätigkeit.

Sie setzten sich in olivgrüne runde Sessel und blickten durch die Glasfront über die Themse. Die junge Frau brachte Kaffee.

„Was ist mit Mrs. Westminster? Wie geht es ihr?“ fragte Aubespine.

„Wie man so sagt, den Umständen entsprechend gut. Vielleicht hätte sie besser nach Hause gehen sollen, die Situation hier ist ... na ja, jedenfalls fördert sie nicht die Entspannung.“

„Sie ist nicht verletzt?“

„Nein, einen kleinen Schock hat sie bekommen, natürlich ... der Arzt war da. Ein leichtes Beruhigungsmittel. Sie ruht sich kurz aus. Sie sagte kurz, ich hoffe länger. Am besten wäre, sie würde all das bis morgen überschlafen.“ Grey schüttelte leicht den Kopf, missbilligend, wie es Aubespine schien.

„Überschlafen? Was?“

„Sie denkt nach. Über ... alles. Ist vielleicht ganz natürlich in einem solchen Moment. Eine existentielle Situation, da fängt man an zu grübeln.“

„Grübeln?“ Aubespine beugte sich nach vorn. Das klang unklar, aber alarmierend.

Grey rutschte unbehaglich auf seinem Sessel hin und her.

„Was heißt grübeln?“

„Sie scheint im Moment geneigt, alle Entscheidungen neu zu überdenken."

„Nun ja ..." Aubespine lehnte sich halb erleichtert zurück. Das war ja nichts Neues. Der Dame fiel es schwer, loszulassen. Aber bei halbwegs vernünftigen Menschen kommt im letzten Moment immer noch die Einsicht in die Notwendigkeit.

„Tatsächlich", fuhr Grey fort, „scheint es so, dass sie alle ihre Entschlüsse revidiert hat." Er machte ein sehr unglückliches Gesicht.

„Wie ..."

„Sie will nicht mehr fusionieren."

„Aber ... das ist doch Wahnsinn."

„Ich habe mit Engelszungen auf sie eingeredet. Aber es hat nichts genützt. Es war ja auch noch vorher, also bevor das Attentat passierte, zu einem Gespräch gekommen, mit Mrs. Stuart. Deshalb war sie ja nach Fotheringhay gefahren. Das Ergebnis scheint auch mit hineinzuspielen."

„Was für ein Ergebnis?"

„Es kam zu keiner Einigung."

„Das wundert mich nicht. Diese Angelegenheit ist emotional hoch aufgeladen. Deshalb sage ich ja die ganze Zeit, lassen Sie uns mit Mrs. Stuart verhandeln. Das würde die Sache entspannen, vereinfachen ..."

„Möglicherweise ist es jetzt zu spät."

„Was hat Mrs. Stuart gesagt, wie ist das Gespräch verlaufen?"

„Ich war nicht dabei. Man müsste Leicester fragen."

„Dann möchte ich ihn sprechen."

„Das möchte sie auch, aber im Moment ist es nicht möglich. Leicester sitzt im Untersuchungsgefängnis. Haben Sie das nicht mitbekommen? Es heißt, er sei in den Anschlag verwickelt."

„Wie bitte?"

„Fragen Sie mich nicht, ob ich das alles verstehe", seufzte Grey.

„Ich denke, es waren Fanatiker dieser Sekte?"

„Es heißt auch, ein Polizist sei darin verstrickt. Die Sache ist noch völlig undurchsichtig."

„Aber man kann doch Leicester nicht mit diesem Attentat in Zusammenhang bringen?"

„Ich hoffe nicht. Ich kann es mir auch nicht vorstellen."

„Ja, gibt es denn niemanden, der dieses Durcheinander in eine sinnvolle Ordnung bringen kann?" rief Aubespine aus.

„Staatsanwalt Burleigh, hoffe ich. Er ist auf dem Weg hierher." Grey griff nach seiner Kaffeetasse.

Aubespine stand auf und ging zum Buffet. Die Frau im Business-Kostüm hielt ihm ein Tablett entgegen. Er nahm ein Heilbutt-Schnittchen, steckte es in den Mund und ging kauend die Fensterfront entlang. Dann schob er seinen Sessel dicht neben den von Grey, setzte sich und sagte leise: „Es ist Ihnen doch klar, dass eine Ablehnung unseres Angebots auf eine unfreundliche Übernahme hinausläuft?"

Grey deutete zum Buffet und sagte: „Probieren Sie mal den Lachs, der kommt aus Schottland."

Kapitel 28

Die Aufzugglocke ertönte. Aubespine und Grey drehten sich um, die Wachposten sprangen auf. Staatsanwalt Burleigh trat aus der Kabine, blieb stehen und hob die Arme. Keiner der Sicherheitsleute traute sich, ihn abzutasten. Burleigh öffnete das Jackett, verzichtete aber darauf, seine Weste aufzuknöpfen. Der ranghöchste Posten deutete ein Nicken an, Burleigh knöpfte den mittleren Knopf des Jacketts wieder zu und ging leicht hinkend Richtung Foyer.

Aubespine und Grey erhoben sich.

„Meine Herren ...“, sagte Burleigh.

Grey machte eine Handbewegung, als wolle er den Franzosen dem Staatsanwalt vorstellen, dann schien ihm jedoch einzufallen, dass die beiden sich kannten, und die Handbewegung erstarrte.

„Guten Tag“, sagte Aubespine.

Burleigh sah Grey an: „Wie geht es ihr?“

„Den Umständen entsprechend gut ...“
„Herrgott, Grey, lassen Sie doch die Floskeln!“
„Sie bekam ein Beruhigungsmittel. Sie hat sich aufgeregt. Es ist ihr nichts passiert.“
„Unerfreulich, ganz unerfreulich“, murmelte der Staatsanwalt.
Aubespine glaubte, auf seiner Stirn einige dünne Schweißtropfen wahrnehmen zu können.
„Was ist denn nun eigentlich passiert?“ fragte Grey.
„Schwer zu rekonstruieren, ein ziemliches Tohuwabohu. Da werden einige Leute noch eine Weile dran zu knabbern haben.“
„Sie waren vor Ort?“ fragte Aubespine, mehr um überhaupt irgend etwas zu sagen.
„Nein. Musste hier alles koordinieren. Wir haben ja praktisch einen Belagerungszustand in den Docklands.“
„Die Täter sind ... verhaftet worden, heißt es in den Medien“, sagte Grey.
„Ja.“
„Es ist die Rede von mehreren Personen. Angehörige dieser Sekte, die sich dort versammelt haben. Handelt es sich tatsächlich um eine Verschwörung?“
„Es ist noch zu früh für eine endgültige Einschätzung.“ Burleigh drehte sich ruckartig um und wandte sich an die junge Frau am Buffet. „Wer ist denn jetzt bei ihr?“
Die Angesprochene zuckte zusammen und hielt ihm reflexartig ein kleines Tablett hin, das er igno-

rierte. Sie ließ es wieder sinken. „Oh, Entschuldigung. Äh, ich denke wohl, sie ist allein."

Henry Grey räusperte sich. „Sie hat sich hingelegt. Da ist ein Sofa."

„Ja, ja, ich weiß", sagte Burleigh verärgert.

Die drei Männer fuhren herum, als sie das Geräusch einer sich öffnenden Tür hörten.

„Habe ich da nicht eine vertraute Stimme gehört", sagte Elisabeth Westminster mit müder, aber fester Stimme.

Sie sah aus wie immer, fand Aubespine. Hosenanzug, heute in Blau, anständig frisiert, ein wenig Rouge auf den Wangen. Scheint es ja ganz gut überstanden zu haben.

„Oh, William, du bist also gekommen. Das ist nett von dir." Sie blickte von einem zum anderen: „Meine Herren, ich danke Ihnen für Ihre Anteilnahme." Sie zögerte, lachte kurz leise auf und sagte: „Bitte halten Sie mich nicht für barbarisch, aber ich habe mit einem Mal einen unglaublichen Hunger."

Die junge Dame im Kostüm eilte mit einem Tablett zu ihr. Elisabeth nahm sich zwei Schnittchen und aß sie hastig auf. Mit der Papierserviette in der Hand, die ihr die Sekretärin gereicht hatte, ließ sie sich stöhnend auf einen Sessel fallen. Burleigh schob einen Sessel zu ihr und setzte sich neben sie.

„Mir ist doch ein bisschen schwindelig", sagte Elisabeth lächelnd. Ihr Blick fiel auf Grey und Aubespine, die unschlüssig dastanden. „Meine Herren, bitte, keine solchen sorgenvollen Gesichter. Es geht mir gut.“ Sie hielt kurz inne, lachte nervös und fuhr fort: „Ach, natürlich, ich bin wohl doch noch nicht so ganz beieinander. Sie machen sich Sorgen wegen meiner Entscheidung. Monsieur Aubespine, Sie versuchen es mit Fassung zu tragen, das sehe ich, aber es gelingt ihnen nur schlecht. Haben Sie schon mit Paris gesprochen?“

Aubespine wusste nicht, wie er die Sache anpacken sollte. Vielleicht war es ein Fehler gewesen, jetzt herzukommen. Mrs. Westminster fällte jetzt womöglich Entscheidungen, die sie in drei Tagen bereute. Man sollte gar nicht darüber sprechen, ich bin hier fehl am Platz. Andererseits dürfen wir keine Zeit mehr verlieren. Viel zu viel Energie ist schon verschwendet worden, und die Kurse entwickeln sich ungünstig.

„Es hat keinen Sinn, darum herumzureden“, sagte Elisabeth. „Ich habe meine Entscheidung gefällt. Und kommen Sie mir nicht damit, dass ich nichts übereilen soll.“ Sie nickte Grey zu. „Mr. Grey hat Ihnen zweifellos schon mitgeteilt ...“

„Ja“, sagte Aubespine hastig. „Und ich habe ihm gesagt, das ist Wahnsinn ...“

Elisabeth schüttelte den Kopf. „Sie denken, dieses schreckliche Erlebnis hat mich verwirrt, aber das Gegenteil ist der Fall. Mir ist klar geworden – klar, verstehen Sie, es stand mir plötzlich ganz deutlich vor Augen! –, dass diese Fusion ein Ding der Unmöglichkeit ist. Sie merken ja an alledem, was um uns herum geschieht, wie hochemotional die Angelegenheit aufgeladen ist. Ein Familienunternehmen! Ja, und nun sagen Sie ruhig, ein Familiendrama. Zwei Schwestern, um Gottes willen! Wie oft haben Sie genau das gedacht, Monsieur Aubespine? Mr. Grey, auch Sie werden oft im Geist die Hände über dem Kopf zusammengeschlagen haben, nein? Sie schütteln den Kopf? Ich glaube Ihnen nicht. Aber was spielt es schon für eine Rolle, was über mich gedacht wird. Es wird so viel geredet oder auch geschrien – diese Leute da, diese Demonstranten, die haben auch geschrien, wenn auch nicht wegen mir. Und sehen Sie, das hat mich doch erstaunt. Es waren so viele. Und alle, scheint mir, waren wegen ihr gekommen. Was ist denn an ihr dran, das sie so ... so zur Heiligen macht?"

Grey zuckte mit den Schultern.

Aubespine bekam mehr und mehr das Gefühl, in einem Vakuum zu stehen. War diese ganze Reise mit den umständlichen Konsultationen umsonst gewesen? Ziemlich scheußlich, wenn man unvorbereitet darauf gestoßen wird, dass man überflüssig geworden ist. Was bleibt einem in so einer Situation anderes übrig, als weiter zu argumentieren?

„Wir können unmöglich einige Tage warten, bis wir die Entscheidung treffen", sagte er. „Ich ... ich kann auch nicht einfach stillschweigen. In Paris will man das Ergebnis haben. Die Börse reagiert nervös. Wenn das hier durchsickert, diese ... womöglich nur kurzfristige Unentschlossenheit, verlieren wir nicht nur ein paar Millionen, dann haben wir ein echtes Problem."

„Aber", sagte Elisasbeth ruhig. „Das ist keine kurzfristige Unentschlossenheit. Ich habe mich entschieden. Ich sagte ja, ich sehe klar. Es muss eine Möglichkeit geben, die beiden Unternehmenszweige stärker aneinander zu binden. Und wenn es so ist, dann wäre eine Fusion nur hinderlich. Vielleicht trennen wir uns von einigen Elementen, die mit dem Kerngeschäft gar nichts zu tun haben, aber sonst ..."

„Du willst Mary Stuart entgegenkommen?" fragte Burleigh verblüfft.

„Es ist mir klargeworden, dass man Familienbande nicht auflösen darf."

„Aber sie wird doch niemals darauf eingehen!" rief Grey aus. „Deshalb stecken wir doch in diesem Schlamassel!"

„Das ist wirklich sehr ... unerfreulich", murmelte Aubespine.

„Wahnsinn! Das ist doch Wahnsinn."

„Manchmal habe ich das Gefühl, dass wir ganz vergessen, dass wir für die Menschen dort draußen da sind." Elisabeth schüttelte den Kopf. „Wir sitzen hier im vierzigsten Stock und blicken hinab auf eine Welt, der wir Bilder und Nachrichten verkaufen, und von hier oben kann man kaum ein Detail erkennen. Sind wir nicht für die Menschen da? Sollten wir nicht auch mal darüber nachdenken, was sie bewegt?"

„Der wirtschaftliche Erfolg ist unser Indikator", sagte Grey trocken.

„In dieser Hinsicht hat sie ganz gute Karten, oder?“ sagte Elisabeth.

„Sie wird bald jeden Einfluss auf ihr Unternehmen verloren haben, das weißt du doch“, sagte Burleigh.

Aubespine hatte das Gefühl, den Faden verloren zu haben. Ihm fiel der Satz ein, den er zu Grey gesagt hatte. Eigentlich hatte er ihn nicht wiederholen wollen, schon gar nicht Elisabeth gegenüber. Aber nun hatte er keine andere Wahl. Er trat vor sie hin und sagte laut und deutlich: „Es ist Ihnen doch klar, dass eine Ablehnung unseres Angebots auf eine unfreundliche Übernahme hinausläuft.“

Elisabeth schaute ihn erstaunt an und schüttelte leicht den Kopf, mit einem Gesichtsausdruck, der wohl so etwas Ähnliches wie milden Tadel ausdrükken sollte, als wollte sie sagen: „Aber Aubespine, Sie haben wirklich gar nichts verstanden.“

Sie sagte es nicht, und er musste nicht darauf reagieren, denn im gleichen Moment ertönte wieder die Aufzugglocke, und Shrewsbury trat heraus. Er blieb kurz stehen, warf einen Blick auf die Wachleute und ging dann weiter auf die im Foyer Versammelten zu.

Er grüßte knapp: „Mrs. Westminster, Mr. Grey, Mr. Aubespine ... Burleigh, ich habe mit Ihnen zu reden.“

Der Staatsanwalt schaute den Richter erstaunt an. „Gibt’s was Neues?“

„Der blaue Lieferwagen.“

Aubespine kam es so vor, als hätte er ein kurzes Zucken im Augenwinkel des Staatsanwalts bemerkt. Konnte auch Einbildung sein.

„Was ist damit?“ fragte Burleigh knapp.

„Sie hatten ihn verloren.“

„Ist mir bekannt.“

„Er ist über irgendwelche Feldwege und Landstraßen Richtung Nottingham gefahren. Eine Streife hat ihn zufällig entdeckt.“

„Und?“

„Sie haben ihn. Jedenfalls – den Wagen.“

„Und der Fahrer?“

„War bewaffnet. Hat einen Beamten verletzt. Konnte sich ins Unterholz schlagen. Ist weiterhin flüchtig.“

„Na ja.“ Burleigh rümpfte missbilligend die Nase.

Wieder kam es Aubespine so vor, als würde die Stirn des Staatsanwaltes feucht glänzen.

„Interessanterweise wurde dann im Wagen etwas entdeckt.“ Der Richter warf der jungen Frau am Buffet einen Blick zu. „Hätten Sie vielleicht eine Tasse Kaffee für mich.“

Sie zuckte zusammen. „Aber ja, sehr gern.“ Und machte sich an der Kaffeemaschine zu schaffen.

„Machen Sie es nicht so spannend, Shrewsbury“, sagte Burleigh verärgert.

Elisabeth stand auf und trat vor den Richter. „Um was geht es eigentlich? Was ist das für ein Lieferwagen?“

„Er stand in Fotheringhay, im Dorf auf dem Marktplatz neben der Telefonzelle, als das Attentat geschah.“

„Ja, und?“

„Und fuhr los im gleichen Moment, als die Schüsse abgegeben wurden.“

„Hat das etwas zu bedeuten?“

„Der Wagen wurde wenig später auf einer Landstraße gesehen und verfolgt.“

„Was war denn so verdächtig an ihm?“

„Es sah nach Flucht aus.“

„Und dann wurde er gestellt, und Sie haben ...“

„... Kopien einer Videoaufnahme gefunden und handschriftliche Aufzeichnungen des Mannes, der die angeblichen Briefe von Mary Stuart an Bothwell gefälscht hat. Die Beweismittel, in denen sie sich selbst der Mittäterschaft an der Ermordung von Rizzio und Darnley bezichtigt.“

„Oh ...“, Elisabeths Gesicht wurde aschfahl.

Shrewsbury sprang auf und rempelte die junge Frau an, die ihm gerade den Kaffee bringen wollte. Mit einem leisen Schreckensschrei sprang sie zwei Schritte zurück. Shrewsbury fing die schwankende Elisabeth auf und setzte sie behutsam in den Sessel.

Aubespine sah zu, wie die junge Frau die Tasse auf der Untertasse geraderückte und zu verhindern versuchte, dass der übergeschwappte Kaffee auf den Teppich tropfte. Sie hatte noch nicht bemerkt, dass der größte Teil auf ihrem Rock gelandet war.

Elisabeth warf Burleigh einen flehenden Blick zu und schloss die Augen.

Aubespine entschied, dass er hier im Moment und womöglich auch in Zukunft nicht mehr viel ausrichten konnte. Er musste unbedingt mit Paris sprechen. Die Angelegenheit drohte aus dem Ruder zu laufen, nein, eigentlich war schon alles verdorben. Nun kam es darauf an, zu reagieren. Bis die hier wieder entscheidungsfähig sind, haben wir die Weichen längst gestellt. Wird uns teuer kommen und ist nicht die elegante Methode, aber was hilft's.

Er verabschiedete sich knapp und eilte zum Aufzug.

Kapitel 29

Nachdem auch Burleigh und Grey gegangen waren, stand Elisabeth an der Fensterfront des Foyers und murmelte vor sich hin. Die junge Frau hinter dem Buffet tupfte verschämt mit einer Serviette ihren Rock ab und bemühte sich, ganz leise zu sein. Sie wollte nicht auffallen, der Kaffeefleck war ihr peinlich. Aber jetzt zum Auswaschen zur Toilette verschwinden war bestimmt nicht richtig. Was sollte sie aber hier tun? Teller, Besteck und Platten zusammenräumen und wieder nach unten in den fünften Stock bringen, in das Catering-Unternehmen, für das sie arbeitete? Profane Geräusche erzeugen, wo es hier gerade so unheimlich still geworden war?

Wie können sie sie bloß so allein lassen, diese offenbar so wichtigen und einflussreichen Männer? Sie drängten sich um Mrs. Westminster wie die Bienen um ihre Königin und dann machten sie sich davon, um

... um was? Honig zu sammeln? Feinde zu erstechen? War das ein Kriegsrat gewesen, dem sie hier eben beigewohnt hatte, oder ein Krisengespräch, wie es im Fernsehen immer hieß? Und war das schon alles? Diese Frau war das Ziel eines Attentats gewesen! Und sie ließen sie einfach allein. Es ist wirklich so, je weiter du aufsteigst, um so einsamer wird es. Ich bin auch ganz hier oben und allein und weiß nicht genau. Und jetzt auch noch dieser Appetit. Das ist das Schlimmste an diesem Job, dass man dasteht, und es überfällt einen dieser Appetit, und vor dir stehen die leckeren Happen, aber du darfst ja nicht, du sollst sie nur servieren. Sie ließ ihren Blick über die Kanapees schweifen. Wenn ich wieder unten bin, dann ...

„Na, nun greifen Sie schon zu, Ihnen fallen ja schon die Augen aus dem Kopf!"

Die junge Frau schrak zusammen. Sie hatte nicht bemerkt, dass Elisabeth Westminster sich umgedreht hatte, um sie zu mustern.

„Wie heißen Sie eigentlich? Entschuldigen Sie, dass ich das frage. Sie hatten sich natürlich vorgestellt, als Sie kamen, aber ... mir geht so viel im Kopf umher ..."

„Joan Bleecker."

„Joan, ja ... bringen Sie mir doch einen Teller, und nehmen Sie sich auch was. Sie haben doch noch Zeit?"

„Ja, Mrs. Westminster."

Elisabeth Westminster nickte ihr zu und ging in ihr Büro. Die Tür ließ sie auf. Joan war unschlüssig, wie sie die Aufforderung auffassen sollte. Als Einladung? Sie legte einige Häppchen auf einen Teller und folgte ihr.

In dem geräumigen Büro stand ein großer Fernseher. Elisabeth Westminster saß in einem Sessel davor und hielt eine Fernbedienung in der Hand. Der Bildschirm strahlte auf.

„Danke, Joan." Elisabeth Westminster nahm den Teller entgegen. „Und Sie? Nehmen Sie sich auch etwas und setzen Sie sich."

Verblüfft und nervös eilte Joan zurück ins Foyer, nahm sich ein paar Brote, nur nicht zu viel, sie wollte ja nicht unverschämt wirken, und ging langsam und zögernd zurück ins Büro.

Auf dem Bildschirm lief eine Dokumentation.

„Nehmen Sie sich den Stuhl da."

Joan setzte sich in angemessenem Abstand hin und nahm sich vor, mit dem Essen zu warten, bis die andere damit angefangen hatte. Doch Elisabeth Westminster starrte, den Teller in der Hand, auf den Fernsehapparat.

Joan merkte, um was es ging, um wen es ging: Es war ein sensationsheischend aufgemachter Prominenten-Bericht, wie es sie auf den Unterhaltungskanälen oft gab. Aber dieser Film hier unterschied sich von denen, die sie kannte. Normalerweise wurden die Personen in solchen Dokumentationen ehrfürchtig oder mit bewunderndem Unterton beschrieben. Aber hier ging es um Mary Stuart, die Medienzarin aus Schottland, die religiös beseelte Unternehmerin mit angeblich dunkler Vergangenheit als „Jet-Set-Playgirl im Rausch der Lust". Genüsslich wurden alle ihre moralischen Verfehlungen aufgelistet, ihre Geschäftspraktiken kritisiert, ihre Skrupellosigkeit beschrieben und ihre angebliche Verlogenheit anhand vieler ermüdender Beispiele bewiesen. Nicht nur habe sie ein Unternehmen wie Scots Media an sich gerissen, sie habe auch eine pseudoreligiöse Gemeinschaft von sich abhängig gemacht und Religion und Geschäft miteinander verquickt, um ökonomische Macht und soziale Kontrolle auf ihre entmündigte Anhängerschaft ausüben zu können.

Elisabeth Westminster schaute sich den Bericht an, die Hand um die Fernbedienung gekrallt, auf dem Schoß den Teller mit den Broten, die sie nicht angerührt hatte.

Zum Schluss wurden die Mordfälle Darnley und Rizzio dokumentiert, in Zusammenhang mit Mary Stuarts angeblicher Hörigkeit dem Sektengründer Bothwell gegenüber. Auch die Briefe wurden erwähnt, die Mary Stuart an Bothwell geschrieben haben sollte und in denen sie sich ungeschickterweise selbst bezichtigte, an der Mordverschwörung beteiligt gewesen zu sein.

Der Bericht, fand Joan, war widersprüchlich und so tendenziös, dass er unglaubwürdig wirkte.

Als der Bildschirm schwarz wurde, sprang Elisabeth Westminster auf und rief: „Es ist doch wahr!" Der Teller mit den Broten fiel zu Boden. Sie schien es nicht zu bemerken.

Joan stellte hastig ihren unangetasteten Teller beiseite und kniete sich hin, um die Essensreste aufzusammeln.

Elisabeth Westminster ging hinter ihren Schreibtisch und betätigte eine Taste der Sprechanlage.

„Evans? Versuchen Sie Burleigh zu erreichen, egal wo. Kann sein, dass er noch unterwegs ist. Ich will ihn sprechen! Ja, gleich, ich warte!"

Sie setzte sich auf den Stuhl hinter dem grüngetönten Plexiglas-Schreibtisch, sprang augenblicklich wieder auf, beugte sich über die Tischplatte und rief: „Was machen Sie denn da, um Himmels willen!"

Joan erstarrte und rutschte auf Knien so weit herum, dass sie antworten konnte, kam aber nicht dazu, weil Elisabeth Westminster sie anherrschte: „Lassen Sie das! Stehen Sie auf! Was glauben Sie denn, wofür wir einen Reinigungsdienst beschäftigen? Und jetzt räumen Sie das Buffet ab! Und schließen Sie bitte die Tür hinter sich!"

Joan stand auf, nahm ihren Teller, hob den heruntergefallenen auf, ließ die Essensreste liegen und verließ wortlos das Büro.

Draußen standen die Wachmänner vor dem Buffettisch und grabschten nach den Kanapees. Sie grinsten halb ertappt, halb verschwörerisch. Joan kippte alle Häppchen auf ein Tablett und schob es ihnen hin. Dann räumte sie das übrige Geschirr zusammen.

Sie hatte keinen Hunger mehr. Eher so was wie einen Magenkrampf. Diese Situation! Sie auf Knien und dann auch noch angebrüllt werden! Und jetzt diese Fresssäcke hier. Als wäre man unter Wölfe geraten. Sind alle gleich, egal auf welcher Seite der Tür: Gierig und maßlos wollen sie alles auffressen. Die Westminster, die Stuart, die Männer um sie herum und diese schmatzenden Bastarde hier, draußen die verrückte Reporterhorde. Ich will das nicht, ich will hier raus!

Joan räumte alles Geschirr routiniert auf den Buffetwagen und schob ihn Richtung Aufzug.

„Schönen Dank auch", rief einer der Wachleute ihr hinterher, als sich die Aufzugtür schloss.

Kapitel 30

Die kühle Blondine legte ein Päckchen Pfefferminzbonbons auf den Tisch des Staatsanwalts und verließ den Raum.

Süß, dachte Scila, du musst nur ganz nach oben kommen, und Mama kümmert sich wieder um dich.

„Sie scheinen ja bester Laune zu sein, Inspektor Scila“, sagte Burleigh. „Trotz Ihrer Blessuren.“ In seinem Blick lag genug Verachtung für eine ganze Kompagnie fehlgeleiteter Kriminalbeamter.

„Nein“, sagte Scila, „bin ich nicht.“ Sein Gesicht war noch leicht geschwollen, die Rippen schmerzten. Auch ohne diese Blessuren wäre es zermürbend gewesen, die Nacht in einer Zelle im Untersuchungsgefängnis zu verbringen. Dein persönlicher Besitz wird dir weggenommen. Du hast keine Macht über das Licht, jemand anderes schaltet es für dich ein und aus. Du hast keine Macht über deine Privatsphäre, weil man dich jederzeit durch die Luke beobachten kann. Du hast keine Macht über deinen Schlaf, weil auf den Fluren ständig jemand kommt oder geht, Zellentüren geöffnet und geschlossen werden, Menschen stöhnen oder schreien oder weinen, Wärter kommandieren. Und du denkst an diese Blutflecken auf dem weißen Gewand ... Hör auf, an sie zu denken!

In so einer Zelle hast du die Chance, deinen Beruf zu überdenken. Sonst sorgst du ja sonst dafür, dass Leute hier reinkommen. Haben die es alle so verdient? Wahrscheinlich nicht. Wer einmal hier reinkam, musste es eigentlich besser wissen, nein?

„Nein", wiederholte Scila.

Und dann hast du diesen Glatzkopf vor dir sitzen, und die kalten Augen tasten dich ab und suchen nach einer Schwachstelle, wo sie ansetzen können. Warum starrt er jetzt auf meinen Hals, da ist doch nichts, was geht den da an, ob mein Hemdkragen offen oder zugeknöpft ist?

„Es sieht schlecht für Sie aus, Scila. Mal abgesehen von der Blamage, dass Sie alles wussten, aber nichts verhindern konnten."

„Ich wusste nichts."

„Sie wussten nichts von was?" fragte Burleigh scharf.

„Von dem Attentat ... dem Plan dazu."

„Nein. Wo lag dann der Sinn Ihrer Ermittlungen?"

„Ich habe nicht ermittelt ... zu diesem Zeitpunkt."

„Umso schlimmer. Es läuft auf Mittäterschaft hinaus."

„Ich sagte doch, ich wusste nichts."

„Es war wohl nur eine Landpartie, die Sie zufällig nach Fotheringhay geführt hat? Was wollten Sie dort veranstalten? Ein Picknick? Allein?"

Das ist sein Trick, dachte Scila, er sucht sich immer einen neuen Punkt aus in deinem Gesicht, den er so lange fixiert, bis es dich unruhig macht. Es macht mich unruhig!

„Ich wusste, dass dort dieser Aufmarsch stattfinden würde."

„So? Das wussten Sie?"

„Ja."

„Und?"

Burleigh griff nach der Packung mit den Pfefferminzbonbons, riss sie auf und nahm ein Bonbon heraus, das er langsam auswickelte.

Scila zuckte mit den Schultern.

„Sie sind nicht zusammen mit den Attentätern hingekommen, immerhin." Burleigh steckte sich das Bonbon in den Mund und heftete seinen Blick auf Scilas linke Wange.

„Mit denen hatte ich nichts zu tun."

„Ha! Inspektor! Sie haben mit der Anführerin zusammen ein Liebesnest in einer Absteige gehabt! Das nennen Sie nichts mit ihr zu tun haben?"

„Ich sagte mit denen. Und mit ihr auch, in diesem Augenblick."

„Und einen Augenblick oder zwei vorher hat Sie Ihnen gesagt, was Sie vorhatte."

„Nein. Warum hätte sie das tun sollen? Sie wusste ja, dass ich von der Polizei bin." Nicht an sie denken, vergiss sie. Und vor allem, vergiss die Blutflecken.

„Der einzige gute Grund für Ihre Anwesenheit in Fotheringhay wäre, dass sie wussten, was passieren sollte, und es verhindern wollten."

Ich wollte verhindern, dass sie mir verlorengeht, das war alles, oder? Nicht ganz.

„Ich dachte an eine spektakuläre Aktion, aber nicht an ..."

„Mord."

„So weit ist es ja dann nicht gekommen."

„Ein Zufall und auf jeden Fall nicht Ihr Verdienst, Inspektor."

„Nein."

„Der Nachtportier in Ihrem Hotel sagte, dass Sie seit Tagen mit dieser Frau dort wohnen."

„Ich wohne da, sie nicht."

„Kein Auftrag, sie zu beschatten, keine Aufforderung, ihr auf die Pelle zu rücken, schon gar nicht so nah, keine Berichte oder Mitteilungen an die Dienststelle ... das wird zuallererst mal ein Disziplinarverfahren nach sich ziehen."

„Es war eine private Beziehung. Ich hatte sie zufällig kennengelernt."

„Ha! Ausgeschlossen. Wer soll Ihnen das abnehmen?"

„Es ist die Wahrheit."

„Denken Sie sich etwas Besseres aus als die Wahrheit, Scila!"

„Wenn es darum geht ..."

„Was Sie betrifft, Inspektor, ist mir das alles ganz egal. Shrewsbury dürfte das anders sehen, aber hier spiele ich die erste Geige. Wenn es sein muss, werfe ich Sie den Wölfen zum Fraß vor. Was glauben Sie, was die in den Westminster-Medien mit Ihnen veranstalten? Danach können Sie auswandern, dagegen sind alle Disziplinarverfahren, die ich Ihnen anhängen könnte, ein Scherz."

„Es kann nicht in Ihrem Interesse liegen ...", sagte Scila und dachte an Helen und die Szene im Pub, als sie Mary Stuart gegen den Mob und den lügenden Bildschirm verteidigte. Ritterlich im Kampf um die Wahrheit ... kann man das so sagen? Klingt idiotisch, aber trotzdem, es wäre pervers, wenn sie diesen Geiern überlassen würde. Es wäre eine schreckliche Niederlage.

Ein kaltes Lächeln lag auf Burleighs Gesicht. „Sie sorgen sich um meine Interessen? Das ist brav, Inspektor. Sollten Sie nicht zuerst Shrewsburys Interessen im Blick haben? Er hat Sie doch geschickt, in diesem Sumpf herumzustochern."

„Ich unterstehe Ihrer Dienstaufsicht, Herr Staatsanwalt."

Burleigh wickelte sich ein weiteres Pfefferminzbonbon aus und steckte es in den Mund.

„Robert Dudley Leicester", sagte er dann.

„Wie bitte?"

„Waren Sie nicht hinter ihm her?“

„Wieso?“

„Ja, das sollten Sie dann wissen, wieso.“ Burleigh schob den Zuckerstein im Mund hin und her. „Vielleicht war es auch umgekehrt. Als Vertrauter von Mary Stuart müsste er doch in dieser Situation in Ihnen einen Verbündeten gesucht haben. Gab es viel mit ihm zu besprechen auf dem Weg nach London?“

„Im Transporter? Ich konnte nicht sprechen. Meines Wissens ist Mr. Leicester in der Leitung von Westminster Enterprises tätig, als Vertrauten von Mrs. Stuart kann ich ihn mir nicht vorstellen.“

„Ich habe mich gefragt, ob ich ihn der Untreue anklagen muss.“

„Dazu kann ich nichts sagen.“

„Oh, doch, Inspektor Scila. Falls es zu einer Untersuchung kommt, werden Sie aussagen müssen.“ Burleigh griff in einen Ablageordner und hielt einen Briefumschlag hoch. „Den kennen Sie doch?“

„Was ist das? Ein Brief?“

„Sie kennen ihn. Sie haben ihn Leicester übergeben.“

„Tatsächlich? Daran kann ich mich nicht erinnern.“

„Nein?“ Burleighs kniff die Augen zusammen. „Aber seine Existenz ist Ihnen bekannt?“

„Was würde das bedeuten? Dass man über die Existenz eines Briefs Bescheid weiß, sagt nichts aus.“

„Ein Brief, geschrieben von Mary Stuart an den Vertrauten von Elisabeth Westminster!“

„Könnte es nicht ein privater Brief gewesen sein? Aber selbst wenn es um Geschäftsgeheimnisse ginge, wäre es nicht meine Aufgabe, Briefe abzufangen ohne richterliche Anordnung."

„Sie hätten sich strafbar gemacht und ihre Dienstpflichten verletzt, wenn Sie den Brief aus Fotheringhay Castle geschmuggelt hätten. Die Anordnung über den Arrest beinhaltet die Kontrolle der Außenkontakte."

„Ich sagte doch, dass ich mich nicht erinnern kann. Sie müssten Zeugen haben, die könnten mir vielleicht auf die Sprünge helfen."

„Leicester sagte ..."

„... dass ich ihm einen Brief übergeben habe? Ausgeschlossen."

„Sie wissen, wer ihm den Brief gegeben hat."

Scila schüttelte den Kopf. Er spürte die Schmerzen seiner Prellungen, aber er fühlte auch, wie sein Kampfgeist zurückgekehrte. „Ich war nicht dabei, als irgend jemand irgendeinen Brief an Mr. Leicester übergeben hat."

Burleighs Gesichtszüge verzerrten sich. Die Adern auf seiner Stirn schwollen an. „Dieses Flittchen hat es getan, das wissen Sie ganz genau."

„Ich habe nie ein Flittchen gekannt." Scila bemühte sich, ruhig zu bleiben.

Burleigh streckte den Arm aus und deutete mit dem Zeigefinger auf den Inspektor: „Was meinen die eigentlich mit Erweckung?"

„Wie bitte?"

„Sie müssen es doch jetzt wissen?"

Scila schüttelte den Kopf. „Mit religiösen Angelegenheiten kenne ich mich nicht aus."

„Ach was, Religion? Sex!"

Scila starrte den Staatsanwalt erstaunt an. „Ist es das, was Sie so plagt, dass Religion und Sex dasselbe sein könnten?"

Burleigh hatte seine Fassung wiedergewonnen und starrte Scila aus kalt glänzenden Augen an. „Sie sind kein Polizist, sondern ein Hurenbock, Inspektor."

„Mein Privatleben muss Sie nicht interessieren, Herr Staatsanwalt."

„Machen Sie sich auf ein Disziplinarverfahren gefasst, Scila. Und jetzt raus hier!"

Die kühle Blonde im Vorzimmer sah nicht auf, als Scila sich im Vorbeigehen verabschiedete.

Er blieb stehen und sagte: „Gehen Sie rein, er braucht jetzt ein paar Eiswürfel."

Sie blickte auf. „Es gibt keinen Grund, psychische Anspannungen an unbeteiligten Personen auszulassen. Und bitte nehmen Sie das nicht persönlich, Herr Inspektor."

Scila lachte kurz und verließ das Büro.

Er ging durch den breiten Behördenflur zum Treppenhaus. Der gläserne Aufzug kam gerade hoch, darin stand eine einzelne Person. Leicester. Sieh mal an, dachte Scila.

Die Aufzugstür öffnete sich, und Leicester würdigte den Davorstehenden keines Blickes. Er schien um Jahre gealtert, war grau im Gesicht und hatte die Körperhaltung eines Menschen, der eine Niederlage verkraften muss oder einen Schicksalsschlag erwartet.

„Glückwunsch, Mr. Leicester“, sagte Scila freundlich.

Der Angesprochene sah ihn verständnislos an.

„Sie sind frei“, stellte Scila aufmunternd fest.

Leicester drängte sich an ihm vorbei. „Was wissen Sie denn davon?“

Scila zuckte mit den Schultern und betrat die Aufzugkabine. Durch die Glaswand beobachtete er, wie Leicester den Flur entlangging.

Eine leise Glocke ertönte. Scila schlüpfte zwischen den sich schließenden Türflügeln hinaus. Leicester war verschwunden, also hatte er ebenfalls einen Termin bei Burleigh. Scila lehnte sich gegen das Treppengeländer und wartete.

Kapitel 31

Die kühle Blondine hatte Mitleid mit dem Neuankömmling.

„Möchten Sie ein Glas Wasser, Mr. Leicester, ein Aspirin vielleicht?"

Er schüttelte den Kopf. „Nein, danke ... doch, ein Wasser vielleicht."

Sie ging zum Wasserspender. „Mit oder ohne Kohlensäure?"

„Ja, ja." Leicester schien die Frage gar nicht registriert zu haben.

Sie wählte ohne Kohlensäure und reichte ihm den Becher.

„Danke." Er trank wie jemand, der großen Durst hat.

„Er erwartet Sie schon", sagte sie, als sie den Becher wieder entgegennahm.

„Ja."

Sie warf den Becher in den Mülleimer. „Gehen Sie ruhig hinein."

„Ja."

„Die Tür ist nur angelehnt."

„Danke."

Die Sekretärin sah ihn auffordernd an, Leicester stand wie angewurzelt da.

„Dürfte ich vielleicht noch ein Glas?"

„Aber gern, Mr. Leicester." Sie füllte einen weiteren Becher und gab ihn ihm. Er trank ihn in einem Zug aus. Dann ging er mit dem Becher in der Hand zur Tür. Er hatte seinen Aktenkoffer vergessen. Ein unangenehmes Gefühl, nichts in der Hand zu haben. Nicht, dass er ihn gebraucht hätte, dies war ja kein geschäftlicher Termin, sondern eine private Unterredung. Unsinn! Ein Verhör. Er hatte eine Vorladung bekommen, darum ging es, und es war gut, dass er nichts dabei hatte, was ihn in irgendeiner Art belasten konnte. Schlimm konnte es eigentlich nicht werden, er war ja schnell aus der Haft entlassen worden. Zwar hatte sich niemand entschuldigt, aber es schien so, als hätte die Polizei ihren Fehler erkannt. Burleigh wollte das vielleicht noch mal klarmachen. Die Ermittlungsbehörde war schließlich ihm unterstellt.

Leicester klopfte, hörte ein aufmunterndes „Gehen Sie nur, er erwartet Sie" von der Blondine und schob die Tür gerade so weit auf, dass er eintreten konnte.

Burleigh sah auf, nahm eine Lesebrille ab, die Leicester noch nie bemerkt hatte, hob die Hand und deutete auf den Stuhl vor seinem Schreibtisch: „Nehmen Sie doch Platz, Mr. Leicester."

Hinter ihm klickte die Tür zu. Er ging zum Stuhl und setzte sich.

„Ich danke Ihnen, dass Sie gekommen sind", sagte Burleigh.

„Ich musste doch."

„Ja, aber Sie haben uns erspart, Sie holen zu müssen."

„Ich habe ja einen Wagen."

„Ja, eben. Schön." Burleigh setzte die Brille wieder auf, blätterte in einigen Papieren, überflog den Text, legte alles zusammen und klappte den Ordner zu.

Er schob den Ordner beiseite und sah auf. „Das brauchen wir jetzt nicht. Wir kennen uns ja. Sprechen wir einfach so." Wie, einfach so? Leicester konnte sich nichts darunter vorstellen.

„Einige offene Fragen sollten wir klären, Mr. Leicester."

Leicester bemerkte den Becher in seiner Hand. Wo kam der jetzt her? Sollte er ihn nicht wegstellen? Auf den Boden? Aber sich jetzt nach unten beugen würde ihn womöglich erniedrigen, und es ist gut, etwas in der Hand zu halten.

„Sie sind nicht zufällig Mitglied der Erweckungskirche, Mr. Leicester?"

„Wie? Nein, wieso das denn?"

„Es könnte ja sein. Es könnte auch sein, dass es geheime Mitglieder gibt, die nicht auf den offiziellen Listen auftauchen."

„Ich? Aber warum ... nein?“

„Ich frage deshalb, weil es mich erstaunt, dass Sie eine recht innige Beziehung zu Mrs. Stuart zu haben scheinen.“

„Innig? Das ist ... nicht richtig ...“

„Nein? Wie würden Sie das Verhältnis dann beschreiben?“

„Ein Verhältnis? Nein, also das stimmt wirklich nicht.“

„Aber was stimmt denn?“

„Es stimmt, dass ich für Scots Media gearbeitet habe, bevor ich zu Westminster wechselte.“

„Doch eigentlich als persönlicher Berater, nein?“

„In wirtschaftlichen Dingen.“

„Als sehr persönlicher Berater.“

„Das ist eine Frage, die ich nicht beantworten möchte. Es scheint mir in diesem Zusammenhang nicht angebracht, solche Dinge zur Sprache zu bringen.“

„Nein? Aber es geht hier um Vertrauen und Loyalität. Man kann nicht zwei Herren zugleich dienen, zwei Herrinnen schon gar nicht, Mr. Leicester.“

„Meine Loyalität zu Westminster ist absolut korrekt. Ich verstehe nicht, wieso wir hier wirtschaftliche und interne Angelegenheiten der Firma besprechen müssen.“ Der Pappbecher knackte unter dem Druck von Leicesters Hand.

„Persönliches und Geschäftliches liegen in diesem Fall eng beieinander. Elisabeth Westminster hat Ihnen sehr viel Vertrauen entgegengebracht.“

„Tja, sehen Sie, und das, obwohl Sie wusste, dass ich einige Zeit bei Scots Media war."

„Sie wusste ja auch nichts von ihrem andauernden privaten Verhältnis zu Mary Stuart."

Der Pappbecher knackte wieder. „Was denn für ein privates Verhältnis?"

„Sehen Sie, Mr. Leicester, das frage ich mich auch. Es kann rein privat sein, vielleicht intim, vielleicht sind Sie ja auch ein religiöser Mensch und wissen es gut zu verbergen, vielleicht sind Sie auch ein kaltblütiger Taktiker und so was Ähnliches wie Mary Stuarts Trojanisches Pferd bei Westminster."

„Das sind alles haltlose Unterstellungen!" Der Pappbecher glitt aus Leicesters Hand und fiel zu Boden.

„Nein, nein, Mr. Leicester, sehen Sie mal ..." Burleigh beugte sich über den Schreibtisch und hielt Leicester ein Schriftstück hin. „Dieser Brief. Sie kennen ihn. Den haben wir bei Ihnen gefunden, nachdem diese ... unglückliche Sache passiert ist. Ich muss ehrlich sagen, dass ich noch immer erschrokken bin über das, was geschehen ist. Und seien Sie sicher, dass ich schockiert war, als ich erfahren habe, dass man Sie in Gewahrsam genommen hat."

„Ich danke Ihnen, dass Sie mich so schnell aus dieser Sache ..."

„Schwamm drüber, das war doch selbstverständlich. Aber dann lese ich diesen Brief, Mr. Leicester, und bin sehr verunsichert. Noch schlimmer erging es natürlich unserer gemeinsamen Freundin Elisabeth, die ..."

„Sie haben ihr den Brief gezeigt?“ fragte Leicester tonlos.

„Natürlich. Ich musste mir doch über einiges klar werden. Als Zeugin war sie da natürlich ...“

„Aber das ruiniert mich!“ rief Leicester aus.

Burleigh verzog das Gesicht, als hätte er plötzlich einen unangenehmen Schmerz gespürt. „Ich bin mir sicher, Sie wird Sie nicht fallenlassen, einem guten Freund hält man die Treue. Es gibt gute Gründe ...“

„Was für Gründe?“

„Vertrauen, Treue, Sie müssen ihr Ihre Loyalität nur beweisen.“

Leicester trat mit dem Fuß auf den Pappbecher und fühlte sich ertappt.

„Sie saß hier“, fuhr Burleigh fort. „Las den Brief, gab ihn mir zurück und sagte: Ich bin mir sicher, dass er einen Weg finden wird, zu beweisen, dass ich mir in Zukunft keine Sorgen mehr machen muss.“

Leicester erstarrte. Dann spürte er, wie dieses Zittern zurückkam, das ihn im Polizei-Transporter überfallen hatte, dieses Zittern, gegen das man nichts tun konnte.

„Wahrscheinlich wissen Sie, welchen Weg sie meint“, sagte Burleigh leichthin. „Er wird ihn schnell zu Ende gehen, hat sie gesagt. Sie sehen also, Mr. Leicester, Ihre Vertrauensposition ist nicht gefährdet, im Gegenteil, mir scheint sie gefestigt wie nie. Sollten sich die geringen Verdachtsmomente, die ich von Amts wegen haben muss, als gegenstandslos erweisen, sehe ich keinen Grund, warum Sie sich über Ihre Zukunft Sorgen machen sollten."

Leicester konnte darauf nicht antworten. Alle Kraft war aus ihm gewichen. Sie will es, dachte er, sie will es, und ich soll an allem schuld sein.

Burleigh drückte auf eine Taste seiner Gegensprechanlage: „Miss Knightley, bringen Sie Mr. Leicester doch noch ein Mineralwasser, bitte."

Diesmal brachte sie einen Becher mit Sprudel. Leicester bekam das kohlensäurehaltige Wasser nicht herunter. Er stellte den Becher auf Burleighs Schreibtisch ab und sagte: „Ich danke Ihnen."

„Bitte sehr. Miss Knightley wird Sie nach draußen begleiten. Auf Wiedersehen, Mr. Leicester."

Geistesabwesend trat Leicester auf den Flur. Die Tür hinter ihm schloss sich lautlos. Er ging Richtung Treppenhaus, beachtete den offen stehenden Aufzug nicht, sondern stieg langsam die Treppen hinunter. Dass Inspektor Scila ihm folgte, nahm er gar nicht wahr.

Kapitel 32

Davison saß in einem Ledersessel in der Marmor-Lounge des Victoria Grand Hotel am Londoner Strand und trank eine heiße Schokolade. Vor ihm, unter einem halb aufgefalteten Stadtplan von London, lag eine ältere Ausgabe von „National Geographic“ mit einem großen Artikel über Mexico. Er hatte ihn mit Interesse gelesen. Es war immer angenehm, schon während der Durchführung eines Auftrags über den Urlaub nachzudenken, der folgte sollte. Es war ja nicht immer so, dass ein Job ihn in luxuriöse Gefilde führte wie jetzt. Natürlich suchte er sich immer eine Operationsbasis aus, wo man das Angenehme mit dem Nützlichen verbinden konnte. Gelegentlich aber musste er sich mit billigen Absteigen oder drittklassigen Bordellen begnügen. Das gehörte zur Arbeit, und man klagte nicht.

Wie jeder beruflich erfolgreiche Mann in mittleren Jahren wusste Davison die Bequemlichkeiten eines Grand Hotels zu schätzen. Das einzige, was man hier nicht aufs Zimmer geliefert bekam, waren die jungen Damen, die sich am späteren Abend an der Bar versammelten. Die musste man selbst dort abholen. Sie fanden es aufregend, in seinem Zimmer mehrere Musikinstrumenten-Koffer zu finden. Natürlich kam immer die scherzhafte Frage, ob er nicht etwas vorspielen könnte, aber das ging natürlich nicht. Es wäre zu laut gewesen. Und auch mit Schalldämpfer war die Gefahr groß, dass man einen zu großen Schaden am historisch wertvollen Inventar verursachte.

Davison lächelte zufrieden, nippte an seiner Schokolade und ließ seine Hände über den Stoff seiner maßgeschneiderten Anzughose gleiten. Er hatte Tage darüber nachgedacht, welcher Stoff sich am besten anfühlen würde. Schließlich hatte er drei Anzüge aus gänzlich verschiedenem Material in Auftrag gegeben, alle mit Weste, alle mit passenden Hemden und Krawatten dazu. Bevor er London verlassen würde, wollte er sich noch zwei Paar Schuhe, schwarze und braune, besorgen und einige Freizeitkleidungsstücke durch Neuerwerbungen ersetzen. Vielleicht kam er aber auch erst in Mexico City dazu oder er schaute mal am Flughafen in den Boutiquen, was es gab.

Das Prepaid-Handy, das er sich heute Morgen besorgt hatte, würde er nachher gleich wieder wegwerfen, am besten in die Themse. Na ja, vielleicht reichte es auch einfach, den Chip rauszunehmen.

Der Empfang hier in der Halle war ganz gut, und so hatte er seinen Geschäftspartner aus dem bequemen Sessel heraus durch halb London dirigiert, um ihn ein bisschen kirre zu machen. Jetzt kam der Mann durch die Drehtür. Mit offenem Mantel, nassen Haaren und ein bisschen außer Puste, denn Davison hatte ihn das Auto einige Straßen weiter in einem Parkhaus abstellen lassen. Es wäre umsichtiger gewesen, ihm mitzuteilen, er solle einen Schirm mitnehmen, denn draußen hatte es wieder zu regnen begonnen. Na ja, zu spät. Hauptsache, er hatte den Koffer dabei, und das war der Fall.

Davison beobachtete, wie sein Kunde an den Empfangstresen trat.

„Guten Tag“, sagte Davison leise vor sich hin. „Ich möchte zu Mr. Davison. Wären Sie so nett, mich anzumelden? – Gern, aber ich sehe gerade, Mr. Davison hat uns gebeten, Ihnen den Schlüssel auszuhändigen. Er ist kurz fortgegangen. Sie möchten bitte schon mal hinaufgehen. Zimmer 423. – Äh, danke sehr. – Vierter Stock. Die Aufzüge sind dort drüben. – Danke, danke. Hoppla, jetzt hätte ich doch beinahe den Koffer stehen lassen ...“

Die Aufzugtür öffnete sich, schloss sich, auf der Anzeige darüber erschienen die Zahlen 1 und 2 und 3 und 4.

Davison faltete den Stadtplan zusammen und stand auf. Er brachte die Zeitschrift zurück zum Zeitungstisch und schlenderte dann, den Plan in der einen Hand, die andere lässig in der Hosentasche, zum Aufzug und drückte auf den Knopf.

Oben angekommen, ging er beschwingt den langen Korridor entlang, grüßte die hübsche Inderin vom Zimmerservice freundlich und erreichte Nummer 423. Er klopfte dreimal und hörte drinnen die dumpfe Stimme: „Ja, bitte?"

„Davison."

Die Tür ging einen Spaltbreit auf. Davison zog sie ganz auf und trat ein. Leicester wich zurück. Er sah miserabel aus. Fahl und teigig war sein Gesicht geworden, und die Körperhaltung drückte eine ungesunde Schicksalsergebenheit aus. Er wirkte abgehetzt, obwohl er doch mit dem Aufzug hochgekommen war.

„Gehen Sie ruhig vor", sagte Davison.

Leicester betrat den Salon der Mini-Suite, der durch einen schweren Vorhang vom Schlafbereich abgetrennt war, und blieb verblüfft stehen. Rechts neben dem Sofa standen drei Cello-Koffer vor der Wand.

„Na, nun raten Sie mal, auf welchem ich am liebsten spiele", sagte Davison gutgelaunt. „Setzen Sie sich. Darf ich Ihnen etwas anbieten?"

Leicester stand noch immer vor den Cello-Koffern. Der eine war blau, der andere gelb, der dritte schwarz. Gebannt starrte er sie an.

„Sie werden es nicht herausfinden", sagte Davison, „und ich gebe Ihnen keinen Tip. Und bitte nicht anfassen. Sie fallen leicht um. Wäre nicht schlimm, aber Sie erschrecken sich sonst. Eine kleine Manufaktur in der Schweiz stellt die her. Die Koffer, meine ich. Ich nehme lieber Cellos, Geigenkästen wirken so … klischeehaft. Nun setzen Sie sich doch! So, wie Sie aussehen, könnten Sie einen Whisky gebrauchen.“ Er öffnete die Tür der Mini-Bar. „Ist ja nicht viel da, aber Johnny Walker Black Label ist passabel, oder einen Malt?“

Leicester setzte sich und nickte müde.

„Eis? Wir haben auch Eis hier. Wasser dazu?“

„Bitte pur.“

„Sieh mal an, hier ist noch ein Irischer. Dann nehmen Sie doch den.“

Leicester nickte müde.

Davison schenkte ein und stellte zwei Whisky-Gläser auf den Tisch vor dem Sofa.

„Wären Sie so nett, mir den Koffer rüberzureichen? Danke.“ Er setzte sich auf den Sessel und nahm den Koffer auf den Schoß. „Oh, ein Zahlencode. Hoffentlich haben Sie nicht vergessen, wie er lautet.“

„Zweimal dreimal drei.“

Davison stellte die Zahlen ein. „Ich empfehle übrigens Metallkoffer mit Digitalcodes. Ist sicherer. Kann höchstens unangenehm werden, wenn die Batterien leer sind. Aber in jedem Fall schwer zu knakken.“ Er klappte den Kofferdeckel auf und zählte die Euro- und Dollarscheine durch, jeden Stapel einzeln. Es dauerte eine Weile. Leicester kippte seinen Whisky und starrte auf die langen weißen Gardinen, die sich in der Zugluft hin und her bewegten. Durch das gekippte Fenster drang der Verkehrslärm.

Davison verschloss den Koffer und sagte zufrieden: „Sehr schön. Alles klar. Ich erwarte, dass mir meine Bank den Eingang Ihrer Überweisung zwei Stunden nach Lieferung bestätigt."

Leicester nickte.

„Haben Sie spezielle Terminvorstellungen?"

„So schnell wie möglich." Leicesters Stimme klang heiser.

„Das ist in jedem Fall die beste Methode. Soll ein bestimmter Ort ausgewählt werden?"

Leicester schüttelte den Kopf.

„Sonstige Wünsche?"

Leicester hob die Schultern. „Ist doch alles gleich."

Davison schob ihm das zweite Whisky-Glas hin. „Hier, trinken Sie. Das bringt Sie wieder auf die Beine."

Leicester zögerte, dann trank er auch dieses Glas aus. Davison stellte den Koffer auf den Boden.

„Ich danke Ihnen für Ihr Vertrauen. Sollten Sie wieder einmal einen Auftrag für uns haben, wissen Sie ja, an wen Sie sich wenden müssen. Aber bitte beachten Sie, dass zwischen den einzelnen Terminen gewisse Fristen eingehalten werden müssen, aus Organisations- und Sicherheitsgründen."

Leicester stierte zu Boden.

Davison erhob sich und deutete zur Tür. „Wenn Sie sich jetzt in der Lage fühlen, darf ich bitten. Es wird Zeit, dass ich meine Vorbereitungen treffe."

Leicester stand auf und ging an Davison vorbei in den Vorraum. Dort drehte er sich um und sagte stockend: „Es ... es genügt vielleicht ... wenn Sie danebentreffen.“

Davison schüttelte leicht den Kopf und lächelte freundlich. „Sorgen Sie sich nicht, Mr. Leicester. Sie sind doch nur der Kofferträger.“ Er griff an ihm vorbei und drückte die Klinke herunter. Die Tür schwang auf. Leicester bewegte sich nicht. Davison legte behutsam einen Arm um seine Schultern und schob ihn in den Hotelflur. Da der Mann noch immer keine Anstalten machte loszugehen, fasste Davison ihn am Arm und zog ihn zu den Aufzügen.

Die Aufzugklingel ertönte, die Tür öffnete sich. Davison schob ihn in die Kabine und drückte den Knopf fürs Erdgeschoss.

„Schaffen Sie es bis zu Ihrem Wagen?“ fragte Davison.

„Ja, ja“, sagte Leicester unwirsch.

Unten angekommen, führte Davison ihn durch die Marmor-Lounge zur Drehtür. Er bemerkte einen mittelgroßen Kerl in abgetragenem Cord-Anzug und fleckigem Trench-Coat, der sie interessiert beobachtete. Davison führte Leicester zu seinem Wagen im Parkhaus, ließ ihn einsteigen und wartete, bis er fortgefahren war.

Zurück im Hotel, stellte er beruhigt fest, dass der Kerl im Trench verschwunden war.

Kapitel 33

„Ach, ist das nicht wundervoll?“ Mary Stuart stand in der Mitte ihres Schlafzimmers auf Fotheringhay Castle und hielt einen Tennisschläger in der Hand, als wollte sie jeden Moment einen Ball zurückschlagen.

„Wie bitte?“ sagte Hanna Kennedy. Sie war gerade dabei, Wäsche zusammenzufalten. Auf dem Bett lag ein halbgefüllter offener Koffer.

„Endlich komme ich raus aus diesem goldenen Käfig.“

„Bleib auf dem Teppich, Mary. Zunächst einmal wird es für dich sehr schwer werden. Du wirst diesem Luxus-Knast noch nachtrauern. Du hast doch wohl nicht vergessen, wie elend dir im Untersuchungsgefängnis zumute war?“

„Und wenn schon. Die Hauptsache ist doch, dass dies hier alles bald ein Ende haben wird.“ Mary deutete einen Schlag mit der Rückhand an.

Kennedy richtete sich auf. „Auf welches Ende es hinausläuft, weißt du doch noch gar nicht."

„Mein Schicksal liegt in Gottes Hand." Mary Stuart simulierte einen gelungenen Abschlag.

„Nun ist aber noch nicht heraus, wie gut dein Gott Tennis spielen kann."

Mary ließ den Schläger sinken. „Hanna, wie kannst du so lästerlich reden! Es ist auch dein Gott."

„Natürlich. Aber ich frage mich, was ich tun kann, um dich auf den Boden der Tatsachen zurückzuholen. Dass du wieder nach London zurück sollst, bedeutet erst einmal gar nichts."

„Ich vertraue Richter Shrewsbury. Er tut alles in seiner Macht Stehende, um mich zu retten."

„Siehst du das nicht zu idealistisch, Mary? Shrewsbury fühlt sich vor allem der Wahrheit verpflichtet."

„Im Zweifel für die Angeklagte, Hanna!"

„Es kann ja sein, das Shrewsbury zweifelt und ihn das in letzter Konsequenz zu deinem Verbündeten macht, aber Burleigh ist kein Zweifler. Er weiß, was er will."

„Es ist seltsam, aber ich habe diesen Mann nie verstanden. Was treibt ihn an, so fanatisch meinen Ruin zu wollen?"

„Es gibt nur drei grundlegende Kräfte, die den Menschen antreiben: Liebe, Hass, Verzweiflung, such dir eine davon aus."

„Du meinst, er hasst mich? Aber warum?"

„Wer selbst glaubt, glaubt, der Glaube der anderen sei Aberglaube."

„Du meinst, das allein …“

„Nein, es muss mehr sein. Letzten Endes steckt sie hinter alledem, das weißt du.“

„Sie und er, ja, zwei seltsame Verbündete. Als ob der Teufel nach zwei Gefäßen für sein giftiges Elixier gesucht hätte.“ Mary warf den Schläger auf das Bett. „Du hast recht, Hanna. Ich sollte mich nicht zu sehr freuen.“

„Ich frage mich, ob Freude überhaupt angebracht ist“, entgegnete Kennedy düster und beugte sich wieder über die Wäsche.

„Aber hast du nicht gehört, was Paulet gesagt hat?“ Sie ahmte eine tiefe Männerstimme nach: „Da draußen braut sich wieder was zusammen. Geradezu unverständlich, diese Angelegenheit. Ein Zelt! Absurd! In dieser Situation!“ Sie lachte.

„Deine Fröhlichkeit ist nicht ansteckend“, stellte Kennedy nüchtern fest. „Im übrigen könntest du mir ruhig ein bisschen zur Hand gehen.“

Mary schaute abwesend zum Fenster hin. „Gleich, gleich, Hanna. Aber findest du es nicht erstaunlich und wunderbar, dass die Genehmigung für das Zelt erteilt wurde?“

„Selbst wenn es ein gutes Zeichen ist, solltest du dir nicht zuviel darauf einbilden.“

„Du hast ja recht, aber trotzdem stimmt es mich zuversichtlich. Sie bauen schon auf.“ Sie trat ans Fenster und blickte hinaus. Auf dem Vorplatz des Hauses standen jetzt mehr Polizeifahrzeuge als je zuvor. Einige Beamte liefen zwischen den Wagen herum und unterhielten sich. Auf der anderen Seite des Sicherheitszauns vor dem Wachhäuschen erkannte sie Inspektor Paulet und Sergeant Drury im Gespräch mit ihren Kollegen. Gestern vormittag hatte Paulet ihr die Nachricht überbracht, dass sie nach London überstellt werden sollte. Das hatte ihre Lebensgeister geweckt. Als dann zwei Stunden später Drury mit der Meldung hereingeplatzt war, dass eine Genehmigung für den Gottesdienst der Erweckungskirche direkt gegenüber vor der Burg vorläge, war sie in Jubel ausgebrochen. Seitdem versuchte Kennedy, ihren Optimismus zu bremsen.

„Hoffnung ist wie eine Arznei“, hatte sie gesagt. „Man muss sie gut dosieren, sonst wendet sie sich gegen dich. Und enttäuschte Hoffnung vergiftet die Seele.“

„Ach, Hanna“, hatte Mary daraufhin ausgerufen. „Es ist gut, dass ich dich habe ...“

„Ja, ja, bei deinem Talent, dir den Teppich selbst unter den Füßen wegzuziehen, brauchst du jemanden, der mit beiden Beinen auf dem Boden steht.“

Als Mary sich jetzt an diesen Satz erinnerte, musste sie lächeln. Sie hatte ja recht, die gute Hanna. Aber andererseits musste man einfach fest daran glauben, dass Gutes geschieht, damit es auch geschehen konnte. Und das Zelt dort drüben auf der großen Wiese jenseits der Straße, die zur Burg führte, war der deutliche Hinweis, dass etwas Gutes geschah. Ein großer Plan steckte hinter alledem, davon war sie überzeugt. Ihr eigenes Leben war der Beweis dafür, dass die Vorsehung hinter allem steckte. Wer das erst einmal begriffen hatte, für den war es doch ganz leicht, überschwenglich zu werden. Es war doch keine Sünde oder Eitelkeit, dass sie daran glaubte. Glaube musste sein! Eben das war es doch: Er zwingt dich, an das Gute zu glauben und dass sein Weg bereitet ist. Wie sonst könnte zum Beispiel so schnell der Bau des Zeltes vonstatten gehen? Wie sonst könnte diese Genehmigung zustande gekommen sein? Wie sonst erklärt es sich, dass die Polizisten dem Treiben auf der Wiese zuschauen ohne einzugreifen.

Wenn Burleigh wirklich alles versucht, um mich beiseite zu drängen, so gibt es doch eine große Kraft, gegen die er nicht ankommt, und Elisabeth erst recht nicht. Sie lächelte. Keiner kommt dagegen an. Und Richter Shrewsbury ist sich bestimmt überhaupt nicht bewusst, dass er als Arm der großen Gerechtigkeit wirkt. Oder vielleicht doch? Wer weiß.

Mary drehte sich um. „Jetzt komm doch mal ans Fenster und schau dir das an!“ rief Mary aus. „Das Zelt ist fast fertig. Und sie haben es so gebaut, dass der Altar auf der uns zugewandten Seite stehen wird.“

Kennedy trat zu Mary ans Fenster. „Doch, das ist schön“, sagte sie nüchtern.

„Und es ist nur ein Dach, siehst du. Es gibt keine Seitenwände. Wir können auch die Menschen sehen, wenn sie sich dort versammeln.“

„Da sind schon die ersten gekommen“, stellte Kennedy fest.

„Und es wird ein schöner Tag werden. Die Blätter der Bäume glänzen golden, und es sieht alles sehr friedlich aus."

„Vielleicht sollte ich das auch alles etwas positiver sehen", sagte Kennedy leise.

Mary legte einen Arm um Kennedys Schulter und zog sie zu sich heran. Sie schwiegen eine Weile.

„Es ist nur traurig, dass wir für einige Zeit getrennt sein werden."

Kennedy lachte leise auf. „Das wirst du bestimmt überleben!"

„Versprich mir, dass du nicht weit vom Gefängnis entfernt wohnen wirst. Es wird bestimmt in der Nähe ein Hotel geben."

„Aber das habe ich doch schon versprochen."

„Und du musst mich jeden Tag besuchen kommen."

Mary nahm ihren Arm von Kennedys Schulter und suchte ihre Hand. Sie schauten schweigend nach draußen.

„Du musst jeden Tag kommen, sonst ertrage ich das alles nicht. Ohne dich fällt es mir furchtbar schwer, die Hoffnung am Leben zu halten."

„Ausgerechnet ich", murmelte Kennedy.

„Ja, ausgerechnet du. Du hast es wirklich nicht leicht mit mir. Dieser ganze Kampf, ein Leben im goldenen Käfig, und jetzt das Gefängnis. Wird es dir auch nicht zu viel? Denkst du nicht manchmal daran, fortzugehen?"

„Früher habe ich öfter daran gedacht. Aber das ist so lange her."

„Ich war ein richtiges Scheusal, nicht wahr? Du hast sehr unter mir gelitten, ich weiß. Wie hast du das nur so lange ausgehalten?“

„Ich hatte gehofft, dass du dich ändern würdest. Und ja auch recht behalten.“

„Im Hoffen sind wir wohl beide sehr gut, Hanna.“

„Ja, es scheint so.“

Mary ließ Kennedys Hand los und wandte sich um. „Und deshalb wollen wir jetzt die Koffer packen. Ich möchte, dass alles fertig ist, wenn unsere Freunde sich dort draußen versammeln. Es wäre doch wunderbar, wenn wir den Gottesdienst mitverfolgen könnten.“

„Wie willst du das denn anfangen?“

„Der Balkon, der nach vorn hinausgeht, über der Terrasse.“

„Das werden diese Polizisten niemals erlauben.“

„Wer weiß. Es wurden so viele gute Zeichen ausgesandt, dass ich mir fast sicher bin, dass wir dies auch noch erreichen können.“

Kennedy seufzte. „Na gut, also los jetzt. Und vergiss nicht, das du einen Koffer mit dem Allernötigsten für dich ganz alleine brauchst.“

Mary hielt inne, ihr Blick verdüsterte sich: „Den musst du packen.“

Kapitel 34

Etwa einen Kilometer vor Fotheringhay musste Scila an einer Straßensperre hinter dem signalgelben Hubwagen eines Straßenbaubetriebs anhalten. Zwei Polizeitransporter blockierten die letzte Kreuzung vor dem Ortseingang und lenkten alle ankommenden Fahrzeuge nach rechts oder links oder forderten sie auf, umzukehren. Nicht weit entfernt knatterte ein Hubschrauber und beobachtete das Verkehrsgeschehen aus der Luft. Scila fluchte. Vor ihm standen etwa dreißig Fahrzeuge.

Er spürte das große Bedürfnis, seinen Kopf aufs Lenkrad sinken zu lassen und zu schlafen. Nur fünf Minuten oder zehn oder eine Viertelstunde. Die drei Tassen mit schauderhaftem Kaffee, die er an einer Raststätte getrunken hatte, hatten nichts genutzt. War heutzutage überhaupt noch Koffein in dem Zeug?

Die halbe Nacht hatte er vor Leicesters Wohnung in Kensington im Auto gesessen und darüber nachgegrübelt, was der Kerl wohl als nächstes vorhatte. Der Mann aus dem Hotel hatte den Manager in seinen Jaguar gesetzt, und Leicester war auf ziemlich riskante Art aus der Parklücke gefahren und hatte nicht wenigen anderen Verkehrsteilnehmern einen gehörigen Schrecken eingejagt. Irgendwie hatte er es dennoch ohne Unfall in die kleine Straße mit den viktorianischen Wohnhäusern geschafft und war die Treppe zum Eingang hinaufgetaumelt. Scila hatte seinen Marina auf der anderen Straßenseite geparkt und gewartet. Auf was, wusste er selbst nicht. Er hatte nur dieses unklare Gefühl, dass Leicester etwas tun würde, irgendwann demnächst.

Nach Einbruch der Dunkelheit – in Leicesters Haus brannte noch immer Licht – war ihm der Verdacht gekommen, dass Leicester das, worauf er wartete, schon getan hatte. Scila sah ihn hinter den Gardinen des Salons im ersten Stock hin und her laufen. Warum ging er nicht zu Bett? Weil er sich nicht entschließen konnte, das zu tun, was er sich vorgenommen hatte? Oder weil er Gewissensbisse spürte wegen dem, was er schon getan hatte?

Er hat es schon getan, entschied Scila gegen zwei Uhr nachts. Leicester tigerte noch immer in seiner Wohnung herum, sah aber nie nach draußen. Wenn du noch was vorhast, schaust du raus und siehst nach, ob jemand da ist, der dich beobachten könnte, wenn es losgeht. Wenn du es schon getan hast, bleibst du lieber unsichtbar, verkriechst dich in deiner Höhle und hoffst, dass niemand dir auf die Schliche kommt.

Ich hab ihn den ganzen Tag beschattet, überlegte Scila. Seit er von Burleigh weggegangen ist, hat er nur eine einzige Person getroffen, und das war im Hotel. Diesen gestriegelten Typen, Manager von sonstwoher, wahrscheinlich einer von den Leuten, die Westminster Enterprises übernehmen wollen. So wie Leicester nach dem Gespräch mit dem Mann ausgesehen hatte, waren die Verhandlungen eher unerfreulich gewesen. Der Gedanke, dass es gar kein Manager gewesen war, mit dem Leicester da gesprochen hatte, kam Scila erst jetzt.

Oben im ersten Stock gingen die Lichter aus. Das Haus war jetzt ganz dunkel. Scila wartete, dass Leicester herauskommen würde. Der schien sich aber trotz seiner Nervosität ins Bett gelegt zu haben. Vielleicht nachdem er Schlaftabletten oder ein Beruhigungsmittel genommen hat. Wenn er in einer halben Stunde nicht rausgekommen ist, fahr ich noch mal zum Hotel.

Scila startete den Marina und fuhr zurück zum Hotel. An der Rezeption musste Scila zuerst eine genaue Beschreibung des Mannes liefern, bis herauskam, dass es sich um einen gewissen Davison handelte.

„Es tut mir leid", sagte die Empfangsdame, „aber Mr. Davison ist schon abgereist."

„Jetzt? Mitten in der Nacht?"

„Er hat seine Instrumente mitgenommen. Vielleicht gibt er erst noch ein Konzert und muss dann gleich weiterreisen."

„Instrumente?"

„Drei Violoncelli."

„Drei? Das ist aber viel."

„Ein professioneller Musiker besitzt in der Regel mehrere Instrumente."

„Sie meinen, der hat heute abend irgendwo gespielt?"

„Gestern abend. Jetzt ist ja schon morgen."

„So, wie er gekleidet war, muss er ein erfolgreicher Künstler sein. Zumal er hier absteigen konnte."

Die Empfangsdame nickte zurückhaltend.

„Haben Sie mal eine Zeitung von gestern?"

Scila bekam eine und studierte die Seite mit den Veranstaltungshinweisen. Unter der Rubrik Klassik gab es keinen Hinweis auf ein Cello-Konzert.

„Darf ich mal sein Zimmer sehen?"

„Es ist wahrscheinlich noch nicht aufgeräumt."

„Um so besser."

Die Empfangsdame sah im Computer nach. „Nein, der Zimmerdienst war noch nicht da."

Sie ging mit ihm nach oben in den vierten Stock. Das Zimmer sah aus wie alle verlassenen Hotelzimmer: das Bett unordentlich, leere Wasserflaschen und Gläser, alte Zeitungen und Zeitschriften, zerknülltes Bonbon- und Schokoladenpapier. Scila leerte den Papierkorb und fand dann im Mülleimer im Badezimmer ein kleines Fläschchen mit rotem Etikett.

„Haben Sie die Instrumente mal gesehen?" fragte er die Empfangsdame.

„Nur die Koffer. Sie waren verschieden farbig: gelb, schwarz und blau."

Scila studierte da rote Etikett. „Aus was sind Celli gemacht?"

„Aus Holz natürlich."

„Und die Koffer?"

„Waren aus Kunststoff, glaube ich."

„Keine Eisenkoffer und Metallinstrumente?"

„Nein, das würde ja auch komisch klingen, denke ich."

„Wofür braucht der Künstler dann Waffenöl?"

Die Empfangsdame zuckte mit den Schultern. In diesem Hotel wurden die merkwürdigsten Dinge in Mülleimern gefunden. Sie wunderte sich über nichts mehr.

Scila steckte das Fläschchen ein und ging in Begleitung der Empfangsdame zurück in die Marmor-Lounge.

„Wie hat der Musikus denn seine Instrumente transportiert? Im Taxi?" fragte er als sie im Erdgeschoss aus dem Aufzug traten.

„Ich kann mal nachsehen, ob er einen Wagen dabei hatte."

Sie ging hinter den Tresen und schaute im Computer nach.

„Er hatte einen taubenblauen Volvo in unserer Garage abgestellt."

„Haben Sie die Autonummer notiert?"

„Ja, tatsächlich, das habe ich."

Scila schrieb sie auf.

Dann fuhr er zurück nach Kensington und stellte fest, dass Leicester sein Haus verlassen hatte.

Er musste nicht lange nachdenken, um sich dazu zu entschließen, noch einmal nach Fotheringhay zu fahren. Es war kein Vergnügen, in dem kleinen Marina am frühen Morgen über die Autobahn zu zuckeln. Staus und Unfallstellen behinderten den Verkehr, und es dauerte ewig, bis er gegen Mittag endlich an der Straßensperre vor dem Ortseingang nach Fotheringhay angekommen war.

Kapitel 35

Leicesters Herz raste, aber um ihn herum schien alles in Zeitlupe zu geschehen. Er stand neben seiner Jaguar-Limousine auf dem Marktplatz. Um ihn herum herrschte ein unglaublicher Trubel, aber er nahm es alles wie durch einen Schleier wahr. Er hatte nicht geschlafen. Eine Stunde nachdem er letzte Nacht die Schlaftabletten geschluckt hatte, hatte er sich anders entschieden und ein Aufputschmittel genommen. Er wusste nicht mehr ganz genau, wie er es geschafft hatte, mit dem Auto von London hierher zu fahren. Er war angekommen, bevor die Straßensperre errichtet worden war. Der Ort war schon von Tausenden Anhängern der Erweckungskirche in Beschlag genommen worden. Alle hatten Buttons mit dem Lilienkreuzsymbol angeheftet oder trugen T-Shirts mit dem aufgedruckten Sektensymbol. Sie liefen durcheinander, standen herum, manche sangen, andere glaubten, sie müssten auf das ungerechte Schicksal ihrer Heldin Mary Stuart in schwülstigen Reden hinweisen. Die Straßen und Gehwege waren vollgeparkt mit Autos, und obwohl mehrere Abschleppunternehmen im Einsatz waren, war der Verkehr längst zum Erliegen gekommen.

Nach und nach war Bewegung in die anschwellende Menschenmenge in dem kleinen Dorf gekommen. Da die Polizei am Ortsausgang Richtung Fotheringhay Castle eine zweite Sperre errichtet hatte, war es nicht mehr möglich, mit den Autos bis zum Gefängnis von „unserer Maria", wie manche sie nannten, zu fahren. Also machten sich die Anhänger der Erweckungskirche zu Fuß auf den Weg zur Burg. Die gewundene Landstraße verwandelte sich in einen Pilgerpfad.

Leicester, in seinem Maßanzug mit den wirren Haaren, dem glasigen Blick und dem Schweiß auf der Stirn, wurde von den anderen stirnrunzelnd gemustert. Man wies ihn zurecht, er solle sich friedlich betragen und sich nicht unter Zuhilfenahme von Ellbogen und Schultern den Weg nach vorn bahnen.

„Es ist für jeden Platz", beruhigte ihn ein freundlicher junger Mann.

„Ach, ihr wisst ja gar nicht, was gerade geschieht", wiederholte Leicester immer wieder und holte sein Handy aus dem Jackett, um zum wiederholten Male die Nummer von Burleigh zu wählen. Er hatte schon mehrere Nachrichten auf die Mailbox gesprochen, aber keinen Rückruf erhalten. Auch seine Anrufe über die Notfall-Nummer hatten kein Ergebnis gebracht. Er hatte sich nicht identifizieren wollen und konnte seine Befürchtung nicht logisch begründen. Wie sollte er auch erklären, dass er selbst den Mordauftrag gegeben hatte?

Er suchte Davison in der Menge. Das ganze Dorf hatte er nach ihm durchkämmt. Jetzt schaute er jedem der Lilienkreuz-Jünger ins Gesicht. Wer wusste denn schon, wie sich der Killer verkleidet hatte? Manche fanden es lästig, wie er sich benahm, schüttelten seine Hand ab, wenn er sie an den Schultern fasste, um sie dazu zu bewegen, sich umzudrehen oder aus dem Weg zu gehen.

Vor der Burg war der Sicherheitszaun durch einen zweiten Zaun verstärkt. Zwischen den beiden Gitterbändern standen Polizisten mit Helmen, Schilden und Schlagstöcken. Die Anhänger der Erweckungskirche winkten ihnen zu oder redeten auf sie ein. Manche verteilten Lilien.

Aus dem Zelt schallte rhythmische, teilweise hypnotische Musik mit Chor-Gesängen. Inzwischen waren auch Buden mit Lebensmitteln und Devotionalien aufgebaut. Vor dem Zaun standen zahlreiche Reporter mit Mikrophonen in der Hand. Sie testeten ihre Anlagen, telefonierten, zeichneten erste Eindrücke auf oder interviewten die Anhänger der Erweckungskirche. Kamerawagen mit Kränen standen in der Nähe des Zeltes, gelegentlich wurde eine Kabine nach oben gefahren, damit die Kameraleute sich orientieren konnten.

Das alles trug nur dazu bei, die Situation immer unübersichtlicher werden zu lassen. Es waren jetzt Tausende von Menschen vor Fotheringhay Castle angekommen. Das Zelt war längst voll besetzt. Immer wieder hörte Leicester, wie die Leute sich zuriefen, dass sie glaubten, Mary Stuart würde sich heute noch auf dem Balkon zeigen.

Leicester hatte versucht, mit den Polizisten hinter der Absperrung Kontakt aufzunehmen, aber die, die er ansprechen konnte, hielten ihn für einen verrückten Fanatiker und reagierten nicht. Inspektor Paulet und Sergeant Drury waren nicht zu sehen, und auch als er ihre Namen immer wieder über den Zaun brüllte, reagierten die Polizisten nicht.

Er bahnte sich weiter den Weg durch die Gläubigen, drängte sich ins Zelt, schob sich wieder hinaus, hastete an den Buden vorbei, immer auf der Suche nach Davison. Manchmal glaubte er, den Killer entdeckt zu haben, aber es stellte sich jedes Mal als Trugschluss heraus. Er entschied sich, wieder ins Dorf zu gehen, vielleicht war er ja noch dort.

Zurück kam man nur, wenn man abseits der geteerten Straße über das Feld ging, denn der Menschenstrom riss immer noch nicht ab. Das einziges Fahrzeug auf der Schlosszufahrt war der Hubwagen einer Straßenbaufirma, den eine Gruppe übermütiger Jugendlicher als Transportmittel benutzte. Leicester starrte in ihre halb ernsten, halb fröhlichen Gesichter, sie winkten ihm zu, als das Fahrzeug auf einen matschigen Feldweg bog, der parallel zur Straße zur Burg führte. Eine Frau zog ihn beiseite, weil sie Angst hatte, er könnte unter die Räder kommen.

Auf dem Marktplatz angekommen, wusste er nicht weiter. Erschöpft setzte er sich auf das Mäuerchen einer Grünanlage. Da sah er einen Wagen näherkommen, den er kannte. Es war der kleine Marina von Inspektor Scila, er rollte langsam auf ihn zu. Da sah er den Kopf von Scila aus dem geöffneten Fenster blicken, jetzt hatte der ihn entdeckt. Scila hob den Arm, das Auto stoppte.

Leicester sprang auf.

Scila öffnete die Tür und rief etwas.

Leicester machte Anstalten, wegzulaufen, hielt inne und ging dann zögernd auf den Inspektor zu.

Kapitel 36

„Es ist so laut!“

„Das gehört dazu, Mary, es muss so sein. Es sind viele Leute.“

„Aber dieser Chor, das ist ja gespenstisch.“

„Das meinst du nur, weil du dich ängstigst. Weil es ja alles nur für dich ist.“

„Ja, Hanna, du hast recht, ich habe Angst.“

„Du musst keine Angst haben, die da draußen feiern nur dich.“

„Ich habe das nicht verdient, Hanna.“

„Du hast es dir auch nicht ausgesucht.“

„Und du meinst, dieses Kleid ...“

„Etwas anderes kommt gar nicht in Frage. Es muss weiß sein. Du sollst aller Welt signalisieren, dass du dich unschuldig fühlst.“

„Tue ich das?“

„Ja!“

„Aber in Weiß all den Menschen gegenüberzutreten …"

„Da sind ja die roten Streifen, so weiß ist es nun auch wieder nicht. Es ist das eleganteste Kleid, das du hast. Du siehst genauso aus, wie sie es gern haben möchten."

„Ich frage mich, ob ich es auch so haben will."

„Dafür ist es jetzt zu spät, Mary. Du musst dich zeigen, los!"

„Soll ich einfach nur dort stehen, oder …"

„Du gehst bis zur Brüstung und siehst auf alle hinunter."

„Soll ich winken?"

„Ja, aber nicht zu heftig. Dann hebst du beide Arme."

„Wirklich?"

„Man verwehrt dir die Chance, zu deinen Anhängern zu sprechen. Also musst du ihnen ein anderes Zeichen geben."

„Na gut."

„Und denk dran, dass viele Kameras auf dich gerichtet sind."

„Das ist das, was mir am wenigsten Angst macht."

„Gut, dann komm jetzt, die Musik draußen hat aufgehört. Es ist Zeit."

„Nicht nur einen, Hanna, mach beide Türflügel auf."

„Du hast recht."

„Bleib hinter mir."

„Nichts anderes habe ich vor."

„Dicht hinter mir!"

„Aber ja."

„Um Himmels willen! Jetzt schau dir das an. Das ist ja ein Menschenmeer!"

„Sie lieben dich. So viele sind wir."

„Sehen die mich denn?"

„Ja, warte nur. Jetzt haben sie dich bemerkt."

„So viele Augen. Was glaubst du, was sie in mir sehen?"

„Das, was sie sehen sollen."

„Und jetzt ... hör mal."

„Ja."

„Sie singen."

„Sing du auch!"

„Sie singen. Es ist unsere Hymne ‚Wacht auf, ihr Kinder Gottes'."

„Sing mit!"

„Es sind so viele und sie singen."

„Sing mit, Mary!"

„Ach!"

„Was ist denn? Halt dich doch gerade."

„Ach ... nichts."

„Was ist denn los? Aufrecht! Die Arme hoch!"

„Es ... geht nicht. Ein Stechen ... im Herz ... was ist denn ...?"

„Wo kommt denn das Blut her? Mary! Was ist das hier für ein Fleck?"

„Ich schaff es nicht, Hanna, es ist zu anstrengend."

„Nicht fallen, warte, nicht fallen!“
„Ich will nicht fallen ...“
„Dreh dich um, geh doch, nun geh doch!“
„Ach ...“
„Mary!“

Inspektor Paulet hob den Kopfhörer an und nickte Sergeant Drury zu: „Das stimmt doch was nicht. Die reden so komisch.“

„Die reden doch immer komisch. Und wenn du dir die ganzen Pilger da draußen anguckst, kann dir ja auch komisch werden.“

„Sei mal still! Da ist doch was passiert.“

„Du hast doch angefangen zu reden.“

„Scheiße, nimm das Ding da ab!“

„Was?“

„Wir müssen da oben rauf. Oh Mann, ich hab doch gleich gesagt, dass es eine Schnapsidee ist, diesen Zinnober zuzulassen. Gottverdammt ... Los, los, raff dich auf!“

„Bin ja schon da.“

Paulet und Drury verließen das Wachhäuschen und rannten über den Burghof auf den Eingang zu. Oben auf dem Balkon war niemand mehr zu sehen.

Die Hymne der Erweckungskirche schallte herüber, gesungen von Tausenden Gläubigen.

Kapitel 37

Nur zwei in der Menge sangen nicht mit. Scila und Leicester bahnten sich mühsam den Weg durch die Menschenmasse. Leicester war kurz davor in Tränen auszubrechen. „Es hat keinen Sinn, es hat keinen Sinn ...“, murmelte er vor sich hin. „Wie sollen wir hier zwischen all den Leuten jemanden finden?“

Scila arbeitete sich verbissen weiter. Zwischen unzähligen singenden Lilienkreuz-Button-Trägern hindurch. Er wusste, nach was sie suchen mussten. Als er seinen Marina über das Stoppelfeld neben der blokkierten Straße gelenkt hatte, so schnell es der unebene Boden erlaubte, war ihm klar geworden, auf welche Art der Killer sein Ziel erreichen wollte. Dem neben ihm lamentierenden Leicester die Sache zu erklären, erschien ihm überflüssig. Der Mann war zu nichts mehr zu gebrauchen. Er hätte ihn genausogut im Dorf stehenlassen können. Elender Kotzbrocken! Erst schickt er den Mörder los und dann bricht er in Tränen aus, als ihm klar wird, was er da in die Wege geleitet hat.

„Zerren Sie nicht an mir herum!“ fuhr Scila den hinter ihm laufenden Leicester an.

„Wir werden ihn nie finden. Vielleicht ist er gar nicht gekommen. Das Geld hat er ja schon ...“

„Da vorn!“ Scila hob den Arm und deutete über die Menschenmenge hinweg auf eine Reihe nebeneinanderstehender Bäume in der Nähe des Zeltes.

„Was, was?“ Leicester riss die Augen auf.

Der lange Arm des Hubwagens ragte in die Höhe. Es sah so aus, als wolle ein Arbeiter vom Gartenbauamt Baumbeschneidungen durchführen. Oben in der Gondel stand ein Mann in einem Overall mit einem im Sonnenlicht aufblitzenden metallenen Gegenstand in den Händen. Die Gondel des Hubwagens war allerdings ein ganzes Stück weit höher hinaufgefahren worden als der höchste Baumwipfel. Wieder blitzte der längliche metallene Gegenstand im Sonnenlicht auf. Die Gondel senkte sich langsam nach unten.

Der Gesang der Menge wurde dünner, schließlich erstarb die Hymne. Unruhe entstand unter den Menschen. Sie starrten zum Balkon des Schlosses. Was war mit ihrer Mary passiert? Wieso war sie auf einmal verschwunden? Sie soll noch mal winken, sich noch mal zeigen! Wo ist sie?

„Der Wagen da!“ rief Scila Leicester zu. Der entdeckte den signalgelben Laster und schien endlich zu kapieren. Er drängelte sich an Scila vorbei und schob sich, rücksichtlos die Ellbogen und Schultern benutzend, weiter. Die Leute, die er beiseite drängte, sahen ihn kurz böse an, waren aber viel zu sehr mit dem plötzlichen Verschwinden ihrer Heldin beschäftigt, als dass sie Streit anfangen wollten.

Scila fluchte vor sich hin, als er merkte, dass Leicester schneller vorankam als er. Er zückte seine Dienstmarke und rief: „Machen Sie Platz, Polizei! Lassen Sie mich durch!“ Es nützte nicht viel.

Leicester erreichte den Hubwagen im gleichen Moment, als die Gondel unten ankam. Davison sah in seinem Overall und der Schirmmütze harmlos aus wie ein Gemeindearbeiter. Falls er eine Waffe bei sich hatte, war sie jedenfalls nicht zu sehen. In völliger Verkennung der Lage schrie Leicester ihm zu: „Davison! Stopp! Lassen Sie es bleiben!“ Er rannte bis zur Kabine.

Davison blickte ihn erstaunt an.

„Nicht, Davison! Die Sache ist abgeblasen.“

„Zu spät“, sagte Davison kalt und schob die Kabinentür auf.

„Was soll das heißen?“ Leicester bemerkte ein glänzendes metallenes Etwas mit Fernrohr auf dem Boden der Kabine.

Davison schloss die Kabinentür. „Ich war schon oben.“

„Nein!“ rief Leicester und versuchte, ihn am Overall zu packen.

Davison griff in die Tasche. Gleichzeitig legte er einen Arm um Leicester und zog ihn zu sich. Der Schuss aus der kleinen Pistole wurde von Leicesters Körper abgedämpft.

Scila merkt erst, was geschehen war, als er Leicester vor Davison zusammensinken sah. Der Killer richtete die Pistole auf ihn und ging rückwärts zur Fahrerkabine. Scila beugte sich zu Leicester hinunter.

„Da ist er." Leicester deutete mit der Hand in die Luft. „Nehmen Sie ihn fest."

„Na ja", sagte Scila.

Auf Leicesters Brust entstand ein kleiner dunkler Fleck und wurde langsam größer.

„Er war noch nicht oben, oder?" fragte Leicester.

Der Motor des Lasters sprang an. Scila tastete nach seiner Dienstwaffe und richtete sich auf. Er zielte auf das Führerhaus. Davisons Kopf erschien im geöffneten Fenster. Scila schoss. Der Kopf verschwand, die Windschutzscheibe verfärbte sich rot, der Wagen ruckte ein Stück vor, und der Motor ging aus. Scila zog das Handy aus der Jackentasche und wählte 110. Gleichzeitig hielt er seine Polizeimarke hoch, damit die Umstehenden sie sehen konnten.

Während er die nötigen Informationen durchgab, spürte er, wie Leicester ihn am Arm packte.

„Was ist denn mit dem da?" fragte eine junge Frau.

Leicesters Griff wurde schwächer, er ließ los.

Die Menge wich zurück, ein Kreis bildete sich. Scila starrte abwechselnd auf Leicester und in den Himmel, bis der Rettungshubschrauber nahte.

Kapitel 38

Zunächst fand sie es widerlich. Wie konnte Burleigh das nur zulassen? Diesen unglaublichen Zirkus! Grauenhaft. Eine fanatische Masse. Was die nur an ihr fanden? Einer Mörderin so zu huldigen zeugte doch von blindem Irrglauben. Dann die Gesänge! Überhaupt dieses religiöse Getue. Darüber war der Mensch doch längst hinaus. Glaube ist Aberglaube. Offenbar brauchen diese Leute einen Götzen, um den sie herumtanzen können. Eine Götzin. Elisabeth Westminster verzog abfällig das Gesicht.

Sie saß hinter ihrem Schreibtisch im vierzigsten Stock des Westminster Tower und hielt die Fernbedienung in der Hand, auf deren Tasten von 1 bis 23 alle Kanäle mit ihren eigenen digitalen Programmen bestückt waren. Sie zappte zwischen verschiedenen Informationsprogrammen hin und her, um sich ein möglichst umfassendes Bild von den Vorgängen in

Fotheringhay machen zu können. Irgendwann war sie es leid und teilte den großen breiten Plasmaschirm in sechs Felder, nahm noch zwei Programme der Konkurrenz hinzu und verfolgte nun das Geschehen aus verschiedenen Perspektiven, aus Sicht der Menge, aus Sicht eines Beobachters am Rand, den Blick auf den Balkon, den gezoomten Balkon, das Zelt und die Perspektive aus einem Kran von oben.

Vielleicht war sie die einzige, die genau mitverfolgen konnte, wie die Tragödie ihren Lauf nahm. Sie sah den signalgelben Hubwagen, der sich seinen Weg durch die Menge bahnte. Sie sah, wie Anhänger der Sekte Lilien an die Polizisten verteilten. Sie sah, wie einige Männer in weißen Hemden mit aufgestickten Lilienkreuzen sich auf den Weg Richtung Zelt machten, sie sah fröhliche Gesichter, selige Gesichter und dazwischen das von Panik verzerrte Gesicht von Robert Leicester, der wie ein Ertrinkender mit den Armen ruderte und sich durch die Menschenmasse arbeitete.

Sie vergrößerte den Bildausschnitt, aber Leicester war schon weiter, die Kamera folgte ihm nicht. War ihm da nicht ein zweiter Mann auf den Fersen? Auch der geriet aus dem Blickfeld. Bewegung kam in die Menge. Auf dem Balkon schien sich etwas anzukündigen. Wollte sie sich da jetzt zeigen? Unglaublich, was die sich einbildete! Welcher vernunftbegabte Mensch trat denn auf einen Balkon und ließ sich huldigen wie einer Königin oder einer Kirchenfürstin? Das ging doch zu weit, das war einfach lächerlich. Aber da kommt noch niemand, es ist nur der Vorhang, der nach draußen weht.

Die Kabine des signalgelben Hubwagens stieg in die Luft. Inmitten dieses Tohuwabohus hatte sich offenbar ein Gärtner vorgenommen, die gegenüber dem Schloss stehenden Bäume zu beschneiden. Oder was machte der da? Der wird ja wohl keine Äste nach unten werfen. Nein, sieh mal, es ist kein Gärtner, er tut gar nichts. Doch, er hat ein Fernrohr in der Hand.

Da! Die Tür zum Balkon öffnet sich. Sie tritt heraus. In Weiß! Eine bodenlose Frechheit! Hinter ihr dieses Mauerblümchen, mit dem sie ihr halbes Leben verbracht hat.

Der Gärtner hat kein Fernrohr, das ist etwas anderes. Wieso gebärdet sich Leicester derart wahnwitzig? Dieser andere scheint ihn zu verfolgen. Sieh nur, wie sie dasteht, als würde sie ihr auserwähltes Volk grüßen. Absurd. Sie ist doch nichts weiter als eine Gefangene.

Aber da! Es ist kein Gärtner, ich weiß jetzt, wer es ist. Natürlich! Aber wie kann er auf diese Entfernung ein Ziel treffen? Das kann doch niemals gelingen. Oder doch?

Mary wankt, da stimmt doch etwas nicht. Kennedy muss sie stützen. Sie strauchelt. Sie fällt. Sie ist zu Boden gegangen. Kennedy kniet nieder. Jetzt sind beide verschwunden. Nur noch die Balkonbrüstung ist zu sehen. Was geschieht da?

Mit einem Mal war auf allen sechs Kanälen nur noch das gleiche Bild zu sehen: der leere Balkon. Dann erschienen die Gesichter der Reporter. Alle standen am Absperrungszaun vor Fotheringhay Castle, alle blickte nach oben zum Balkon, alle hatten ratlose Gesichter, wussten nicht, was sie sagen sollten, redeten weiter und weiter, erklärten nichts.

Elisabeth schaltete den Ton ab und griff nach dem Telefon. Burleigh war nicht zu erreichen. Shrewsbury? Nein, den will ich nicht sprechen. Leicester. Ich müsste mit Leicester sprechen. Hat er nicht ein Handy bei sich? Sie wählte die Nummer, und wie sie es tat, erschien Leicesters Bild auf dem Monitor. Wieso liegt er da? Ist das Blut? Hat der andere ihn angegriffen? Was macht er da direkt vor dem Hubwagen?

Sie hörte das Tonsignal. Klingelte es jetzt in seiner Jackentasche? Hastig beendete sie die Verbindung. Die Kamera schwenkte fort von ihm und richtete sich auf das Führerhaus, zoomte hinein, die Windschutzscheibe war rot verschmiert. Drinnen lag einer.

Eine halbe Stunde lang starrte Elisabeth Westminster den Bildschirm an, ohne die Bilder wirklich wahrzunehmen.

Dann wählte sie die Nummer von Henry Grey. Er war sehr überrascht, ihre Stimme zu hören.

„Kommen Sie heute abend mit Aubespine zu mir“, sagte sie stockend.

„Ich möchte keine Zeit mehr verlieren. Die Fusion soll stattfinden."

Grey schwieg, sie hörte ihn seufzen. Er räusperte sich. „Ich wollte Sie schon anrufen, aber dann hörte ich von dem Zwischenfall ... Sie wissen? Ich ... nehme an, Sie wissen davon?"

„Ja."

„Ich wollte nicht ... in dieser Situation ... ich möchte Ihnen zuerst einmal mein Beileid aussprechen."

„Ja, aber ... was ist mit den Franzosen?"

„Aubespine rief mich an, kurz bevor, kurz bevor ich hörte ... Ich wollte gleich anrufen, aber dann kam diese Tragödie dazwischen."

„Was hat er denn gesagt?"

„Er rief aus dem Taxi an. Er ist mit Ms. Bellievre auf dem Weg zum Flughafen."

„Wieso das?"

„Sie lehnen weitere Verhandlungen ab."

„Aber ... die Fusion muss stattfinden. Rufen Sie sie zurück!"

„Ich kann noch mal versuchen ... aber ..."

„Tun Sie das! Schnell!" Sie beendete das Gespräch und lief unruhig im Büro hin und her.

Fünf Minuten später meldete Grey sich wieder.

„Sie wissen jetzt von dem ... von dem Zwischenfall und lehnen endgültig ab."

„Deshalb?"

„So scheint es."

Elisabeth sank kraftlos auf das Sofa.

„Wo ist Leicester?“, hörte Grey sie am anderen Ende der Leitung murmeln, dann legte er auf.

Kapitel 39

Helen O'Kelly lächelte matt und deutete auf die Rosen, die er ihr mitgebracht hatte. Sie sahen mickrig aus, fand er, aber es war ja auch nur so eine Idee gewesen. Sein Blick fiel auf die Zeitung, die auf ihrem Nachtschränkchen lag. Sollte er sie nicht wegnehmen? Dieser Artikel über das Ende von Mary Stuart könnte sie zu sehr aufregen. Andererseits hatte sie es längst von einer Glaubensgenossin erfahren und ihm lächelnd erzählt, dass die Priester der Erweckungskirche Mary Stuart zur „Ersten Heiligen" ihres Kultes erklärte hatten.

„Du willst doch nicht etwa die ganze Nacht dort sitzenbleiben?"

Scila zuckte mit den Schultern.

„Du siehst furchtbar müde aus. Ich bin hier gut aufgehoben. Geh doch, du musst schlafen."

„Nachts sind alle Betten grau", sagte Scila, „besonders in Hotels."

„Hier wirst du kaum bleiben können."

„Ja, sieht so aus. Die Schwester wollte mich schon gar nicht reinlassen."

„Morgen werde ich aus der Intensivstation entlassen, dann wird es einfacher."

„Soll ich wiederkommen?"

„Wenn du darfst."

„Wer sollte mich daran hindern?"

„Dein Job."

„Ich werde schon Zeit finden."

„Vielleicht wird es dir untersagt."

„Und wenn schon."

„Ich freue mich, wenn du kommst."

Er stand auf, gab ihr einen Kuss auf die feuchtkalte Stirn, steckte die Zeitung ein und verließ das Krankenzimmer. Die Nachschwester nickte zufrieden, als sie sah, dass er endlich ging.

Der Aufzug befand sich in einem Glasanbau an der Fassade des achtstöckigen Krankenhauskomplexes. Scila glitt in der gläsernen Kabine abwärts. Draußen, jenseits des Parks, glänzten die Lichter der Stadt. Der Park lag wie eine leere schwarze Fläche da.

Im Fenster bemerkte Scila sein Spiegelbild, leicht verzerrt, gedoppelte Umrisse, es könnte auch ein anderer sein. Und du bist es ja auch gar nicht, es ist nur ein unzulängliches Abbild. Aber versuch mal, dich wirklich anzusehen. Unmöglich? Vielleicht kommt es auf den Spiegel an.